閣老的糟糠妻

2

香拂月 著

風文創 637

風文創 637

目錄

第三十章

雉娘剛才跑得有些急，微喘著氣，額間也有薄汗，臉色泛著紅暈。她硬著頭皮往前走，走到近前，氣息稍有平緩。

對面的幾人看著她走過來，精緻的五官慢慢清晰，本來瑩雪般透白的膚色帶著淺粉，霧濛濛的眼神像秋水一般，盈盈流轉；細腰不堪一握，簡單的粉色衣裙，卻別具風情。明明是嬌花一般的女子，神色間卻帶著悠然。

胥良川定定看著她，她乖巧地站在燕娘的身後，朝這邊行了一個禮，說不出的靈動。他的心似慢跳一拍，好似自己最近這段日子以來奇怪的舉動都有了解釋。

「趙三小姐，這位是太子殿下。」

他出聲提醒她，她才反應過來，趕緊上前行大禮。「臣女見過太子殿下，殿下千歲千歲千千歲。」

「平身吧。」祁堯聲音不自覺放輕。眼前的女子好像受驚的幼兔一般，弱小又怯懦，彷彿大聲一些就會立即跑開似的，但又覺得十分靈秀，讓人心生好感。他隱約覺得此女有些面熟，仔細去想，卻又想不起來在哪裡見過。

趙三小姐？難道她也是鳳娘的妹妹？這鳳娘的妹妹們可真是天差地別。

雉娘起身，依舊小心地往後退幾步，站在燕娘的身後。

趙燕娘見太子盯著雉娘看，心裡來氣。這死丫頭又在勾引男人，可千萬不能讓她將太子勾住！

她往右移一下身體，將雉娘完全擋住，朝太子露出笑容。「太子殿下，這位是臣女的三妹，原是庶出，為人膽小怕事，近日我父親將她姨娘扶正，她勉強算是個嫡女，這才受邀來參加胥老夫人的花會。」

雉娘垂著頭，暗罵她是蠢貨，在太子面前揭自家人的短，以為太子就會高看她一眼嗎？恐怕只會適得其反。

果然，太子的臉色冷下來。身後的平晁認真地打量趙燕娘。

他是太子的伴讀，常能見到趙鳳娘，鳳娘是識大體、端莊秀雅的女子，這兩位妹妹就不太好說；醜女不知羞，貌美的那個太纖弱，都不如鳳娘。

太子抬腳，不理會燕娘。燕娘的臉掛不住，僵在那裡。

眾人跟著太子往園子裡走去，燕娘也急忙跟上，雉娘走在最後面。前面的胥良川回過頭來，就看見她低著頭。這個小騙子又在扮弱博同情。他的心顫了一下，然後露出一個不易察覺的笑意。

似心有所感一般，雉娘也在此時抬起頭。兩人四目相望，她看到他眼底的笑意，也彎起嘴角，又怕被其他人發現，趕緊低下頭。剛才大公子的眼神怪怪的，雖然帶著笑意，卻暗得如萬丈深淵，看不清楚裡面的情緒。

她在心裡暗自琢磨，百思不解，索性先丟在一邊，低著頭跟上。

黃嬤嬤早有眼色地跑在前面去通知園子裡的人，姑娘們又驚又喜，各自理著衣裙髮髻，生怕會失禮。等那一行人走到園子裡，走在最前面的男子貴氣逼人，黃嬤嬤對她們使眼色，她們馬上跪行大禮，口中呼著太子殿下千歲。

唯有鳳娘彎腰行禮。她是縣主，又有品階封號在身，不用行跪禮。

祁堯看著她，眼裡閃過思念之色，沈聲道：「都起身吧。」

眾人起身，恭敬地站著，沒人敢輕易開口說話。

此時，胥老夫人也聞訊趕來，和他行禮。「臣婦參見太子殿下，太子殿下光臨閬山，未曾相迎，還望殿下恕罪。」

「胥老夫人快快平身。」

他是悄悄離京的，除了父皇母后，誰也沒有通知，要不然還得被沿途的官員煩死；也是到了閬山書院才告訴胥良川。胥老夫人可是一品誥命夫人，他親自伸手相扶。

眾女這才敢用眼角餘光偷瞄太子，見他一身紫袍，貴氣天成、英俊不凡，還如此平易近人，真是一位絕世佳公子，偏偏還是當朝太子……心裡都起了心思，盡力展現自己最佳的姿儀。

祁堯對女子們愛慕的眼神已經見怪不怪，朝趙鳳娘示意。「縣主近日可好？娘娘很是牽掛，託孤帶來一些東西，要親自交給縣主。」

趙鳳娘微露笑意。「多謝太子殿下，皇后娘娘抬愛，鳳來感激不盡。」

眾女們倒吸一口涼氣。她們知道鳳娘受寵，萬沒有想到這般受寵，娘娘居然還託太子帶東西，可見鳳娘在娘娘心中的地位。

祁堯走近一步，對鳳娘道：「可否借一步說話？」

鳳娘點點頭，跟在他的後面，兩人往竹林那邊走去。

眾女的眼神都帶著羨慕。太子對縣主輕言細語，看來平日兩人交情不淺，鳳來縣主真是好命。

趙燕娘的目光似淬毒一般。怎麼男人都喜歡假惺惺的鳳娘！大公子如此，太子也不例外，都是同母的姊妹，還是一胎雙生，她到底哪裡不如鳳娘?!

太子和鳳娘離開，身影慢慢地消失在視線中，眾女都靜下來，有心想和胥家大公子和二公子攀交情，但礙於女子的矜持又不知如何開口。

平晁神色自如地坐在凳子上，捏起點心就吃起來。胥老夫人笑道：「平公子這氣度，真有令祖父常遠侯之風。」

「謝老夫人誇獎，與祖父相比，平晁還差得遠。」

胥老夫人笑一笑。平家的長孫和平侯爺比起來差得不止一星半點，平侯爺是真英雄，性情直爽又重情；這位平公子太過目中無人，居然沒有和她見禮，若不是她先打招呼，恐怕這平公子就會對她視而不見。到底是那位梅郡主養出來的，性子霸道又不講理。

平家子孫如何，且隨他去。她見眾人都不說話，姑娘們都帶著拘謹，笑著出聲。「都怪我這老婆子，將妳們請來又自己躲懶，多有怠慢，還望妳們多多包涵。」

胥老夫人朝大孫子擠了下眼，看雉娘一眼。

胥良川臉色平淡，看不出喜怒，慢慢往另一邊走開，胥老夫人趕緊用詩詞將姑娘們的心思引開。

胥良岳坐在平晁一桌，姑娘們見有男子在場，都有心想表現一番，各自凝眉想著詩句。雉娘躊躇一下，悄悄朝胥良川的方向走去。

趙燕娘一直想去竹林那邊，並沒有注意到雉娘的行為。她手中的帕子都快揉爛，恨不得將耳朵伸到竹林那邊，聽聽他們到底在談些什麼，怎麼這麼久還不過來？

她坐立不安，旁邊的方靜怡剛才看到雉娘偷跟上大公子，眼神閃了一下，對她道：「二小姐，怎麼就妳一人在此，趙三小姐去哪裡了？」

趙燕娘這才注意到雉娘不在，心裡暗恨。「腳長在她身上，她要去哪裡我管不著。」她沒好氣地答著。雉娘有幾斤幾兩她一清二楚，不足為懼；倒是鳳娘，無論是身分還是被男人重視的程度，她每每想起就恨得咬牙切齒，簡直是她心頭的一根刺。

「二小姐說得是，三小姐是大人，去哪裡自然由己。只不過我方才好似瞧見她往大公子離開的方向走去，也不知是要做什麼？」

還有這事？趙燕娘氣呼呼地想追過去，轉念一想，大公子雖然芝蘭玉樹，出身高貴，但比起太子來還是略遜一籌。太子可是未來的天子，大公子再有才，也不過是個臣子，只可惜了那副好相貌。

她忍著氣，瞪了方靜怡一眼。

方靜怡笑一下，別開臉，絲毫不在意地和旁邊的蔡知奕討論起詩詞來。

雉娘追上胥良川，見他正站在一株樹底下，明顯是在等自己。她暗道慶幸自己猜對大公子的心思，大公子先前看她的表情有些怪，可能是有話要說。

「大公子，可是有什麼事要找我？」

他轉過身，一臉淡然。「妳怎麼知道我要找妳？」

你總是用怪怪的眼神看人，還欲言又止的樣子，是個瞎子都看得出來你有話要說。雉娘心裡嘀咕著。

「大公子剛才看了雉娘。」

胥良川走近她，居高臨下地望著她。「我看了妳，就是有話要說？看來妳不僅膽識過人，察言觀色的本事也不小。」

「多謝公子誇獎。」

她抬起頭，發現大公子真高，比她在這裡見過的男子都要高，帶著冷冷的仙氣。

「最近可好？」

「好，託大公子的福，我姨娘被扶正，如今在家中也無人敢欺，再好不過。」

若不是大公子出手，哪能鬥倒董氏，也不可能會有今天的日子，她是真心感激。

胥良川認真地看著她，眸色黑深。小姑娘望著自己的眼神全是信賴，他卻起了齷齪心思，想將她占為己有。

清爽的秋風吹過，捲起樹上的黃葉，飄飄揚揚地落下來，落在她的髮上，他不自覺地抬手，摘下那片葉子。近在咫尺，他的身影籠罩著她，高瘦的身子將她襯得更嬌小玲瓏，鼻腔中全是淡淡的書香。

他退開一步，將樹葉捏在手中。「當日妳說過要報恩，可還記得？」

「記得，不敢忘記。」

雉娘答得肯定。再生之恩，她肯定是要報答的，只不過大公子此時找她，是要她做什麼呢？

「記得就好，那妳還記不記得我說過的話？」

他說過的話？雉娘腦子裡靈光一現。以身相許，他說過要她以身相許。

「記得，可是以身相許？」

他點點頭。

雉娘不解，大公子重提此事是何用意？她腦子飛快地轉著。會不會和太子有關？難道大公子想用她去巴結太子，走賄賂美色的路線，讓她以後在太子面前美言，助他平步青雲？

她這樣想著，臉上帶著一絲難色。她不想為妾，以自己的出身，是不可能嫁給太子為正妃，只能做妾室，再說大公子也沒那麼大的本事給太子作媒。

胥良川緊緊地盯著她，見她面露猶豫，臉色冷了下來。她可是不願意？

「怎麼，可有為難之處？」

「確實是有為難之處。按理說大公子與雉娘有再生之恩，若有所令，莫敢不從。只不過雉娘有自己的原則，曾經發過誓，永不為妾，大公子託付之事，怕是有些力不從心。」

原來她誤會自己的意思，他嘴角上揚。「我從未說過讓妳做妾。」不是做妾，難道還能當正妃？大公子竟然這般有本事，能左右太子的意思？她臉上的驚訝毫不掩飾。

他淡淡一笑。「此事我還得先稟明父母，才能上門提親。此段時日，妳切不可另許他人，否則……我的手段想來妳應該清楚。」

他在說什麼？雉娘似乎有些沒反應過來。他上門提親？剛才他一直說的是要娶自己為妻？難道是她想岔了，可是大公子怎麼會想娶自己，她家世不顯，也沒什麼才情，莫不是大公子有什麼用意？

他的手段，她最是清楚，看起來清冷的人，骨子裡卻狠辣又果決。但對她來說，正是大公子用這樣的手段救她於水火之中，她只有感激，沒有懼怕。

「不會的，大公子的吩咐，我一定謹記。」

「好。」

雉娘快速地偷看他一眼，他的臉色平常，並無喜悅之情，對她應該不是什麼男女之情，定然是事出有因。她想著大公子恐怕是被家人逼婚，心中又有對象，迫不得已拿自己當擋箭牌……定是如此，要不然怎麼解釋大公子此舉？

他和她之間，只是施恩與報恩的關係。

嫁給大公子，以後相敬如賓，大公子品行高潔，定然不屑為難她，胥家清貴，吃穿不愁，似乎也是一件好事。

「大公子，您放心，您交代的事，雉娘一定辦得妥妥的。」

胥良川皺了皺眉。他交代什麼了，她又要辦什麼事？這小姑娘說話前言不搭後語。

雉娘不時看著園子那頭。「大公子，我過來得有些久，怕是會引人注意，容我先告退。」

「好，妳去吧。」

胥良川平靜地看她小跑著走遠，袖子底下的拳頭才慢慢鬆開，舉手一看，樹葉已經碎爛，掌心中被掐出深深的印跡。

他自嘲一笑，都幾歲了還如毛頭小子一般緊張情怯，究竟是怕她拒絕，還是害怕自己露出端倪？

許是怕被拒絕吧，要不然也不會硬扯上報恩。

他輕輕用手一彈，那片葉子就從指間飛落，掩沒在地上的枯葉之中。

第三十一章

胥良川凝視著她離開的樣子，似是想到什麼一般，又出聲叫住她。

雉娘不解地停住腳步。大公子可是還有什麼吩咐？

他幾個大步就追上她，眸色幽暗。「妳無緣無故消失，出來也有一刻鐘，就怕有心人看到，胡亂揣測，傳出什麼閒話，於妳閨譽有損，我讓執墨送妳過去。」

她燦然一笑，心中已有對策。「大公子，你只消告訴我附近哪裡有淨房即可。」

他一愣，眼底漫上笑意，修長的手指往前一指，隱在樹木中的白牆黑瓦露出一角。

她抿唇笑道：「多謝大公子提點。」

雉娘再次向他告辭，疾步回到園子裡。

鳳娘和太子都在，她悄悄走過去，不想引起別人注意。

方靜怡側頭看了她一眼，她露出羞赧的笑容。

趙燕娘發現她，瞪了一眼。「三妹，妳剛才去哪裡了，怎麼這麼久才回？」

「二姊，方才我內急，不好意思打擾別人，所以自己偷偷走開，碰到老夫人跟前的執墨姊姊，讓她帶我去淨房。」

方靜怡微微一笑，輕聲道：「雉娘，我好像也不太舒服，可否告知淨房在哪裡？」

「當然可以，妳沿著那條路一直走，左拐一下，再往前走，向右拐，樹木中的白牆房子就是。」

「多謝雉娘相告，突然腹痛又有所緩解，我稍晚些再去。」

雉娘直視著她的眼，笑得無害。「不用客氣。」

方靜怡不以為然地笑笑，意味深長地看著雉娘。

這時，就聽見太子道：「孤來閬山，還有正事要辦，母后交代給孤的託付已經轉達，妳們繼續賞花吧。」

眾人齊齊跪拜。「恭送太子。」

太子離開，跟在他後面的除了平晁，還有胥良岳。

他一走，眾女的心思都淡下來。胥老夫人開懷笑道：「正好，宴席已備好，大家入座吧。」

宴席結束後，眾女陸續告辭，胥老夫人讓老嬤嬤將她們送出去。

趙氏三姊妹和方家、蔡家的姊妹相互道別。天色已晚，方家、蔡家都在府城，她們今日不宜啟程，得先在渡古住上一宿。閬山的胥家院子倒是有很多房間，老夫人想著兩位孫子都在，還有太子和平公子，不方便留宿她們，便讓下人將她們送到胥家在縣城的別院。

別院早已派人收拾妥當，兩家姑娘住進去即可。

道別後，兩行人各自坐上馬車。趙鳳娘坐著閉目養神，雉娘也沒有開口，趙燕娘氣鼓鼓道：「大姊，妳剛沒看到蔡知奕那不知羞的，恨不得就宿在胥家，那點心思生怕別人看不出來，不就是看到太子和大公子都在嗎？」

「閉嘴，燕娘，這些事哪是妳一個未出閣的姑娘可以隨意議論的？」

「哼，不說就不說。胥家人可真過分，宴會辦得如此寒酸，連丫頭都狗眼看人低。」

「妳不請自來，還怪別人招待不周。沒將妳攆出去，就已是給妳留臉面，妳還有什麼好不滿的。」

趙鳳娘真是懶得再看這個嫡妹，愚不可及，偏還自以為聰明，真丟人現眼。

她重新閉上眼睛，想到太子今日說的話，心裡一陣甜蜜。他的心裡始終是有她的，千里迢迢從京中追來，為的就是能見她一面，還不惜動用人脈，將父親往京裡調。

父親在渡古已經做了兩任縣令，為期六年，是時候該挪挪窩了……太子已為父親謀到翰林院典簿一職，年後即可上任。新任的渡古縣令已經在路上，等新舊交接，他們全家就可以搬到京中。可京中不比渡古，若燕娘還是如此作為，在京中遲早會惹下禍端。

生母竟留給自己這麼一個胞妹，她不知該怨誰。

燕娘被她堵得說不出話來，便轉向雉娘。雉娘早就靠在車壁上閉目假寐，突然被人掐了一下，茫然地睜開眼睛。「二姊，妳掐得我好疼。」

趙鳳娘氣得音量都提高不止一倍。「燕娘，我看妳是半點禮數都不懂，看來之前對妳太放縱，以後就讓劉嬤嬤好好教教妳規矩！」

劉嬤嬤和黃嬤嬤都是皇后娘娘派來侍候趙鳳娘的，劉嬤嬤為人嚴厲，以前在宮中就是教宮女們禮儀的，讓她去教燕娘再好不過。

趙燕娘哪裡肯服氣。「大姊，我沒有掐她，我也不用別人來教我！」

趙鳳娘冷冷看她一眼。「我是長姊，我的話妳都不聽，這就是妳的規矩？」

什麼長姊，不過是先出生一會兒，擺什麼長姊的款！趙燕娘心裡不甘，緊緊閉著嘴巴。

馬車緩緩停在縣衙後門，鞏氏帶著蘭婆子出來接人，見到姊妹三人，先是一愣，接著便哭起來。「燕娘，妳可是嚇死母親了……」

她哭得傷心，淚珠連成一線地滾下來。院子裡，曲婆子和木香都跪著。

聞訊而來的趙縣令黑著臉，恨鐵不成鋼地看著趙燕娘，然後又朝跪著的曲婆子二人怒道：「妳們聽著，從今日起，沒我的允許，二小姐不許再出門！若是妳們再看不好她，本官就將妳們全部發賣！」

曲婆子和木香二人不停求饒，頭都磕出了血。趙燕娘氣沖沖地回屋，大力地關上房門。

鞏氏淚眼汪汪。「老爺，燕娘她……」

「妳別管，她被董氏慣壞了。」

鞏氏抹著淚，對鳳娘和雉娘一番嘘寒問暖。鳳娘得體地應了幾句，也回了自己的屋子。

雉娘挽著鞏氏的手，母女二人往西屋去。

「雉娘，燕娘沒有給妳們惹事嗎？」

「沒有，有大姊看著呢。」

「那就好。我一發現她屋子沒人，就猜著是去了花會。她那性子最是不管不顧，日後就怕給妳們惹麻煩，到時候她的名聲一壞，同為趙家女，妳也落不到好。」

「娘，是禍躲不過。」

「那倒也是，旁人看得清，自然不會將妳和她相提並論。她是她，妳是妳，只要有長眼睛的，都能看出妳的好。」

雉娘裝作害羞地低頭。她有什麼好？除了一張臉，其他沒有什麼能拿出手的，詩詞不會，琴棋不通，連女紅都見不得人。

兩人進了西屋，鞏氏眼神複雜地打量女兒。「我的雉娘已是大姑娘，一眨眼，也到嫁人的年紀，日子過得這般快，娘真捨不得。」

雉娘心裡一驚，娘怎麼沒頭沒腦地說這些？

「娘，雉娘不嫁，願意一直陪著娘。」

鞏氏摸著她的頭。「傻孩子，哪有女人不嫁人的？我的雉娘如此純良，文四爺真是好眼光。」

文四爺是誰？雉娘先是一愣，隨後恍然大悟。文四爺莫不就是文師爺？

「娘在說什麼？怎麼扯到文師爺的頭上？」

「雉娘莫怕，一家有女百家求，這是好事。我聽妳爹說，文師爺原是北方文家的四老爺，他明日便要啟程回滄北，今日與妳父親辭行時，向妳父親提親，提的便是妳。」

雉娘想起今日大公子說的話，心裡一急。「娘，爹同意了嗎？」

鞏氏笑道：「傻姑娘，這親事哪能如此隨意？他求娶，咱們女方家裡就算再滿意，也要先晾他一晾，妳父親應該會在明日答覆他。」

文家也是書香大家，這門親事再好不過，聽老爺的意思，十有九成會應下，讓她先和女兒通聲氣。

「娘，這親事不能答應。」

「為什麼？雉娘，妳可是嫌棄文師爺年歲偏大？我跟妳說，這男人大些，才懂得疼惜女子。」

雉娘搖頭。她並沒有想到這個，只想到自己才答應大公子，不能輕易許人，怎麼可能會同意文師爺。可是，該怎麼說服父親呢？總不能將大公子的事說出來，那可是私相授受，最是忌諱。

「娘，大姊、二姊都還未許人，我哪能越過她們先定人家？大姊是不會說什麼，就怕二姊萬一鬧騰起來，不好看。」

鞏姨娘點點頭。燕娘的性子最左，見不得別人好，要是讓她知道雉娘先許人，許的人家還不錯，就怕她心裡不滿。

不過，老爺說禁她的足，她再鬧也鬧不到外面去，應該不會有事。

「妳姑娘家的就不用操心這些，有我和妳父親在，她不敢鬧出什麼事。」

「娘，雉娘真的不想嫁人，滄北好遠，以後也不能常見到爹娘……娘，我一人待在那裡，會想你們，會害怕的。」

鞏氏怔住。雉娘說得對，滄北太遠，一北一南，真嫁過去，有什麼事娘家也顧不到。再說以後雉娘想回趟娘家，恐怕也不容易。

她只得雉娘一女，真要遠嫁，以後的日子要怎麼過？

「雉娘，妳跟娘說，文師爺這人妳覺得怎麼樣？」

雉娘咬著唇，為難道：「娘，女兒極少見生人，倒是不太了解，只不過文師爺在我的心中，是和父親一樣的長輩。」

文師爺確實是年紀太大了些。鞏氏安撫女兒。「妳先莫急，我與妳父親再好好商量。」

鞏氏讓她先下去休息，等趙縣令處理完公務回西屋時，才憂心地道出滄北太遠的事。

趙縣令哈哈大笑。「妳放心，我問過了，文四爺會參加明年的大比，以他的文采必會高中，將來出仕後，雉娘跟著他在任上，也不會是在滄北。」

這還行，鞏氏露出點笑意，轉念一想。「老爺，許是妾身見識少，總覺得文四爺的年紀比雉娘大太多，就怕雉娘不適應。」

「年紀大有年紀大的好處，才知道疼人。妳別看文四爺年紀大，可妳不知道，他身邊除了一個通房，再也沒有其他妾室。」

什麼，還有通房？「老爺，那通房……」

「這個莫要擔心，文四爺已向我許諾，雉娘真要嫁過去，那通房他會安置好。再說一個沒有生養的老通房，不就是小貓小狗一般，何足為懼？」

鞏氏被他說得心裡更難受。之前她是妾室，老爺是不是也當她貓狗一般的存在？

「老爺，我見雉娘還未開竅，再說她上頭還有兩位姊姊，先將她許人，就怕燕娘那裡不樂意，反倒不美。」

一提到燕娘，趙縣令的面色就不好看。「別管她，她被董氏慣壞了，我都不敢將她輕易嫁出去，就怕被人罵。」

「老爺，婚姻大事，雖說都是父母之命，但是我們何不問下雉娘的意思？妾身看著，雉娘似乎不太歡喜。」

趙縣令想起小女兒委屈萬分又淚流滿面的樣子，心裡抽一下，點點頭。

鞏氏鬆口氣，急忙去女兒的房間。

雉娘已洗漱好，準備就寢，靠坐在榻上，手中捧著一本書，腦子卻在想著，如何讓父親打消將她嫁去文家的念頭。

她手上的書正是文師爺送來的。她合上書，靈光一閃，不如明日一早將它們送還給文師爺，乘機順便跟他說清楚。

此時見到鞏氏進來，略有些詫異。「娘，這麼晚了，您怎麼還過來？」

鞏氏輕輕坐在榻邊，仔細地看著她的臉。「雉娘，方才娘得知那文四爺還有一位通房。雖然文四爺說只要妳嫁過去，他就將通房送走，可娘的心裡覺得有些不舒服，就想問問妳，妳對這門親事願意嗎？」

「不願意。」雉娘又斬釘截鐵道：「娘，女兒不願意，一點也不願意。」

本來她對文四爺就沒有什麼感情，加上大公子的話一直響在耳邊，正愁不知該如何推脫，娘又說出對方還有通房的事，這不正是現成的理由？

鞏氏鄭重地點頭。「既然妳不同意，娘就為妳爭一爭。」她拍拍女兒的手。「妳累了一天，早些歇息吧。」

「娘。」雉娘反握住她的手。鞏氏或許不是一位很好的女人，懦弱又無能，可是她真的算得上是一位好母親，總是盡自己最大的努力保護女兒。

「傻孩子，妳不用擔心，妳不願意，娘就是拚盡全力，也會讓妳父親打消念頭的。」

鞏氏抽回手，替女兒掖了下被子，輕手輕腳地走出去，看著自己的院落，深深地吸一口氣，然後走過去。

趙縣令還未睡著，見她進來，隨意問道：「雉娘如何說？」

鞏氏跪在榻腳。「老爺，妾身向您請罪。雉娘是個知禮的孩子，只道不敢不從父母命，可妾身思來想去，心裡難過，越想越不願意。那文四爺年紀太大，我的雉娘花朵般的年紀，真是太委屈……」

趙縣令望著她，示意她講下去。

鞏氏的淚水流下來。「老爺，妾身多年來只得此一女，一想到要遠嫁，心就如千刀萬剮一般，痛不欲生。文四爺雖說是要下場應試，可前路未知，萬一落榜，回到滄北，我的女兒在那人生地不熟的地方，被人欺負了怎麼辦，想家了怎麼辦？老爺，妾身不敢想啊！」

她哭得悲切，哽咽不已。

「那文家百年大家，難道還會委屈她？」

「老爺，後宅之事不比朝堂，有理可講，有據可依，真要是遇到一、兩個壞心的，以雉娘良善的心性，肯定是打落牙齒和血吞，吃了啞巴虧，連個訴苦的人都沒有。文四爺一個男人，不常待在內宅，又如何幫她？可憐她到時叫天天不應、叫地地不靈，妾身每每想來，心如刀割……」

趙縣令被她說得心軟起來，想到董氏，不就是包藏禍心之人，若不是被人揭發，還不知要作多少的惡，他不常在內宅，多年來竟一無所覺。

鞏氏所憂不無道理，文四爺雖說才氣不俗，可科舉一事，不是有才就能出人頭地的。就好比自己，連正經文章都是勉強擠出來的，談不上什麼文采，不照樣能中舉出仕？

文家退隱多年，在朝中並無人脈，想要再殺出一條路，談何容易？再說，他的女兒正是花信之期，貌美動人，配一個中年白身男子，太過委屈。

他默然地點了下頭。「也好，我也捨不得雉娘遠嫁。那文家的親事，明日我就推了吧。」

鞏氏破涕為笑。「妾身謝過老爺。」

趙縣令將她扶起。「妳我夫妻，雉娘又是我們的親生女兒，談什麼謝字，太過見外。」

鞏氏破涕為笑。

第三十二章

趙縣令從榻上起身，羣氏才扶著他的手站起，俏臉上淚痕未乾，美目濕漉漉的，望著他的眼神帶著感激和依賴。

「夫君，都是妾身不懂事，給您添麻煩了。」

「看妳說的什麼話，難道在妳心中，我是為了攀高枝就不顧女兒死活的父親嗎？雉娘不僅是妳的女兒，也是我的女兒，若文家真不是什麼良緣，我又怎麼會讓雉娘嫁過去？」

「老爺……」羣氏羞赧地掙脫他的手。「妾身失儀，容妾身下去梳洗。」

她低頭開了門去淨室梳洗，乘機低聲讓蘭婆子去告訴雉娘，就說事情辦妥，不用擔心，好好休息。

蘭婆子會意，悄悄去給雉娘送口信。

雉娘也正等著娘和父親談的結果，收到蘭婆子帶來的口信，大大地鬆口氣，心落到實處，終於可以放心睡覺。

等次日天一亮，她便將整理好的遊記送到趙縣令書房。「爹，聽說文師爺要回老家，這些書是他借給女兒，許是他忘記要回，不如父親替女兒歸還他，可好？」

「妳放這兒吧，為父等下要去給文四爺送行，順便將東西帶過去。」

「多謝父親。」

趙縣令看著女兒花朵般的容貌，想到文四爺比自己小不了幾歲，若將小女兒嫁給他，還真有些於心不忍，也許拒絕這門親事才是正確的。

雉娘一出書房門，正好撞見急匆匆而來的燕娘。燕娘昂著頭，鼻子裡哼出一聲，徑直越過她，一把推開書房的門。

趙縣令被驚一跳，見是她，臉色立刻黑下來。

「妳來這裡做什麼，我不是說過沒有我的吩咐，妳不准出後院嗎？」

「爹，燕娘可沒有不聽您的話，我這不是沒有出家門嗎？再說女兒是有要緊的事稟報父親。」

「妳能有什麼要緊的事？」

「爹，大姊和三妹都沒說吧？太子已到渡古，現正住在閬山胥家。」

趙縣令震驚地站起來。「什麼？此話可當真？」

趙燕娘得意地點頭。她猜得果然沒錯，鳳娘和雉娘真的沒將此事告知父親。她們下山時，太子讓胥家轉達意思，勒令她們回去後，不准洩漏太子到渡古的事。她就猜著以鳳娘和雉娘的性子，肯定是會乖乖聽話。

「千真萬確，我們姊妹幾人都親眼見胥家大公子陪著太子。」

趙縣令暗自琢磨，若是胥家大公子相陪的，必是太子無疑，為何鳳娘和雉娘都沒提過此事，單單燕娘提起？

「好，此事為父已知曉，妳回去吧。」

「爹！」趙燕娘一跺腳，她可不是特意來告訴父親的，是有自己的打算。「太子來渡古，這是多好的機會，您何不前去結交，說不定太子賞識，大有益處。」

趙縣令看著她眼裡閃動的算計，冷下臉。「這些事不是妳一個閨閣女子該操心的，還不趕緊回去？」

「爹……」

「回去，再敢亂跑，連房門都不許出。」

趙燕娘恨恨地跺腳，飛跑出去。

趙縣令左思右想，讓人將鳳娘喚來。

趙鳳娘聽黃嬤嬤來報，知道燕娘去書房尋父親，明白以燕娘的性子，必是說出太子的事情。

她見到趙縣令，首先告罪，說太子有令，不許走漏他的行蹤，她不敢不遵命。趙縣令臉色緩和下來，稱讚她行事有度。

趙鳳娘將昨日太子的話轉述一次，說到太子已為趙家謀劃，不日就可進京。趙縣令大喜過望。進京為官，哪怕是平級，實際也要高出不少，何況還升了一級，從八品的典簿，全是託鳳娘的福，要不然太子哪會想得到他一個小縣的縣令？

「鳳娘，太子當真如此說的？」

「父親，千真萬確，那新來的縣令已經在來渡古的路上，也許入冬就能到達。到時交接完，父親便可啟程去京城，年後可上任。」

趙縣令抑制不住心中的喜悅。他一介小小的九品縣令能搭上太子這條路，以後的造化只會更大。幸好自己決定推了文家的親事，以後去了京中，京城不比渡古，雉娘想要嫁個好點的人家，應該不難。

他興奮之情溢於言表，原本樸實的臉上現出難得的激動之色。

「爹，此事太子看在皇后娘娘的面子上，才向女兒透露。太子是一國儲君，他的命令堪比聖旨，我們一定要遵從，不可輕易向他人洩漏太子的行蹤。燕娘此舉，雖說是向父親提及，細究起來，確實不妥。」

趙縣令點點頭。「她的性子，是該好好壓一壓。」

「爹，母親管著後院，但燕娘並不服母親。母親性子軟，也管不動她，女兒不想她再如此下去，以後搬去京中，京中貴人多，萬一她衝撞別人，惹下禍事不好收場，想著讓身邊的劉嬤嬤去教導她一些規矩，您看此舉可行？」

「還是鳳娘想得周到。她那性子確實不妥，再不管教遲早會出事。劉嬤嬤是宮裡出來的，有她在，燕娘想必能有所改變。就依妳之言，讓她去管教燕娘。」

「是，父親。」趙鳳娘又多提點幾句京中的事便告辭了。

她垂著眉眼，輕移蓮步，慢慢往後院走去。趙燕娘站在鳳娘房間門口，譏笑地望著她。

鳳娘面色無波無瀾，想著昨日黃嬤嬤說過的話，眸色冰冷。

趙燕娘雖是自己的嫡妹，可行事太愚蠢，聽黃嬤嬤的語氣，燕娘見過太子後竟起了非分之想，在太子面前醜態百出。

太子是將來的天子，塵埃妄想比天齊，實在是讓人感到可笑又可悲。

趙燕娘朝她走來，嘴角帶著得意的笑。「大姊，怎麼看起來不太高興的樣子，是不是被父親訓斥了？」

「燕娘，妳在說什麼，大姊聽不懂。父親喚我不過是詢問一些事，何來訓斥一說？」

「大姊，妳就別嘴硬，看妳臉色這麼不好，定然是面子掛不住。我們是嫡親姊妹，有什麼不能說的，在我面前沒必要遮掩。」

趙鳳娘怒極反笑。「燕娘，我們是一母同胞又是雙生，為何妳要一直盼著我不好？難道我不好了，妳就能落下好？還是妳以為沒有我，這所有的一切都是妳的？」

趙燕娘的笑僵在臉上，惱羞成怒。

她恨恨地道：「既然我們是嫡親的姊妹，那妳的東西就是我的東西，憑什麼好事都讓妳一個人占上，我半點也沒有。」

「妳想要什麼？」

「我想要什麼？我想要，妳就會給嗎？」

「當然不會。燕娘，妳可能從未認清過事實，同人不同命，妳不是我，我今日所有的一切，都是自己爭取來的，與妳沒有干係。」

趙燕娘臉色扭曲，帶著深深的恨意。「若當初姑姑抱去京中的人是我，那麼這所有的一切都是我的！」

原來燕娘一直是如此認為，真是愚蠢。她再怎麼大度，也不可能如燕娘的心意。燕娘分明是恨上自己，欲取而代之。

趙鳳娘平靜地開口。「燕娘，妳對我誤會頗深。當年之事，皆不是妳我所選，怨我又有何用？如今妳養成今日這般性子，我覺得十分難過。劉嬤嬤是宮裡的老人，我讓她去侍候妳一段時日，想來她對妳會有些幫助。」

哼，說得好聽，侍候？怕是來監視的吧！「不用了，我身邊侍候的人足夠。」

「這是父親的意思，等下我就讓劉嬤嬤過來。」

趙鳳娘說完，抬腳便往自己的房間走去，神色冰冷。

趙燕娘盯著她的背影。趙鳳娘今日穿的是織金描花綾錦長裙，裙子八幅散開，尾裙迤邐曳地，腰帶上鑲著寶石，緊緊地束著細腰。百花祥雲髻插著金珠流蘇鏤空雕花簪子，簪子中間一顆碩大的寶石，流光溢彩。

這身服飾，若是穿在自己身上，肯定也會襯得自己貴氣逼人……

趙燕娘怨毒地盯著。

趙鳳娘感受到她的恨意，面色如籠上一層寒霜。她今日盛裝打扮，只因與太子約好在茶樓相見。太子此行匆忙，明日就要離開，她自是想在心上人面前展現自己最好的一面。

黃嬤嬤跟在她的後面，不動聲色地示意站在門口的宮女，宮女剛才隱約聽見縣主和二小姐的對話，心知肚明地去請劉嬤嬤。

劉嬤嬤來時，趙鳳娘臉色已平靜如常，坐在椅子上。

「見過縣主，不知縣主有何吩咐。」

「劉嬤嬤，是我有事相求。」
「縣主折煞奴婢了，縣主但凡有吩咐，只管使喚老奴。」
「多謝劉嬤嬤。妳與黃嬤嬤都是宮裡的老人，又是皇后娘娘跟前得力的人，被安排來我身邊，實在是委屈。」
劉嬤嬤嚅嚅，不敢接這話，只說不敢當。
趙鳳娘眉宇間籠上愁色，摩擦著茶杯的蓋子，似乎很為難。
「縣主，可是遇上什麼煩心事？」
「劉嬤嬤所問不差。人都說家醜不敢外揚，我那二妹，性子被生母養得有些左，舉止也不太穩重，我欲請嬤嬤代為管教，又不太好開口。」
劉嬤嬤立即表態。「縣主，此事交給老奴。老奴別的不行，也就會些規矩。」
趙鳳娘似鬆口氣地欣慰道：「那燕娘就拜託劉嬤嬤。嬤嬤儘管放手去做，燕娘性子烈，不用非常手段怕是不能讓她服氣。妳不用怕，她若有什麼不滿，讓她儘管來找我。」
劉嬤嬤聽到這話，明白地點頭。「縣主放心，老奴定會讓二小姐將規矩學好。」

三堂書房內，趙縣令獨自暗暗歡喜，恨不得小酌一杯以示慶祝，又苦於無人分享，在書房裡來回踱著步子，臉上泛著興奮的紅光。
以往自己有什麼事，都會找文師爺商量，縣衙中的大小事情，都是文師爺出謀劃策，要不然他哪能安穩地做幾年的縣令？

想到文師爺，不由得有些惆悵。幸好他這縣令也做不了多久，若不然，沒個得心應手的師爺，這父母官也不好當。

猛然想起今日正是文師爺離開渡古之日，他便將小女兒送過來的書拿上，出了衙門去送文家叔姪。

文四爺正在碼頭上等著。昨日和趙大人一提，看趙大人的表情，親事十有九成能定，趙三小姐雖然沒什麼才名，長相卻頗合他的心意。

想到月色籠罩下絕色的容顏，他眼底閃過癡迷。

一位長相清秀的少婦輕輕替他披上披風。「四爺，碼頭風大，要不到船艙裡去等吧。」少婦正是他的通房，跟隨他已有十幾年之久。她本是侍候他的大丫頭，他成年時才收的房。文家的祖訓雖不如胥家嚴苛，但文家也有規定，正室進門前，不能有庶出子女，所以這通房一直未曾生養。

眼下她也三十好幾，想要再生養也不容易。她心裡也急，一方面又盼望四爺快快娶妻，正妻產下嫡子後，也能停了她的避子湯。另一方面又不想四爺娶妻，縱使無兒無女，兩人就這樣過著，她是他後院獨一個，日子也挺好的。

文四爺在渡古的這幾年，都是她在操持飲食起居，儼然一對夫妻。

文齊賢見叔叔還不登船，有些不解。「四叔，船等會兒就要開，何不去艙內？」

文沐松不說話。求娶之事，無論成與不成，趙縣令都會來告知一聲。

他靜靜地立著，想著那姑娘嬌美的小臉，心裡一陣激盪，對於成親之事隱隱有些期待。

趙縣令命馬車疾行，見到文四爺，連連說著抱歉。「今日事務較多，還望見諒。」

「大人客氣了，大人能前來相送，文某感激萬分。」

趙縣令拿出那幾本書。「這是前段日子向文四爺借的書，現在完璧歸還，另外，本官還略備薄禮，以表心意。」

他未說書是女兒借的，當日也是由他轉交給雉娘，既然已決定不和文家結親，多一事不如少一事。

文四爺表情未變，將書接過遞給隨從。

趙縣令又道：「昨日文四爺所提之事，本官思來想去，覺得不太妥當。四爺鯤鵬之志，才高志遠，小女年幼無知，恐怕不能照顧好四爺，本官祝四爺將來金榜題名，大展宏圖。」

文沐松一愣，卻沒有問趙家究竟為何拒親。在他看來，他能看上趙三小姐，只為她的顏色，世間絕色的女子多的是，等以後走上高位，何愁沒有美人？

「借趙大人吉言，文某就此告辭。」

他轉身走進船艙，趙縣令搖手告別。

第三十三章

通都運河兩岸的街道中客人來來往往，有常見的商賈，也有過往停靠的路人進出酒肆茶樓。

一輛馬車停靠在長街最後面的茶樓邊，婆子下車，從馬車上扶出一位裹著披風的少女。少女戴著兜帽，瞧不清長相，隱約可見通身的氣派。

跑堂機靈地上來相迎，婆子遞上碎銀子，道與一位平公子有約，麻煩帶路。他矮著身走在前面，將她們引上二樓雅間。

婆子敲門，門從裡面打開，主僕倆進去，少女取下兜帽，正是趙鳳娘。她含笑地望著雅間內的男子。

男子立在窗邊，聽到動靜轉過身來，藏藍色的長袍，沈穩英俊的五官，也露出一個淺淺的笑意。

黃嬤嬤躬身告退，並從外面將門帶上，裡面只剩兩人。

「參見太子殿下。」

趙鳳娘優雅地微微屈身行禮，一雙男子的大手托住她。「鳳娘，妳與孤之間何須如此多禮？」

「禮不可廢。殿下仁慈，鳳娘卻不敢恃寵而驕。」

祁堯垂眸看著她，眼裡充滿愛意。他就欣賞她的這分端莊大氣，無論做什麼事，彷彿是手到擒來、游刃有餘。

「明日孤便要離開此地，妳在渡古待得也久，不如隨孤一同回京。」

渡古離京路程約有月餘之久，若能隨他一同上京，兩人結伴同行，看山賞水，或停下駐足觀玩，也是一件樂事。

她的眼中露出嚮往之色，可一想到京中，眸中的亮光慢慢黯下去。太子是一國儲君，若是太過兒女情長，別人許是不會責怪男子，只會指責她一介女子不知羞地癡纏太子。到時莫說是別人，便是一向寵愛她的皇后娘娘也會有所埋怨，得不償失。

「殿下的提議，鳳娘十分意動，但生母剛逝，嫡妹無人指引，性子變得有些古怪，鳳娘身為長姊，教導妹妹義不容辭，可能要辜負您的一番情義，還望殿下見諒。」

聽她提起家中的嫡妹，祁堯眼中閃過一絲厭惡。剛才的話也是一時衝動，若鳳娘真和他一同上京，要惹來不少非議，有些不妥。

好在此次一別，最多幾月後也能再見，他點點頭。「那妳就和他們一起回京，我們京中再見。」

「多謝殿下掛心，鳳娘在此祝殿下一路順風。」

祁堯與她深情對望，一切盡在不言中。他喜歡她的謹守禮教，又渴望她能和其他女子一般對他癡迷。

但他的妻子，以後要母儀天下，像她這樣就很好。

「借妳吉言。妳在此地，也要多保重身子，切莫太操心。妳那嫡妹一事，妳不過是姊姊，上有父母，交給他們便是。」

「鳳娘明白，謝殿下提醒。」

祁堯深情地注視著她，看到她今日的穿衣打扮，眼底滿意。女為悅己者容，她表現得再知禮，心裡始終還是有他的。

「今日很美。」

趙鳳娘羞紅了臉，輕盈地屈身行禮。「多謝太子誇獎。」

他的大手一把將她扶起。「此處就妳我二人，不必講這些虛禮。」

將她扶起後，他的手並未放開，依舊緊緊地握在一起。她任由他握著，聽到外面車水馬龍的聲音，真願時光就停在此刻。

兩人脈脈相望，不敢出聲。

孤男寡女，不能獨處太久，鳳娘估算著差不多，輕輕地抽開手，便起身告辭。

太子將手背在後面，目送她離開，面色有些沈重。鳳娘識大體，性子溫婉，母后每每提及都對她滿口誇讚，他一直以為這是母后為他選的妻子，可是為何母后對此事絕口不提？

鳳娘離京後，他朝思暮想，向母后請求出京。初時母后極為不悅，後來才勉強同意，他隱約覺得或許是他會錯意，母后並沒有將鳳娘當成太子妃的人選。

那麼母后究竟是如何打算的？他微微蹙眉，想著是否要和母后好好提提此事。

黃嬤嬤攙扶著趙鳳娘下樓，平晁正守在樓梯邊上，見到她，輕輕地點頭。

「平公子，一切就拜託你，路上好好照顧殿下。」

「縣主放心，我會的。」

趙鳳娘頷首離去，靜靜地坐上馬車。馬車在石板上行駛起來，她的臉上籠著一層憂思。自己何嘗不知太子的心思，想和她多處些時日，才會誠心邀她一同回京。

但她也有些摸不清皇后娘娘的心思，若說娘娘對她寵愛有加，那確實不假，可為何偏偏不贊同她和太子待在一起，莫非娘娘還是嫌她出身太低微，配不上太子？

可若真是這樣，娘娘將她封為縣主又是何用意？既然封她為縣主，此前她一直以為，娘娘是在為她以後嫁給太子鋪路，眼下來看，卻不是這麼一回事。

她已年屆十七，姑娘家的好年華沒有幾年，若不趁著這一、兩年嫁出去，以後拖得年紀大了，更加不好說。

許是因為太子未娶妻，在京中，十七、八的姑娘沒有許人家的比比皆是，縱是在渡古，像方家和蔡家的姑娘也都年歲不小，卻也沒有許人家。

太子對她有情，她不是不知，她對太子也是芳心暗許，兩情相悅，只等父母之命。但願等她再次回京，一切都變得不同。

約半個時辰左右，馬車突然停下來，黃嬤嬤小心地掀開簾子，見前面車馬堵得厲害，讓車夫繞道回去，車夫依言，將馬車拐進縣衙後面的窄街上。

後街不比前街，馬車要少許多，她們順利地穿過，眼看著就要到縣衙後門，突然黃嬤嬤疑惑地咦了一聲。

「可是又有什麼事？」

「沒有，縣主，許是老奴眼花，看到一位婦人像以前的故人。」

趙鳳娘笑一下。「嬤嬤必定是看錯了，此處是偏遠小縣，哪裡會有嬤嬤的故人。」

黃嬤嬤也自嘲起來。「定然是老奴看岔了。那婦人面容有幾分像，卻要蒼老許多，不可能是曾經的故人。」

主僕倆隨意將此事揭過，沒有放在心上。

街邊的鋪子裡，躲在簾子後面的婦人見馬車駛遠，才慢慢從後面出來，正是賣湯麵的婆子。她蒼老的面容上全是疑惑，不知那人為何會出現在此處？

她小心地張望著，見馬車停在縣衙的後面，那人扶著一位少女下馬車，似乎是少女的奴婢。她有些不解，那人不應該是在宮中嗎？

猛然想到，趙家有位新封的縣主，那人不會是侍候縣主的吧？只是一位宮裡的老人怎麼會去侍候新縣主？

她滿腹疑問，皺著眉頭細思，漸漸地似是想明白什麼，眼睛睜得大大的。

縣衙後院的西屋內，鞏氏正教女兒繡花。雉娘手笨，繡得十分吃力，卻學得認真。

趙鳳娘一行回到後院，並沒有遮掩。她出門時已和鞏氏報備過，鞏氏自然不敢細問她出門所為何事。

她一進門，沒有直接回自己的房間，反倒是往西屋來。鞏氏聽到動靜，放下手中的花繃子，暗道縣主不愧是京中來的，禮數讓人挑不出半點錯。

趙鳳娘笑吟吟地進來。「母親，三妹，在忙什麼呢？」

「大姊，我和娘在學女紅。」雉娘也起身，和她見禮。

她隨手從黃嬤嬤那裡接過一盒點心，對鞏氏道：「母親，鳳娘方才外出，順路買的一份酥點，嚐著覺得味道不錯，特意帶回來給母親和三妹嚐嚐。」

「妳有心了。」鞏氏將點心接過來，轉手放在桌上。「現在天氣涼，妳出門時可千萬要多加衣服，免得身子受不住。」

「多謝母親掛心，鳳娘省得。」趙鳳娘瞧見收在簸籮中的花繃子，抿唇一笑。「三妹這女紅怕是還要再多練練。」

雉娘羞愧道：「大姊說得在理。」

「我也就是隨口一說，三妹莫往心裡去。在京中，不會女紅的姑娘多的是，我們又不是繡娘，不用靠女紅討飯吃，倒也無須太在意。」

鞏氏笑起來。「鳳娘說得是，以後妳們料理一大家子，前院後院，丫頭僕人，哪有閒工夫坐下來做繡活？這些事情交代下去，自有下人去做。」

趙鳳娘看她一眼，微微一笑。

「妳才從外面回來，想必是有些乏，就不用在這裡陪我，先去歇息吧。」

「多謝母親。」趙鳳娘含笑告辭，這才朝東屋走去。

她一走，鞏氏對雉娘道：「雉娘，妳以後沒事多和鳳娘學學，尤其是待人處事和禮數方面。」

「嗯。」雉娘輕聲應著。趙鳳娘在京中受的是正經的貴女教養，面上功夫真是做得滴水不漏，看她穿得這般隆重出門，恐怕是去見那位從京中來的太子殿下。

太子和趙鳳娘之間，關係不簡單。不過對自己來說，若鳳娘真能攀上太子，對她以後也是有利的。

雉娘拉著鞏氏，重新坐下來，從籮筐中拿出花繃子，一針一線地仔細繡起來。不一會兒，烏朵進來，輕聲道：「夫人，三小姐，外面有人尋奴婢，奴婢去去就來。」

「妳去吧。」

鞏氏讓她出去，低頭仔細一想，烏朵是從外面買進來的，聽說是孤女，哪裡來的人會尋她？

約一炷香後，烏朵回來了，笑著對母女倆回稟。「方才奴婢也有些納悶，奴婢從前孤苦一人，哪裡會有人來尋？出去一看，原來是胥家的執墨姊姊。」

執墨？雉娘的手一頓。她怎麼會來找烏朵？難道上次去胥家，烏朵和她套上交情，所以她才會專門來找烏朵？

鞏氏先是一愣，然後便笑起來。「許是妳和她投緣，她才會來找妳。咱們府裡沒有那麼多的規矩，她若邀妳去玩，我就許妳一天的假。」

「多謝夫人，不過執墨姊姊是下山買東西的，自己也不得空，也是走到這裡順道來看奴婢，沒有什麼大事。」

「原來如此。」

烏朵退下去後，朝雉娘看了一眼。雉娘心中一動，長長的睫毛抖了抖，繼續低下頭來和針線較勁。

「好了，女紅做太久，不光是眼睛受損，身子也吃不消，妳先回房去休息。」

雉娘聽話地離開，一進自己的房間，就將烏朵叫進來。

烏朵進房後，將門關上。「三小姐，方才執墨說，她家大公子和二公子要離開渡古，陪太子一同進京，她這才下山來採買路途中得用的東西。」

大公子要進京？雉娘低頭，會不會是大公子讓她來的，不然她怎麼會專程來找烏朵？她如此想著，心裡有些複雜。大公子要離開，為何專程來告知她？有些說不通。

烏朵又道：「三小姐，執墨姊姊還說，那景韻軒茶樓的茶葉最好，她們大公子最喜歡，還說掌櫃的人特別好。」

「好，我知道了。」

上次他們見面的那間茶樓名字就叫景韻軒，大公子這是提醒她，茶樓的掌櫃是他的人，讓自己以後真有事情，可以去找茶樓掌櫃。

她有些明白大公子派人通知的用意，可能是怕她像以前一樣遇到困境無人相幫，特意為她安排好。但大公子似乎忘記，她娘已是趙夫人，董氏已死，她應該不會再陷入之前那樣的困境。

前世今生，都沒有遇見過這麼好的人，如此設身處地為她著想。她心裡湧起感激。大公子面冷心熱，連這樣的事都能替她想到，心裡祝福他此行一路平安，將來能官途平坦，飛黃騰達。

第二天，天氣陰沈，江風帶著初秋的寒意，讓人不由得裹緊衣袍。碼頭上依然熱鬧非凡，一艘不起眼的船悄悄起錨駛離渡古。

船至江心，幾位公子從船艙出來站在船頭，正是太子和大公子一行人。

幾人站在甲板上吹風。風帶著水氣，黏膩膩地讓人很不舒服，大風颳得長袍邊角亂飛，太子的面色有些惆悵，輕嘆一口氣。

胥良川道：「殿下可還有什麼事未辦妥？」

「並無，孤只是覺得京外的山水如此迤邐，難得出來一次，這麼快便要回京，有些不捨。」

平晁安慰道：「殿下不必遺憾，京中風景更美。再說普天之下莫非王土，殿下想想，這風景遲早會出現在京中，到時候再細細觀賞，豈不美哉？」

祁堯收起臉上的悵然之色。「平晁說得不錯，是孤著相了。」

胥良岳有些沒聽懂他們的話，看著霧霾陰沈的天氣，還有看不清真貌的遠山，這樣的景致談不上什麼好，為何太子還一臉留戀？

他慢慢地回過味來，隱約覺得他們言語間意有所指。

他轉頭看兄長一眼，見兄長神色尋常，暗道許是自己想太多。

胥良川淡眼看著太子。太子對趙鳳娘的心思，竟然如此深，只是今生，恐怕也不能如願……

皇后一直以為趙鳳娘是親女，那定然會千方百計地阻止兩人在一起。若發現趙鳳娘不是親女，那趙鳳娘也不可能嫁給太子。

以天家的性情，欺騙是最不被饒恕的，趙鳳娘的下場不會太好，更不可能當上太子妃。趙家還會和從前一樣，慘遭滅門之禍。

自古以來罪不及出嫁女，在此之前，趙三小姐一定要入他胥家門。

還有堂弟和趙氏姊妹的孽緣，他此次回京，無論如何都要阻止。

他抬眸看一眼太子身邊的平晁，又垂下眼。

第三十四章

渡古縣衙內，趙縣令看著突然歸家的兒子，滿臉喜悅。

趙守和接到父親的書信，才知道父親將犖姨娘升為正妻，倒是沒有多大驚訝。父親還算壯年，不可能獨身終老，身邊總得有人服侍，與其另娶一位女子，還不如讓犖氏上位，至少犖氏為人良善，知根知底。

何況犖氏竟是方家的庶女，方大儒的聲望雖不如胥閣老，但也是當代大儒，能當上他的外孫，對自己以後大有益處。

趙縣令帶兒子去拜見母親。趙老夫人精神已經大好，鳳娘正侍候在她的榻邊，餵粥擦嘴，老夫人高興得滿臉是笑。

趙守和是唯一的孫子，以後趙家傳宗接代還得靠他，趙老夫人朝孫子招手，趙鳳娘讓開位置，讓哥哥離祖母近些。

老夫人瘦瘦的手欣慰地撫著孫子的臉。

「祖母，孫兒來看您了。」

「娘，守哥兒才從書院回來，頭一個想到的就是來看您。」

老夫人含淚點頭。

趙鳳娘對趙守和道：「大哥才回來，不知有沒有去見過母親？」

「正要去見，先來看望祖母，等下去母親那裡。」

趙老夫人對他們揮手，意思是讓他們去見鞏氏。

趙氏父子離開，轉去西屋。趙守和見到鞏氏，臉上沒有露出半分不甘願，對鞏氏言語尊敬，稱呼母親。趙縣令摸著短鬚，這才徹底放下心來。

一家人聚在一起，趙守和才說起自己的打算。「爹，明年春闈在即，胥家二位公子已經回京，段家表哥說姑父來信，讓他早做準備，最近也要歸家。兒子想著，不如和表哥一同前去，在京中早些安排。」

趙縣令還在思量，趙鳳娘出聲。「爹，大哥所言極是。京中不比縣城，消息傳得快，若是有什麼變故，能及時調整，再說也能乘機打探主考官們的喜好。」

歷來科舉，因為閬山學子眾多，為了避嫌，胥閣老從不擔任主考一職，皆由其他文官擔任。

趙縣令不由點頭。鳳娘說得對，反正過不了多久，全家人都要搬去京中，還不如讓守哥兒先去熟悉一下。

「守哥兒，你去京中後，讓你姑姑多打聽一下宅子，若是有適合的就賃下來。」

趙守和不解，疑惑道：「爹，我住在姑姑家裡即可，無須另住地方。」

趙縣令摸著短鬚，故作高深地一笑。「哪是讓你住？是我們全家人住。」

「爹……」趙守和驚喜地出聲。

「莫要聲張，此事還未公開，我們也是得了準信，早些打算。」

趙守和掩不住狂喜。「是的，爹，兒子一定謹記！」

鞏氏適時地插一句。「老爺，妾身這就為守哥兒打點行裝。」

「那就有勞母親。」

一家人臉上都帶著笑意。雉娘望著志得意滿的便宜父親，還有溫婉的母親，真誠的趙鳳娘，毫無芥蒂的趙守和，若有所思地低下頭去。

比起這些人，她覺得討人厭的趙燕娘更加真實。

鞏氏歡喜地去安排趙守和的行裝，她也乘機離開，不自覺地看一眼趙燕娘的房間。裡面傳來熟悉的咒罵聲，不知趙燕娘又打翻了什麼東西。

那劉嬤嬤是宮裡出來的人，手段可不是一般婆子能比的，趙燕娘除了罵人，其他的什麼也做不了。

剛才聽父親的言外之意，是全家都要搬到京裡去。大公子也在京裡，不知還能不能再遇見？

她回西屋後，突然覺得日子沒意思起來，無精打采地托腮坐著發呆。

鞏氏好半天才注意到女兒，疑惑道：「雉娘，妳可是覺得無趣？」

是有點沒勁。剛來這裡時，天天為生存和董氏母女鬥法，一刻都不敢放鬆。好不容易排除萬難，日子好過起來，卻覺得有些不是滋味，總覺得缺少些什麼。

說起來，無論是前世還是現在，她都沒有什麼悠閒的時光，真讓她做個無所事事的官家小姐，反倒有些不習慣。

蘭婆子從外面進來，交給鞏氏一張帖子。「夫人，這是府城方家送來的，邀您和三小姐去過女兒節。」

鞏氏的笑意在臉上凝結，不可置信地接過帖子。

方家讓她帶雉娘回娘家過節？她離開府城近二十年，以前因為母親的遺命，她不敢回方家，現在是不知道該不該回去。

她拿著帖子，反覆地看著，下不了決心。

蘭婆子道：「夫人，往事隨風，方先生已經認您，您何不帶著三小姐回去看看？方家到底是大戶人家，奴婢說句不該說的，不為您自己，也得考慮三小姐。」

鞏氏幾番思量，終是下定決心般地點頭，含笑對雉娘道：「妳方才不是覺得無聊？正好娘帶妳去府城轉轉。」

說完自己開心起來，讓蘭婆子找出幾疋料子，要幫雉娘裁新衣。蘭婆子也滿臉興奮，幫她參謀起來。

雉娘被晾在一邊，嘆口氣，走出屋子，正好迎面碰到趙鳳娘。她身後跟著黃嬤嬤，黃嬤嬤的手中捧著兩疋精美的面料。

「三妹，母親可在？」

「在的。」

趙鳳娘施施然地進去，不一會兒，就聽到鞏氏驚喜的聲音。「鳳娘真貼心，方才母親還在想著給妳三妹用哪疋料子，妳就送來這些，可比我準備的要精緻萬倍，母親在這裡替妳三妹道個謝。」

接下來便聽到鳳娘溫和的聲音。「母親，您和我客氣什麼，雉娘也是我的親妹妹。」

雉娘抬頭望天，慢慢地走到園子裡，坐在亭子的長凳上。

過沒幾天，趙守和就跟著段鴻漸一同赴京，京中的調令也到了渡古，趙縣令滿面春風，走路都多了幾分精氣神。

而趙燕娘跟著劉嬤嬤學規矩，倒是很少出來膈應人。趙鳳娘除了陪著老夫人，也是幾乎大門不出二門不邁。鞏氏和趙縣令兩夫妻越發恩愛，宛如新人一般。只有雉娘，冷眼旁觀著這一切，突然發現自己如同外人一般，融不進去。

接著，女兒節便到來，鞏氏精神煥發又有些忐忑地帶著女兒登上去府城的渡船。趙鳳娘沒有跟來，鞏氏百般相請，她都堅持婉拒，最後鞏氏只能作罷。

雉娘立在船頭，鞏氏走出船艙來尋女兒。「雉娘，娘見妳最近有些悶悶不樂，可是有什麼心事？」

「沒有的，娘。」

河道上，賣小食的漁女划著船過來詢問。雉娘認出這漁女是前次遇的那一個，想到上次因為要在別人面前做樣子，明明很喜歡吃那糟魚，卻也只是淺嚐幾口，忙讓鞏氏買來一些。

鞏氏見女兒恢復精神，當下每樣都買了不少。

等蘭婆子將糟魚蒸好端來，雉娘就著一盤菜魚吃完一碗飯。鞏氏笑道：「雉娘可是愛這些鄉野小食？」

「嗯，偶爾食之，別有一番風味。」

鞏氏擱下筷子，語氣裡帶著一絲酸澀的懷念。「這糟魚讓娘也想起一些往事。那時候我離家跟著妳爹，心情抑鬱，妳爹為討我開心，也曾覓一些小食和小玩意兒哄我開心，其中便有這糟魚。」

雉娘挾魚的手頓住。便宜父親還會做這樣的事？

鞏氏不好意思地捂著臉。「看我，和妳說這些做什麼？」

「娘，我沒有笑話您，我只是想著爹怎麼會做這樣的事？」

「別看妳爹老實，討人歡心的事以前沒少做。這男人哪，別管面上多正經，哄起女人來手段都差不多，不就是送東西，討歡心。」

雉娘若有所思，總覺得這話有些似曾相識。前次她們坐船去府城，她記得大公子就派人送過糟魚和小食給她們，大公子又是在討誰的歡心呢？

她慢慢地皺起眉頭，鞏氏叫了她幾聲。「雉娘，在想什麼呢？娘叫妳幾句，妳都不回答。」

「沒什麼，娘，只是聽說了父親的往事，有些感慨罷了。」

「是啊，過去的始終是過去的，好在如今我們也過來了。以後妳莫怕，娘會一直護著妳的。」

雉娘動容地望著她。「娘，我知道的。」

吃完飯後，雉娘要去甲板上消食。鞏氏有些暈船，於是就在艙中休息。江風涼涼，鞏氏讓雉娘多披一件衣服。雉娘依言，環著手臂站在船頭，腦子裡想著剛才的事。大公子中意的人是誰？

不可能是趙燕娘，就那性子和相貌，大公子不可能看上，看來只能是趙鳳娘。鳳娘和他相識在京中，可能大公子早已看上她，但她和太子是一對，太子身分尊貴，若是發現還有人覬覦鳳娘，肯定不會輕易放過。

就算大公子再交好也不行，而大公子也怕被別人發現這個秘密，尤其是將來的妻子，若是捅出此事，就是滅頂之災，於是便有上次在閬山和自己的談話。

她欠大公子恩情，就算在以後的相處中發現大公子的心思，也不可能會告訴別人，反而會替他遮掩，所以大公子才會提出娶自己，為的就是趙鳳娘。

如此一來，一切都解釋得通。

風依然吹著，她卻覺得有些透不過氣來。

大公子對她來說，是個好人，他的託付，自己一定要完成，可是為什麼胸口如此悶？許是江風水氣大，黏膩之故……

近傍晚時分，渡船抵達臨洲碼頭，鞏氏有些精神不濟，蘭婆子扶著她，雉娘帶著烏朵，一起下船。

方家的馬車自然在碼頭那邊等候著，下人們很有眼色地稱呼鞏氏為二姑奶奶，雉娘為表小姐。

馬車一到方家的宅子，方老夫人帶著兩個兒媳在門口翹首盼望，不停張望，望著馬車中下來的鞏氏，不由得老淚縱橫，顫巍巍地上前，一把抓住鞏氏的手。「憐秀，妳可算是回來了。這些年我是吃也吃不好，睡也睡不著，派人到處尋妳，都杳無音信，何曾想到妳竟一直在渡古。」

「母親，是憐秀不懂事，讓您和父親操心。」

「傻孩子，當時母親正在氣頭上，說的都是氣話，事後十分後悔，連忙讓人去找妳。誰知妳竟離開臨洲，我讓人找了許多天，都沒能找到妳，害妳受苦，妳心裡可還怨恨娘？」

「母親，都是憐秀的錯。」

方大夫人用帕子擦拭眼角，又哭又笑。「娘，二妹已歸家，您老就忘記過去，二妹不會怪您的。您一片慈母心，不過是愛之深責之切，當年說的話重了些。好在如今苦盡甘來，若不是您，二妹也不可能認識趙妹夫，今日骨肉相聚，應該高興才是。」

方老夫人這才止住淚水，連連道：「看我這老婆子，憐秀回來可是大喜事，還提這些陳年往事做什麼。」

二夫人也上前來，熱情地挽著鞏氏的胳膊，親熱地將母女二人引進屋。

入得正堂，方大儒坐在中間。鞏氏和雉娘行大禮，方大儒道：「回來就好，方家永遠是妳的娘家，但妳生母有遺命，讓妳姓鞏，這姓就不用改過來，就按現在的名字叫著吧。」

「老爺，也於理不合吧，憐秀雖是庶女，卻是方家的骨血，理應姓方。」

方大儒眼眸未抬。「這有什麼不合的，遵循死者的遺願而已。」

方老夫人看一眼上座的男人，未再出聲。

行過禮後，方家的孫輩也來見過姑姑。鞏氏早已備好見面禮，方氏姊妹是鑲著珍珠的金簪子，幾位少爺都是墨硯。這都是鳳娘幫著參謀的，比起前次方家兩位夫人隨手給雉娘的見面禮，明顯要貴重許多。

方家的兩位舅舅都沒有遺傳到方先生的修竹之風，大舅身量中等，長得似方老夫人多些，帶著喜慶；二舅倒是清瘦，卻沒有方先生那種清俊大器，反而看著很文弱。

雉娘與他們一一見過，他們也不過是略說幾句客套話，便不再注意她。

接風宴已經備好，方大儒坐在首座，方老夫人陪同，下面坐著兒子兒媳並鞏氏。因是方家的團圓飯，也沒有分席，雉娘和方氏姊妹坐在一邊，三位少爺坐在另一邊。

方氏姊妹坐在雉娘的上邊，方靜怡神情有些低落，方靜然朝雉娘笑一下，主動打招呼。「雉表妹，聽說妳父親要調到京中，妳和姑姑會一同上京嗎？」

她問得突然，周圍的人都望向這邊。雉娘輕聲答著。「父親說讓我們一起去。」

方靜然露出羨慕的眼神。「那雉表妹不就可以住在京中？」

方大夫人笑道：「看妳這酸溜溜的口氣，京中是比府城要繁華，往年妳也去過，何至於如此？」

方靜然吐了下舌頭，不好意思地一笑。

她的親娘二夫人有些不悅。「靜然也就是隨口說說，不過小姑子卻是好福氣，等到了京中，別的不說，單說雉娘兄弟姊妹幾個，倒是能沾些福氣。」

娶媳嫁女，京中機會更多。」鞏氏明白她所指為何，細聲細氣地回著。「我們都是聽老爺的吩咐，其他的也不太懂。」

方老夫人清咳一聲。「憐秀，妳大嫂二嫂逗妳玩呢！她們啊，早就知道妳要和姑爺一同上京，想和妳結伴去京中。妳姊姊清雅就是嫁給京中胡大學士的長子，幾年未見，也有些想念。你們未去過京中，有她們帶著，我和妳父親也放心，一路上也有個照應。」

「多謝父親母親掛記。」

「看妳，一家人如此多禮，聽著多生分。」

方大儒微微朝鞏氏點頭。「你們初去京中，肯定有許多不便之處，妳大嫂二嫂對京中頗熟悉，確實能幫襯一二。」

鞏氏又道謝。

雉娘略往前瞄，就見方靜怡一掃剛才的鬱鬱寡歡，變得明豔起來。

第三十五章

宴席過後，方家眾人在商議著上京一事，小輩們先行離開，方氏姊妹帶著雉娘去她們的閨房。

方靜怡的房裡帶著一股書香，多寶槅上的器物典雅精緻，書桌上還鋪著未完成的畫稿，牆上僅掛著一幅字，字體娟秀，一看就是出自女子之手。

雉娘多看了兩眼。這字與意不太搭，上面寫的是一首詩，詩表達的是懷遠幽思之意，借景喻志，像是男子所作。

方靜然帶著驕傲道：「這是我大姊的字。她的字可是連祖父都誇過的，至於詩麼，卻是一位故交在七年前所作。」

方靜怡的臉上現出甜蜜的紅暈，輕啐一下堂妹。「就妳多嘴。」

雉娘不解地望著方靜怡。一幅字一首詩而已，有什麼可臉紅的，突然她心一動，莫非作詩之人是她的意中人？

她還沒問，方靜然就有些忍不住。「雉表妹就不好奇詩是誰作的嗎？」

雉娘露出茫然的表情。

方靜然得意一笑。「這首詩當年可是轟動京城，作詩之人妳也見過，就是胥家的大公子。」

方靜怡嗔怪地看著堂妹，略有些責備。「妳別在雉娘面前賣關子，我平時常用別人的詩詞練手，那日正巧用了大公子的詩，被祖父瞧見，說這字是我生平所寫最好，於是讓人裝裱起來，懸掛在此處。」

雉娘含笑。若是現在還沒有看出方靜怡的心思，那就是白活一回。怪不得方家大小姐都快十八了還不許人家，原來是等著胥大公子。只可惜，大公子心裡已有心上人，這方靜怡的一腔女兒情懷，怕是要付諸流水。

「原來是胥大公子的詩，怪不得意境深遠。」她不吝嗇地誇讚。

方靜怡一臉與有榮焉，眼裡隱隱帶著傲色。

方靜然嗤笑道：「雉表妹還知道什麼是意境深遠？」

「表姊，雉娘雖不會作詩，卻也能看懂詩的含義，就好比表姊愛吃碧粳米飯，可表姊難道會栽種稻穀嗎？」

方靜然被她的話噎得無言以對，斜睨她一眼，然後閉嘴。

方氏姊妹臉色不好看，雉娘乘機告辭，回到方家為她和鞏氏安排的住處。鞏氏已經坐在桌邊，若有所思地發呆。

她輕輕地走進去，喚道：「娘。」

鞏氏從沈思中恢復過來，歡喜道：「雉娘回來了，和兩位表姊聊得開心吧？」

「娘開心嗎？」她不答反問，坐在鞏氏身邊。

鞏氏臉一愣，摸著她的頭。「連妳也能看出來，真是懂事了。恐怕方家除去妳外祖父，沒有人真心想我們來，許是因為妳爹要調入京中，她們才放低身段相請。」

雉娘偎進她的懷中。娘明白就好。

好不容易挨到離開的那一天，母女倆坐上往渡古的船，雉娘這才舒展眉頭。鞏氏好笑。

「果然是歸心似箭，妳精神都好了不少。」

雉娘重重地點頭。

船慢慢地駛離碼頭，她抬頭看著遠方，忽然想到遠方的大公子。不知他可有平安抵京，路上可還順利？

京城的一座宅子中，胥良川正和父親在書房裡說話。

胥閣老欣慰地看著兒子，兒子比起以前更加內斂，連他這個當父親的都有些看不透。

「你此次閬山之行，看來收穫良多，想來有許多感悟。」

「正是，父親，兒子想通許多事，都要得益於此次遠行。」

「好，為父沒有什麼再教你的。官場爾虞我詐，變化多端，要時刻清醒，不貪欲不冒進，才能立於不敗之地。這些道理多年前我就告訴過你，至於要如何做，卻是要你自己慢慢摸索。」

胥良川神色淡然，恭敬地點頭。前世裡，父親退居閬山後，因為自己的事情憂心病倒，很快離世……

外面響起腳步聲，一位婦人端著參湯走進來。婦人身著朱色褙子，眉宇間透著豁達，含笑地對父子倆道：「老爺真是的，川哥兒才回來，你就拉著考校，也不怕累著兒子。」

「娘，兒子不累，明日兒子還要進宮，爹在提點兒子。」

胥夫人白胥閣老一眼。「川哥兒自小出入宮中，還需你來提點？你趕緊放他去休息。」

胥閣老給兒子遞一個眼色，胥良川默默轉身。

他一到京中，還未喘口氣，就聽到宮裡有人來傳皇后娘娘的旨意，讓他明日進宮，他確實是該回去好好琢磨一下皇后娘娘的用意。

還未出門，就被胥夫人叫住。「等下，川哥兒喝完參湯再走。娘可是估算著你今日會到，讓人燉了一天。」

胥良川聽話地端起碗，一仰脖子喝得乾乾淨淨。多少年沒有喝過母親的參湯，前世父親去世後，母親鬱鬱寡歡，不到一年也病逝，如今還能再承歡膝下，都是老天垂憐。

放下碗，他朝父親再行禮，然後離開。

次日天沒亮，他就起身在宮門口候著。等卯時宮門開時，太監才領著他前往皇后娘娘的德昌宮，又在外面候著。大約到辰時，德昌宮的門才開，主事的琴嬷嬷笑臉出來。

「老奴見過大公子。不知大公子此行可還順利？」

這位琴嬷嬷是皇后娘娘的心腹，以前卻不是祝王府的下人，而是先帝時進宮的宮女，後來才被調到德昌宮，慢慢得到皇后娘娘的信任，升為主事嬷嬷。

「勞嬷嬷相問，託皇后娘娘的福，一切都很順利。」

琴嬤嬤眼底帶著笑。「大公子是個有福氣的，自有佛祖庇護。此次回京，胥夫人定然高興。上次胥夫人還說起大公子的婚事，眼見大公子也到婚娶之齡，想來應該很快能讓胥閣老和胥夫人如願。」

胥良川略低頭。「婚姻大事，自古都是父母之命，良川並不在意，好似祖母有合適的人選，已和家中父母相商，許是不會太遠。」

「那敢情好，到時候少不得要向胥夫人討杯喜酒喝。聽說二公子也和你一起進京，兄弟齊心，才是旺家之道。」

「正是，岳弟孩童心性，最為純真。」

琴嬤嬤點點頭，感慨道：「一轉眼，你們都長大了……你、太子、縣主、平公子以前常來宮中，後來你來得少，就只剩縣主和平公子。」

「縣主和平公子才是有心人。」

琴嬤嬤見德昌宮的正殿門響起打開的聲音，忙將胥良川引進去。

皇后娘娘坐在寶座上。她本就是長得極美的女子，自當上皇后以後，原本的美貌漸漸被霸氣和威嚴取代，此時只見她妝容精緻，眉形畫得如刀，飛斜入鬢，雙目帶著凌厲，紅唇微揚，帶著一點絕情。

「本宮有段日子未見你，想念得緊。」

胥良川雙手相拱，行大禮。「多謝娘娘掛念，良川惶恐。」

「平身吧。本宮多日未見你，就想召你話些家常。你從前在東宮當伴讀時，可是常來本宮的德昌宮，一轉眼，都已長成頂天立地的男兒，本宮心甚慰。」

胥良川恭敬地低著頭，青色的儒袍，寬大的袖子，修長如竹。

皇后娘娘不動聲色地打量他，越看心裡越滿意。「你和太子、鳳來縣主還有晁兒，都是本宮看著長大的，本宮每回見到你們幾個，都覺得日子過得太快。」

「我們雖已長大，可娘娘您似乎半點沒變，還和從前一樣。」

皇后娘娘笑起來，凌厲的眼神中竟似蒙上水氣，盈盈如水，但又很快恢復如常，眼神凌厲如故。

「一段時日不見，清高冷淡的胥大公子也會說這樣的好聽話，本宮真是歡喜萬分，不知將來哪家姑娘能有幸聽到你說同樣的話。」

胥良川似有些窘迫，臉色略不自然。

「好了，本宮是逗你的。」

皇后娘娘端起茶杯，輕抿一口。「咦，今日的茶水怎麼略有不同，還帶著花香。」

琴嬤嬤回道：「娘娘，這是縣主以前收集花瓣上的露水泡出的茶。」

「她有心了。」皇后娘娘點點頭。「鳳娘不在身邊，本宮總覺得少了些什麼。」

「娘娘，縣主不久就會隨其父上京，到時候娘娘就能常見到了。」

皇后娘娘似是想到什麼一般，問胥良川。「你祖籍也在渡古，不知可有遇到過鳳娘？」

胥良川仍舊低著頭，語氣恭敬。「回娘娘的話，家中祖母曾舉辦過花會，那日良川恰好去接太子，碰到過一次。」

皇后娘娘眼皮垂下，看著杯中的茶水。「那你看縣主是瘦了還是胖了？」

「娘娘恕罪，良川並未曾細看，倒是聽平公子私下提過一句，道縣主清瘦不少，想來應是瘦了吧。」

「好了，本宮知道了，你下去吧。」皇后娘娘似是有些乏累，胥良川又行禮退出殿外。

外面的太監將他引出宮門。

第三十六章

胥良川一出宮門，許敢正候在那裡，見他出來，上前相詢。「大公子，可是要回府？」

他微頷首。身後，紅漆宮門重重關上。他沒有回頭，扶著許敢的手，順勢上了馬車。

馬車內，早就備好點心。他一早入宮，滴水未進，正好腹內空空如也，修長的手指捏起點心放入口中，將今日皇后所說的話，一字一句地在心中過一遍。

前世這個時候，皇后應該就已經起意將他和鳳來縣主配成一對。他當時一心只想出仕，岳弟看出他的心思，讓人在皇后娘娘面前進言，從而代替自己娶了趙鳳娘。

那傳話之人便是琴嬤嬤。琴嬤嬤是先帝在位時民間選上來的宮女，當時不過是做著雜役的小宮女，有次在宴會上惹怒先帝的寵妃，寵妃命人將她杖斃，恰好祖母在場，替她求情。最後，她被打二十大板，發配到浣衣房，雖然苦不堪言，但好歹是保住性命。

前世裡，他是知道琴嬤嬤與祖母的過往，這事祖母對他和岳弟都提過。皇后娘娘這次召見，以前也有過一次，他記得那次也是在殿外候著時，琴嬤嬤試探過自己的口風，說到趙鳳娘時，他隨口稱讚了幾句。

琴嬤嬤能從浣衣房站到皇后娘娘的身邊，心機城府必然過人，應該能聽出今日他話裡的意思。

這也是重生後頭一回進宮，再次見到皇后娘娘，他心情十分複雜。

若不是平皇后，前世的胥家怎麼會倒得那般快？

他的腦子裡細細地想著方才皇后的一舉一動，突然頓住，瞳孔不由睜大，然後慢慢地縮緊，最後化成幽暗的深色，手中的點心化成渣子，從指間灑下。

他想到了趙三。

皇后和趙三竟然長得有一點相像，若是趙三也化上濃豔的妝，再換一個表情，恐怕和皇后相差無幾……

他的眼眸警覺地瞇起來。前世是沒有趙三這個人的，她這個人在上一世應該是早逝，那麼皇后娘娘的女兒到底是誰？以前他認為是趙燕娘，但趙燕娘長得實在不堪，陛下雖然長相普通，皇后卻美豔動人，是不是自己想岔了什麼？

他用帕子慢慢將手擦拭乾淨。

德昌宮的正殿內，皇后娘娘眼神如刀，定定地盯著手中的杯子，似自言自語一般。「太子巴巴地去渡古，從未見他對什麼事情這般上心過。」

身後的琴嬤嬤如入定一般，不敢接她的話。

「琴姑姑，妳說，太子和鳳娘是不是真的……」

後面無人回話，皇后娘娘嘆口氣。「琴姑姑，妳何必如此小心，本宮自是信得過妳，但說無妨。」

琴嬤嬤低著頭，仔細地斟酌一番，小心地開口。「娘娘，依老奴看，太子對縣主是愛妹之心，自小當妹妹一般看待，離開肯定會牽掛。兄長不遠千里去看妹妹，再是合情合理不過。」

皇后放下杯子，嘴角抿著，慢慢地開口。「妳說得沒錯，那妳看胥大公子如何？」

「回娘娘的話，胥家大公子是人中龍鳳，風姿才華都是不凡。方才在殿外，老奴與大公子閒聊幾句，那胥老夫人似乎已有孫媳人選，還和胥閣老夫婦通過氣，應是快定下了。」

「哦？」皇后望著宮外。「竟然要訂親了？」

琴嬤嬤不經意地提道：「娘娘，老奴知道您掛念縣主，縣主定然也想念娘娘。剛才胥大公子不是說晁少爺都說縣主瘦了，肯定不假。」

「晁哥兒？」皇后娘娘呢喃著，良久露出一個微笑。「琴姑姑，妳看晁哥兒怎麼樣？」

「娘娘，晁少爺可是侯爺嫡親的孫子，自小得侯爺真傳，不是老奴自誇，放眼整個京城，也難得找出幾個和晁少爺相提並論的世家公子。」

皇后的笑容擴大。「妳說得沒錯，本宮真是一葉障目，連近在眼前的東西都看不見。妳讓晁哥兒來見本宮。」

平晁正在東宮。他坐在太子的後面，一旁是二皇子祁舜和他的伴讀，前面的太傅正閉目吟誦詩詞，一臉的陶醉其中。

德昌宮的太監在門外一晃而過，平晁輕手輕腳地離開。髮鬚皆白的太傅眼睛掀開一條縫，又閉上。

太監見平晁出來，小聲道：「平公子，皇后娘娘有請。」

平晁看一眼屋內，整理一下衣袍，便往德昌宮走去。

到了德昌宮，皇后面上帶著恰當的笑。「晁哥兒，本宮可是打攪你們上課？」

「姑母您還不知道嗎？姪兒巴不得被您叫出來，許太傅的課聽得人都快睡著了。」

琴嬤嬤在皇后的身後，露出笑意。那位許太傅是教詩詞的，皇子們除了要學國策兵論，其他學的東西也不少，詩詞就是其中一項。許太傅清高又孤僻，一生鑽研詩詞，每每講到忘我，不管學生們有沒有聽懂。

皇后娘娘的笑意深了一分。「許太傅性子如此，陛下正是欣賞他的這份才情。」

平晁贊同地點頭。「不知姑母將姪兒叫來，所為何事？」

「昨日太子來給本宮請安，就曾提過你們一路上的趣聞。姑母待在深宮，就想聽些外面的趣事，你不妨給姑母再講講。」

太子已經講過一遍，怎麼還讓他再講？平晁心裡略有些疑惑，面上不顯，將一路上的風景大致再說一次。談到抵達渡古時，太子見到鳳娘，皇后娘娘打斷他。「你們見到鳳娘，可瞧出她是瘦了還是胖了？她離開京中多日，本宮頗為想念。」

「姑母，姪兒想鳳來縣主必也十分思念姑母，姪兒瞧她面容削瘦，看起來比以前清瘦不少。」

皇后略有些動容。「鳳娘是個好孩子，整個京中，本宮再也找不到比她再懂事知禮的姑娘，就連永安都不如她貼心。」

永安公主是帝后的嫡長女，陛下一登基就封了公主，成親後搬到宮外的公主府，比起鳳來縣主，永安公主進宮的次數不多。

「姑母所言甚是，鳳來縣主常進宮聽姑母的教誨，豈是其他女子可相提並論？若說大家風範，縣主實為京中貴女典範。」

琴嬤嬤垂下的眼皮動了一下。

皇后露出更深的笑意，含笑地望著姪兒。「看來晁哥兒對鳳娘印象頗佳。鳳娘為人處世，確實很得體，也難怪你讚不絕口。」

平晁似不好意思地撓了下頭。「姪兒不過是實話實說，絕無誇大之嫌。」

「晁哥兒說得沒錯。」皇后娘娘看一下旁邊的沙漏，道：「看時辰快要下學，你趕緊回去吧，回去告訴湘姊兒，讓她明日進宮來陪陪本宮。」

「是，姑母，姪兒告退。」

平晁退出殿門，往東宮走去。

皇后娘娘臉上的笑意擴大。「看來晁哥兒心中有鳳娘。妳聽他說的，都恨不得直說鳳娘是京中第一貴女。」

琴嬤嬤也跟著露出笑意。

東宮那邊，平晁靜靜地回到自己的位子。太傅這下連眼皮子都懶得撩一下。

等下課後，太子低聲問他。「方才你去哪裡了？」

「回太子，姑母有請，我去了一趟德昌宮。」

太子心裡揣測。母后找平晁，為何挑在上課的時候？

「母后都和你說了些什麼？」

「姑母被殿下昨日的話勾起興致，讓我說說京外的趣聞。」

太子眼神微凝，沒有再問，直往書房而去，平晁低頭跟上。兩人本是表兄弟，又有多年相處的情分，平晁在東宮也很隨意，兩人一坐一站，看起書來。

兩人一待就是一個時辰，其間太監們送來茶點，太子看得入神，平晁卻是有些乏累，抬頭望向門外，就見東宮的小太監在探頭探腦。他將書放回原位，走了出去。

他對小太監喝斥道：「你這奴才還有沒有規矩，太子在裡面讀書，你鬼鬼祟祟做什麼，活得不耐煩了？」

小太監跪下來，不停磕頭。「平公子饒命，奴才是向公子道喜的。」

「道什麼喜？」

「回平公子，皇后娘娘已下旨給公子您賜婚，懿旨都傳到常遠侯府了。」

平晁皺起眉頭。「你說清楚，娘娘給本公子賜婚？是哪家的姑娘？」

小太監微抬頭，就見視線中出現一雙黑底繡金的靴子，不由得渾身發抖，聲若蚊蚋。「回平公子的話，奴才聽說是鳳來縣主。」

「你再說一遍。」太子冰冷的聲音在後面響起。

平晁不敢轉頭，小太監冷汗直流，身子伏在地上，腦袋恨不得埋進土裡。「回太子殿下，是鳳來縣主。」

太子的身子晃了幾下，平晁連忙轉身將他扶住。他冷著臉推開平晁，慢慢走到小太監的面前，低著眸，冰冷的聲音帶著刻骨的寒意。「宮內失儀，來人哪，將他拉下去，杖斃！」

小太監不停磕頭。「太子饒命啊！奴才沒有亂說，皇后娘娘真的給平公子和鳳來縣主賜婚了，太子——」

祁堯仰望著天，木然地開口。「平公子，你來說說之前母后找你都說過什麼。」

平晁跪下來。「殿下，皇后娘娘真的是找我說些趣事，其間有提到縣主，詢問我縣主的近況。我回答說縣主想念娘娘，比在京中都清瘦不少，其他的什麼也沒有！殿下，您要相信我！」

「平公子這是做什麼，你婚姻大事已定，還是母后賜婚，理應值得慶賀。只不過孤竟然不知道，平公子如此注意鳳來縣主，連她瘦沒瘦都看得清清楚楚。」

祁堯將頭慢慢地轉過來，眼皮垂下，俯視著他。

平晁覺得遍體生寒，剛剛初聽婚事時的一絲竊喜消失得無影無蹤。

「殿下，我這就去求娘娘收回懿旨！」

他從地上爬起來，慌不擇路地往德昌宮跑。

祁堯目光冰冷地望著他的背影，木然地轉身，走進書房。籠在袖子裡的手，都快掐出血來。

母后果然從未想過將鳳娘許給他，只不過為何是平晁？難道在母后的心中，他這親子還比不上娘家的姪子？

他的靴子踩在地上，一步一步地往裡面走，似有千斤重。

平晁跑著進了德昌宮。皇后娘娘大驚。「晁哥兒，你這是怎麼了，莫不成後面有什麼東西追趕？」

他跪下伏地。「姪兒求姑母收回旨意，姪兒已有意中人，不願娶鳳來縣主！」

「意中人？」皇后娘娘收起關切的神情，嘴角浮起冷意。「那晁哥兒給本宮說說看，你這意中人是誰？」

「姑母，姪兒現在還不能說，只是姪兒中意她，她未必會看上姪兒，若說出來，有損姑娘家的清譽。」

「旨意已下，斷無更改之理。能在婚前拋頭露面和你私相授受的，想來也不是什麼好人家的女兒，抬進府就行了，只不過切記不能生下庶出子女。」

「姑母，姪兒求您！」

皇后娘娘從寶座上站起來，走到他的面前。「求本宮？晁哥兒，是你說鳳娘端莊大氣，是貴女的典範，怎麼，難不成是覺得鳳娘配不上你？」

「姪兒沒有這個意思！」

「沒有就好，你們小倆口成親後，有的是日子相處，鳳娘溫婉，定是一位賢慧的妻子。」

「姑母——」

「好了，本宮乏了，你下去吧。」皇后娘娘轉身，鳳尾般的裙襬劃出優美的弧線，如雀羽一般。

平晁跪在地上，等她轉入內殿才敢抬頭。

琴嬤嬤嘆口氣，對他道：「平公子，你這又是何苦？縣主是難得的好姑娘，你應該遵循本心，何須理會別人的看法。」

平晁發愣般地望著內殿的珠簾。琴嬤嬤搖了下頭，跟上自己的主子。

他低頭看著青玉石鋪成的地面，隱約可以照出自己的人影。自己的本心是什麼，他不想娶鳳娘嗎？

不，他的內心深處是想的。

他慢慢地站起來，低著頭出宮。

第三十七章

隔天一大早，妝扮好的平湘進了宮。

皇后昨日被晁哥兒一鬧，有些心緒不佳，看到她，心情又好起來。

「來，湘兒，讓姑母好好看看，幾天不見，又變漂亮了。」

「姑母又取笑湘兒，湘兒要是有姑母一半美貌，作夢都要笑醒。在姑母面前，哪還有人敢比美。」

皇后娘娘的嘴角微微上揚。「妳這丫頭，一大早就來打趣姑母，就會哄本宮開心。」

「誰哄妳開心哪？」一道威嚴的男聲響起，平湘連忙正色跪拜。「湘兒見過陛下。」

平湘是宮裡的常客，祁帝溫和地笑道：「起來吧。」

皇后娘娘也起身行禮，祁帝一把牽著她的手，並排坐下。「方才妳們在談什麼？」

「陛下，方才妾身在和湘兒開玩笑，湘兒都長成大姑娘，已經知道害羞了，妾身想著日子過得可真快啊。」

祁帝撫著她手背的手頓一下，道：「可不是嗎？說起來，湘兒現在十六了吧。」

平湘恭敬道：「回陛下，正是。」

祁帝鬆開皇后的手，端起茶杯，若有所思地看著她，又看一眼旁邊明豔動人的皇后，低頭抿口茶水，慢慢將杯子放在桌上。

「十六歲是個好年紀啊……」平皇后露出感慨的神色，頗為惆悵地道：「日子過得快，妾身都老了。」

「妳哪裡老，在朕眼裡，還和當年一般貌美無雙。」祁帝側頭凝視她。

猶記得他第一次見到她時，驚為天人。那時候，她只不過是常遠侯府的庶女，是他向父皇請求，將她納入府中為側妃。一晃多年過去，她從一個柔弱可人的女子成為母儀天下的皇后，美貌依舊，卻再也不是最初的模樣。

她的眉宇間已經不見少女的嬌弱，而是明豔動人的凌厲之美，他覺得略有些可惜。為帝多年，他也寵幸過好幾位楚楚可憐的女子，卻總覺得不如她當年的模樣。

平皇后被祁帝說得有些羞意。「陛下也來取笑妾身，方才湘兒就是這樣說妾身的，妾身都是快要當皇祖母的人，哪裡還有什麼顏色？」

祁帝大笑起來。「看皇后這樣子，還真不像是要當皇祖母的樣子。說到這兒，朕想起，堯兒也十七了吧？」

「可不是嘛，陛下，按理來說，太子也該大婚，你我也到了該當皇祖父皇祖母的年紀。」

平湘坐在下面的圓凳上，心裡一直咚咚地跳著，有一絲呼之欲出的期盼，靜靜地聽著帝后說話。

祁帝長得並不出色，但多年帝王，自有一股威懾他人的帝王之氣，就算看起來再溫和，也會不經意地流露出霸氣。

他不動聲色地看著平湘，嘴角露出一絲笑意，和平皇后交換一個眼色。平皇后展顏一笑。「陛下，永安出嫁後，鳳娘和湘兒常來陪妾身，可鳳娘前段時日回鄉探親，湘兒還要在她的父母面前盡孝，不能天天來陪妾身，妾身覺得這日子閒下來，太過清靜。」

平湘站起來，急急地表態。「姑母，是湘兒的錯，湘兒以後一定天天來陪姑母。」

「傻孩子，淨說傻話。妳看永安，自嫁人後，哪裡能天天進宮來看本宮？本宮想見女兒，還得三請四請。」

祁帝笑起來。「皇后，妳若想她天天進宮陪妳，這有何難？朕下旨賜婚，讓湘兒當太子妃，不就可以天天在宮裡陪妳？」

平湘心裡狂喜，卻怕露出痕跡，連忙作害羞狀地低下頭去。

皇后感動不已，深情地望著祁帝。「那妾身多謝陛下，以後能有湘兒相陪，這深宮冷清，妾身也不會再覺得難過。」

祁帝拍拍她的手，她的手保養得和初入祝王府時一樣，細嫩柔滑。

平皇后大膽地反握住他的手。這個男人，可不是她一個人的丈夫，他是後宮所有妃嬪的男人。

祁帝的眼神透著一絲懷念，任由她握著。

天子一言，駟馬難追，祁帝很快就擬好聖旨，派人快馬加鞭送到常遠侯府。

平湘的臉紅紅的，興奮得有些飄飄然。

但太子可就沒有半分喜悅。聖旨傳開時，他照舊在書房看書，書房內靜悄悄的，平晁小心翼翼，不敢出半點差錯。

當哥哥的娶了鳳娘，做妹妹的又要入東宮成為太子妃。

母后原來是為了讓自己的姪女當太子妃，所以才會將鳳娘指給平晁，好給自己的姪女騰位置。他對平湘沒什麼感覺，不過是個妹妹一般的存在，從未想過她會成為自己的正妃。

他心裡冰冷一片，對平晁道：「你下去吧，孤想自己看會兒書。」

「是，殿下。」

平晁默默地走到門外，不敢遠離。二皇子祁舜的身影出現在東宮。

祁舜長得和太子不太相像，有幾分像皇后，尤其是一雙靈動的眼睛，溢滿光華。以前永安公主常常覺得忿忿不平，就因為皇后所出的一女二子，就她長得最像陛下，自然也就談不上美貌。

二皇子笑起來時眼如彎月，讓人不禁滿心歡喜。此時他朝平晁一笑，眼裡都是星輝。「恭喜晁表哥能娶到鳳來縣主。」

「多謝二殿下，二殿下可是來找太子的？」

祁舜挑了下眉，開心地笑著。「正是，父皇給皇兄指婚，本宮是來給他道喜的。」

平晁心下會意，站在門口小聲說：「太子殿下，二殿下來了。」

「進來吧。」

祁舜朝平晁又笑一下，邁進書房。「恭喜皇兄、賀喜皇兄。」

「你的心意皇兄已收到，多謝。」

「皇兄，你幹麼總是這般無趣，連要娶親這樣的大事都悶悶不樂的，不知道的人還以為你不滿這門親事呢！」

太子放下手中的書，淡淡地道：「沒有的事。但男兒志不在兒女情長，無論何時，學業為重。舜弟你也要多看書，上次安太傅還說你策論文章作得不行。」

他的眼睛直視著祁舜，祁舜尷尬地笑著。安太傅可不是許太傅，安太傅為人嚴肅，又愛較真，有個什麼事就告到父皇那裡，他都被父皇叫去訓了幾回，可不想再聽皇兄教訓。

「皇兄說得是，皇弟告辭。」

祁舜急急地起身，就怕走得晚了，皇兄又要開始教導他。

他走到門口時，和平晁打了個招呼，便快步走出東宮。

祁堯看著他落荒而逃的身影，眼裡泛起暖色，突然又皺了下眉，猛然想到為何在渡古時覺得鳳娘的三妹有些眼熟。她的眼睛和皇弟生得極相似。

怪不得許太傅曾說過，天下之人，相似者比比皆是。皇弟和趙三小姐，那可是八竿子也打不著的關係，竟也長得有一、兩分相似，頗有些奇妙。

他搖了搖頭，拉回思緒，又想到自己的婚事，臉色淡下來。

帝后兩人接連賜婚，賜婚的對象都是常遠侯府，而陛下的指婚更將皇后的賜婚蓋下去，常遠侯府一片喜氣洋洋。

趙鳳娘不在京中，太后的旨意自然要傳達到渡古。

等旨意傳到渡古時，已經快要入冬，趙家人都要準備進京的事情，打點行裝。

新來的渡古縣令也已抵達，趙縣令正和他交接各項事宜。

旨意快馬加鞭地傳到趙家，趙家人還有些驚疑，齊齊出來接旨。趙鳳娘一聽到賜婚給常遠侯之孫，當場就暈過去。

傳旨的公公一臉錯愕。鳳來縣主怎麼忽然暈過去，他如何回去覆命？

趙縣令急忙道：「小女歡喜至極，不能自已，望公公見諒。」

公公知道鳳來縣主是受寵的，連忙順著趙縣令的話道：「恭喜趙大人，恭喜縣主。」

「勞公公跑一趟，小女喜極暈厥一事，還望公公替她遮掩一二。雖是喜事，就怕落在有心人耳裡，傳得難聽。」

傳旨的公公長年在宮中行走，也是個人精，哪能聽不出來他的意思，連忙答應。「這個自然，大喜大悲，人易暈倒也是常情，咱家省得。常遠侯府是皇后娘娘的娘家，可見娘娘對縣主的寵愛。侯府的孫小姐被指給太子，依咱家看咱們縣主啊，以後的福氣還大著呢！」

趙縣令一震，心裡狂喜，忙塞了銀子，送走傳旨的公公，這才顧得上去看望暈倒的大女兒。

趙鳳娘已經轉醒，神色不喜不悲。雉娘和鞏氏都在，鞏氏輕聲道：「鳳娘，妳好些了嗎？方才母親被嚇得半死。」

「無事的，母親，此事太過突然，鳳娘一時有些反應不過來。妳們出去吧，我頭還有些暈，想再歇歇。」

她的臉色還有些蒼白，眼裡明明是悲痛的，卻還要故作無事。雉娘突然有些替她難過。她事事做得完美，想必也是為了能配上身分尊貴的太子，皇后卻突然將她許給平公子，多年努力都付之東流，心裡怎能不痛？常遠侯府是皇后的娘家，自然不是一般的門第，可鳳娘已有意中人，如何面對那平公子？

世間的男女情愛，雉娘沒有體會過，但那種被生活逼得走投無路的無力感，她卻是清清楚楚的。女子身不由己，連婚姻大事都不能自己作主，何其可悲。

鞏氏替她掖了一下被子，帶著女兒離開，一出門就碰到趙縣令。趙縣令焦急地問道：「鳳娘怎麼樣？」

「老爺，鳳娘沒事，再休息一下就行。」

「那就好，皇后娘娘真是仁德，那常遠侯府是什麼人家，若不是皇后娘娘，咱們趙家哪裡攀得上？妳可不知道，那常遠侯府的孫小姐已被指給太子。」

屋內的趙鳳娘聽到最後一句，眼前一黑，差點又要暈過去。她的手死死地抓著被子，指尖泛白。

皇后娘娘確實十分疼愛她，可是為何不過問她的意願就將自己指給平晁？原來竟是為平湘讓路……她咬著嘴唇，直到咬出血來，嘴裡充滿鏽味。

想到今生和太子無緣，不由悲從中來，掩面無聲流淚。

黃嬤嬤百般不是滋味地站在門口，有些後悔當初的決定。

趙氏夫婦都很高興，全家馬上就要搬到京中，有常遠侯府這門姻親在，底氣更足。他們趙家，這些年的福氣都是鳳娘帶來的。

幾日後，趙縣令決定提前動身上京。趙老夫人不能行走，路上會耽誤行程，他們走水路，一來平穩，二來水路也要近些。

黃嬤嬤在清點最後的行裝，趙鳳娘已經恢復如常，靠坐在榻上，靜靜地看著黃嬤嬤，平靜地開口。「嬤嬤跟著我受累了，等上京後，我去求皇后娘娘，讓嬤嬤回到宮裡。」

她說得平常，黃嬤嬤卻心驚不已，不知自己何時露了端倪，讓縣主瞧見。

黃嬤嬤撲通一聲跪在地上。「縣主，老奴能侍候縣主是天大的福氣，縣主可不能攆老奴走！」

趙鳳娘平靜地看著她。「主僕都是緣分，嬤嬤若是還願意跟著我，那是我的福氣。」

「縣主，老奴願意跟著縣主，誓死效忠，絕無二心。」

「好，那我也跟妳交個底。皇后娘娘已為我和平公子賜婚，常遠侯府的侯夫人梅郡主，想來妳也是聽過的，以後我們進了侯府，妳萬事要更加用心。」

黃嬤嬤哪沒聽過梅郡主的名頭，梅郡主是慶王之女，慶王是先帝的皇叔，當年常遠侯還只是個校尉，因為立了大功被封為侯爺，受封進京時，被梅郡主瞧見，芳心暗許，非要嫁給侯爺。

可侯爺那時已經娶妻，她求到先帝面前，讓先帝下旨休掉常遠侯的妻子。先帝哪裡會同意，狠狠斥責她一番；她羞愧難當，閉門不出。過沒多久，常遠侯夫人被侯爺捉姦在床，侯爺氣得殺了姦夫，但顧及夫妻情義，沒有殺妻，只是休棄。

梅郡主得知侯爺休妻，又求到先帝面前，先帝才給她和常遠侯賜婚。

她性子張揚，為人跋扈，以前就瞧不上縣主，嫌縣主出身低微；現在縣主要嫁進侯府，以她的性子定會多加刁難。

黃嬤嬤想到這裡，鄭重地點頭。「縣主放心，老奴省得。」

趙鳳娘露出微笑，有些倦意。「好，有嬤嬤這句話，我就放心多了。」

第三十八章

啟程的日子一到，趙書才帶著全家人坐上船。渡古有頭有臉的人物都來送行，包括新來的縣令。

船到府城時，方家人早就在那裡候著，碼頭上有方家的兩位夫人和女兒，還有蔡家的兩位小姐和胥老夫人。

胥老夫人爽朗一笑。「我這老婆子愛熱鬧，不愛一人獨行，得知方家人也要上京，想著一起有人作伴，路上不會太無趣。此行就和你們擠一擠吧，你們可別嫌老身多事。」

趙氏夫婦忙朝她行禮。胥老夫人可是有一品誥命在身，又是胥閣老的母親，一般人見了都要行禮。

胥老夫人世故的眼打量著鞏氏，暗道此婦人長得果然貌美，要不然怎麼會生出趙三小姐那樣的女兒，只不過看起來太柔弱了些。

鞏氏低著頭，有些不敢直視她的眼神。

趙鳳娘與雉娘也和她見禮。鳳娘自然上前扶著她。「老夫人，能和您一起同行，我們歡喜都還來不及。」

老夫人就勢一把拉著雉娘，雉娘便和鳳娘一起攙扶她上船，然後方家人和蔡家小姐們也上了船。

蔡知奕有些感激地對趙鳳娘道：「我們姊妹二人一直想念姨母，可父親和母親都不得空，幸好得知方家人要上京，正好順路結伴同行，只是沒想到和縣主一起，也是巧了。」

趙鳳娘笑道：「是巧了，越巧就說明是天意，正好路途無聊，我們相互作伴，也就不會覺得乏味。」

「還未恭喜縣主。」方靜怡帶頭道喜，其餘幾人也跟著道喜，鳳娘羞得用帕子擋著臉。「妳們可莫再提這事，讓我臊得慌。」

胥老夫人也跟著打趣。「男婚女嫁，有什麼不好意思的？老身也要向縣主道一聲恭喜。」

「多謝老夫人。」

趙鳳娘收起羞意，臉還紅著，努力讓自己表現平常。胥老夫人頗有深意地看她一眼，點了點頭。

雉娘在胥老夫人的另一邊，清楚地看見老夫人的眼神明顯帶著探究，然後是欣賞，自己也在心裡佩服鳳娘。這般神態，哪裡看得出半點不甘願？

下人們已將東西放好，艙房內佈置妥當，才將主子們請進去。

胥老夫人一直緊緊地拉著雉娘，雉娘有些無奈，只好陪她一起去剛佈置好的艙房。老夫人此次出行，帶著兩個婆子、兩個丫頭，其中就有執墨。

船搖晃了一下，雉娘立即扶著胥老夫人，不料有人伸手將她擠開。

方靜怡帶著笑意用手一撥，就將雉娘扯開，她自己攙著胥老夫人。

「老夫人，靜怡近日偶得一佳句，卻苦思冥想數日也接不下去，不如老夫人給靜怡指點指點。」

她們往胥老夫人的艙房走去。雉娘自嘲一笑，她本就不欲在別人面前表現，就隨方靜怡去吧。

不過方靜怡表現得倒有些奇怪，按理說，她若真想和胥老夫人套近乎，大可以攙著老夫人的另一隻手臂，平白無故地擠掉自己，似乎有些說不通。

莫非她對自己有什麼誤會？

趙家一共訂了五間艙房，姊妹三人各一間，趙氏夫婦共一間，還有一間給趙老夫人。趙老夫人雖行走不便，但調養了一段時日，精神還是不錯，也沒什麼病痛，多年來從未出過遠門，一上船竟有些興奮，啊啊地叫著。

趙鳳娘此時正在老夫人的房間裡，雉娘進去時，她正好掀開木窗上的簾子，望著江水，聽到動靜回頭看見她，笑著招呼她坐下。

「來，妳來得正好，方才祖母可能是悶了，一直指著窗戶。妳看從這裡望過去，流水青山還有兩岸人家，竟如畫般美好。」

雉娘也探頭望去，深吸一口冷氣。說是青山，實則已是枯黃一片，但就是這樣的景致，卻讓人覺得歲月靜好，亙古長存。

她笑著點頭。「大姊說得沒錯，祖母想看一下嗎？」

趙老夫人啊啊叫了兩聲，趙鳳娘也笑起來。「祖母歡喜，許是想看，不如我們姊妹扶著她，看上一眼。」

雉娘同意，兩人合力將祖母抬起來欣賞風景，又扶她躺回去，趙鳳娘再親手餵她點心，雉娘就站在一旁遞個茶水什麼的。

趙氏夫婦進來時，看到的就是這樣的畫面。趙書才滿臉欣慰，兩個女兒如此懂事，他就放心了。

姊妹二人見他們進來，便一起告辭。

出了艙房，趙鳳娘叫住雉娘。「三妹，妳能否陪姊姊說會兒話？」

雉娘點頭，跟著她進了房間。

趙鳳娘的房間自然是佈置得如在家裡一般，溫馨淡雅，帷幔擺設皆不是凡品，若不知是在船上，還以為進的是哪家姑娘的閨房。

雉娘不知她想說什麼，默默地站著。

「來，坐吧。」她招呼著，和雉娘坐在桌邊。

「雉娘，我們姊妹自小不長在一起，可能並沒有像其他姊妹一般親密無間。但我們終歸是親姊妹，無論是在家中還是以後各自嫁人，都是割不斷的血親。」

「姊姊說得是。雉娘不會說話，但心裡是十分喜歡大姊的，還有二姊。」雉娘說到這兒，聲音低下去。「二姊可能不太喜歡我，可我還是將她當成親姊姊的。」

「妳能如此想，那是再好不過。」鳳娘神色有些動容。「姊姊希望我們姊妹三人以後都能過好日子。姊姊婚事已定，妳和燕娘卻還沒有著落。雖說婚姻之事，是父母之命媒妁之言，但母親在京中並無好友，我們家根基淺，也難以結交到什麼世家。」

那倒是。父親不過是個縣令，到了京中也只是從八品的典簿，官小言輕，母親就算出門交際，也攀不上什麼大不了的人家。可鳳娘跟她說這些做什麼，她也沒有想過要嫁入高門大戶，再說她和大公子還有約在先。

鳳娘盯著她的臉看，有些惋惜地道：「三妹長得如此出色，若只是配個小門小戶，我這個做姊姊的於心不忍。以妳的相貌，應該有更好的姻緣。」

雉娘的心提起來。趙鳳娘話裡有話。

「大姊，雉娘也就長相還能見人，其他什麼都不會，別人不嫌棄雉娘笨手笨腳，那就是萬幸，哪裡還敢妄想別的？」

鳳娘將她的手拉過來，一臉疼惜。「傻妹妹，其他東西都不重要，妳性子可人又長得貌美，就該是養在深閨的嬌花，怎能隨便配個瓦房與灰塵為伍？」

雉娘害羞地低下頭。「大姊誇得我無地自容。」

「姊姊說的都是實話，京中的世家公子們就喜歡妳這樣的女子，錦衣玉食地養著，不讓妳見一絲風雨。」

趙鳳娘這話說得好像是養東西一般，雉娘心裡警鈴大作。這趙鳳娘不會起了什麼心思，用她去討好什麼人吧？她低著頭，裝作羞不自勝的樣子。

「雉娘，妳一直長在渡古，自然不知道京中的繁華。一方水土養一方人，京中的世家公子氣度非凡，可不是一般人能比的。上回不是見過太子和平公子？妳覺得他們兩人怎麼樣？」

雉娘驚訝地抬起頭。趙鳳娘這是什麼意思，無緣無故地提到太子和平公子，平公子是她的未婚夫，那麼她真正想問的人就是太子，難不成她想讓自己去給太子當妾？

她裝作為難的樣子，皺眉回想，緩緩地搖頭。「大姊，太子和平公子出身高貴，上回妹妹不敢抬頭，沒有看清他們的樣子。」

趙鳳娘的眼神閃了閃。「大姊只是打個比方。太子身分尊貴，平公子也是侯府的公子，他們都是人中龍鳳，常人一輩子能見他們一面都是奢望，若能常伴左右，何其有幸。」

「我還未恭喜大姊，這平公子可是未來的大姊夫，大姊好福氣啊。」

雉娘帶著歡喜地說著，趙鳳娘的臉色未變，抓著她的手卻用上力。「三妹說得沒錯，姊姊是有福氣，所以姊姊希望妳也有福氣，妳明白姊姊的意思嗎？」

她一眼不眨地盯著雉娘，雉娘臉上露出茫然之色，慢慢地搖搖頭。

第三十九章

房間裡靜得如水一般，外面的聲音更加清晰，蔡家小姐們和方氏姊妹的聲音傳過來，似乎正往這裡走近。

趙鳳娘輕輕地笑起來，鬆開她的手。

「妳現在想不通沒有關係，回去好好地琢磨，就會明白姊姊的一番苦心。等妳想通了，來告訴姊姊一聲，姊姊必然會替妳安排妥當，讓妳榮華富貴一生。」

雉娘依舊茫然不解，外面響起敲門聲，幾位姑娘已到門前。

趙鳳娘將幾人請進來，果然方、蔡兩家的姑娘都在。蔡知奕先不好意思起來。「縣主，趙三小姐，我們沒有打擾妳們姊妹說話吧？」

「哪有的事？我們姊妹不過是說些家事，什麼時候說都行。妳們快快坐下，此去京中費時約一個月，路途長遠，我們姑娘家一起說說話，日子也好打發。」

「縣主說得是。」方靜怡帶頭坐下，瞧見雉娘還站著。「雉表妹，妳也在呢，怪不得方才我扶胥老夫人回房，一轉頭妳就不見了，原來是來找縣主，讓我一通好找。」

趙鳳娘不動聲色地看著方靜怡。這方家大小姐似乎不太喜歡雉娘，不知是何緣由，莫非是因為雉娘的長相？

雉娘臉上的茫然之色還未退去，抬起頭。「大表姊，妳找我有何事嗎？」

「也沒什麼事，就是我們本來一起扶著老夫人，後來發現妳不見了，我還以為妳是聽到我和老夫人要討論詩詞，所以才躲起來。」

她邊說邊笑起來，方靜然也跟著笑起來。「大姊，妳又不是不知道雉表妹，可是最怕這些詩啊詞的，妳讓她聽這些，不是為難人嗎？」

雉娘心裡無奈，略有些羞赧。「大表姊，二表姊說得對，我對於詩詞最是頭疼，一聽到妳要和老夫人討論詩詞，自然是有多遠躲多遠。」

方靜怡許是聽她自損，眼裡有一絲得意，一本正經道：「是我的疏忽，望雉表妹莫要見怪。剛才我與老夫人一起探討，收穫頗多，得老夫人指點，竟覺得文思湧來，已有所得，等補全詩，再寫下來慢慢琢磨。」

蔡知奕贊同地點頭。「方大小姐說得沒錯，近日知奕也覺得在詩詞方面止步不前，苦於無人指點，正好藉此機會，少不得要去打攪老夫人。」

方靜怡轉頭看著她。「那要不妳想去時，叫上我一起。」

「也行，就怕到時候妳不太方便。」

「我隨時可以的。」

雉娘聽著她們妳來我往，雖然話沒什麼不妥，眼神卻不如說話那般自然，心裡好笑。為何最近碰到的都是這樣的事，看兩位大家小姐的表現，不就是想在老夫人面前露臉，讓老夫人記著她們的好，看樣子，極有可能都是為了大公子。

大公子知不知道，這裡還有兩位姑娘為他爭風吃醋？起先方靜怡推開她，怕是將她當成假想對象，以為她也是討好老夫人，意在大公子。

若是讓這兩人知道大公子私下對自己提過親事，不知是何等反應，她們會不會氣得恨不得撕碎自己？

雉娘暗暗想著，有些愉悅起來，帶著不為人知的竊喜。

大家小姐們的談話其實是很無趣的，雉娘藉口要去陪母親，提前退了出來。方、蔡幾人本也無所謂，她們只想和趙鳳娘搭上關係，與她交好，以後受益匪淺。

雉娘走出來。母親有父親作伴，她也不想去當那根蠟燭，索性去船頭透透氣。

船頭上，胥老夫人裹著厚厚的斗篷正吹著江風。

「老夫人，船頭風大，您何不去裡面待著？」

胥老夫人爽朗地大笑起來。「江風何所懼？人生在世，若是連這些風都吹不得，那也是白活。妳看那桅桿上的帆，不懼風雨，借助風力張揚得意。」

雉娘細品她的話，飽含深意，睿智通達，她心有所動。

「老夫人金玉良言，這風兒若是知道，定然會將您引為知己。」

「三小姐不是風兒，怎麼知道風兒會贊同我說的話？那次在天音寺，妳曾對老身說過，妳所求不過是安穩。可若妳是船帆，有風來了，妳是迎頭趕上，還是避而不見？」

「自然是迎頭趕上。」

胥老夫人將手中的枴杖一頓。「好！若不起帆，帆布不過是普通之物，一旦起帆迎風，卻是展翅的靈物。妳看這帆和桅桿，多麼相配。」

雉娘仰頭望著，從來沒有聽人說過這樣的話，桅桿和帆，竟是一對。

若她是帆，能找到一位如桅桿一般的男子，兩人並肩而立，迎風接雨，破江前行，飽覽世間大好山水，肆意遨遊在這天地之間，何等快哉。

只是她的桅桿在哪裡？

她的腦海浮起一個高瘦修長的男子，又搖頭將他甩開。他是人人景仰的大公子，心中又有心上人，哪裡會是她的桅桿？

可總有一天，她會找到自己的桅桿，與他一起面對這世間的風風雨雨，不離不棄。

胥老夫人含笑地看著她。「三小姐，是否也贊同老身的話？」

雉娘回過神來，默默地點頭。「聽老夫人一席話，受益匪淺。」雉娘心有所悟，謝老夫人提點。」

「妳能明白過來最好。許多事不是讓步就可以海闊天空的，妳越讓步，別人見妳可欺，遲早會逼得妳沒有退路。」

老夫人意有所指，雉娘心裡一動。莫非是為了此前方靜怡推開她，她由著對方，沒有反擊的緣故？

她們這些人的心思，在老夫人的眼裡恐怕是毫無躲藏的吧！老夫人能洞察人心，又怎麼會不清楚方靜怡的想法？這麼說來，老夫人不喜歡方靜怡，反倒是喜歡她？可她出身低，又無才名，老夫人為何對她另眼相看？

莫非是大公子和自己祖母說過，他要娶她的事？

胥老夫人帶著笑意望著，她慢慢地瞪大眼睛，不可置信地回望著老夫人。老夫人朝她點頭，眼裡帶著長輩的慈愛。

她想自己的猜測是正確的，因為接下來的日子裡，她明顯感覺到老夫人的不同。

老夫人經常找她說話，剛開始閒說些胥家的過往還有家規，細細地道來，還會教她一些為人處事的道理，包括如何應對別人的刁難，如何不動聲色地揣測別人的心思。

等這些都說過後，就和她話家常，穿插著京中的世家官員以及他們之間的關聯，還有這些世家主母的出身，另外略提一下京中有些名氣的閨秀們。

這些舉動，分明是在教導她以後要如何做一名大家夫人，如何和其他貴夫人周旋。雉娘也不忸怩。這些事情，無論她以後能不能嫁給大公子，多知道些總是有好處的。她承老夫人的情，聽得十分認真，每每白天聊過，晚上臨睡前，自己在心裡再過一遍，認真地捋順。

再和老夫人聊起時，老夫人說到京中發生的大事和一些人，她都能隨口說得上一、兩句。老夫人頗為讚許，認為她敏而好學，對她越發滿意。

等船入京後，京中那些七繞八彎的裙帶關係，她都知道得差不多了。

當然，在這段日子裡，她無數次收到方靜怡含恨的眼神，還有方家兩位舅母明誇暗貶的話語。

剛開始，胥老夫人找雉娘說話時，方家姊妹和蔡家姊妹也會一起，那時候胥老夫人自然只是普通地說著話。等她們起身告辭時，才將雉娘留下來。

她們拉不下臉賴著，如此幾次，眾人都識趣地避開，心知胥老夫人對雉娘另眼相看，雖不平，卻也不敢露出不滿。

方家的兩位夫人對鞏氏說起這些，嘴裡酸溜溜的，語氣中隱含諷刺。鞏氏雖是綿軟的性子，卻不是傻子，當然能看出她們的虛情假意，也推說要照顧自己的丈夫，對她們避而不見。

她們也不敢真的嚷嚷，只不過是藏得再好，也會在神色中帶出一分怨氣。

雉娘冷眼看著，心裡明白，方家根本就不可能成為她們母女的靠山。事實上，若她以後真的嫁給大公子，方靜怡母女可能會視她為敵。

好在一路上，劉嬷嬷將趙燕娘看得緊，拘在艙房裡沒怎麼出來，娘和爹兩人同吃同住，看著感情又深了一分。娘能苦盡甘來，身為女兒，她是最開心的，夜深人靜時，想到原身，又為娘感到心疼。

她想，她既然已經代替原主，對於這世的娘，一定要盡到女兒的孝心。

日子一天一天地過著，天氣漸漸轉冷，此行也算是順風順水，平平安安地抵達京城。

京中早已接到書信的親友們早就等候在碼頭，一行人坐了二十多天的船，都有些疲憊，一腳踩在地上，雉娘覺得一顆心終於踏實下來，再也不是那種飄忽暈沈的感覺。

方家的那位姑奶奶派了下人候著，方家兩位夫人邀請胥老夫人同行，老夫人推說胥家會有人來接，方靜怡四下張望，想看到那玉樹臨風的男子，卻遍尋無果，眼底黯然神傷。

方家夫人們又和趙家人道別，客氣幾句，大意是讓她們有空去大學士府上作客。

鞏氏柔柔地應著，方靜怡冷若冰霜地望著雉娘，雉娘對她報以一笑。

蔡家的兩位小姐也被其姨母派來的人接走，碼頭上只剩胥老夫人和趙家人。趙守和也早就來了，一直在旁邊等著。

趙書才想先送胥老夫人回去，老夫人擺了下手，指了指柳樹下一輛不起眼的馬車。她的孫子們已來接船，許是不想和別人碰面，在附近哪裡候著呢。

果然，從不遠處的茶樓中走出兩位青年。

他們身穿大氅，裡面則是一青一白的長袍。

趙書才與趙守和對胥家兄弟行禮，胥良川幽遠的眸子直直朝雉娘望來。

一段時日不見，她似乎又長開了些。

雉娘也披著斗篷，銀紅色的錦緞面子，上面繡著綠葉粉桃。她皮膚白皙，雖略顯蒼白，卻分外柔美。

他的視線往旁邊一掃，眼一瞇。此前思及皇后和雉娘的相似之處，有些隱隱懷疑自己前世的推斷，可現在見到趙夫人……雉娘長得像趙夫人，莫非她們和當年的事情並無關聯？

趙鳳娘自然要和他們見禮，胥良川收回目光。「還未恭喜縣主。」

「多謝大公子。」

胥良川的神色平靜。趙鳳娘被賜給平晁，前世的事情至少改變一半，只剩下另外一件。

他眼眸未抬，卻能感受到趙鳳娘後面那道毫不掩飾的目光，眸色深沈。

趙燕娘貪婪地盯著他。他還是那般出塵絕豔，可惜她已下定決心要拿下太子，要不然這般出色的男子，怎能便宜別人。

胥良川扶著胥老夫人直接上了馬車，趙家人也往另一邊走去。快上馬車時，雉娘不自覺地轉頭，正迎上男子清冷的目光，包含複雜的情緒。她笑了一下算是招呼，便鑽進馬車。

兩家人的馬車分別朝不同的方向前行，胥老夫人拉著兩個孫子的手，不捨得放開，胥良川詢問路上可還順利。

「順利，一路順風順水的，天空作美，連雨都沒下一滴，還是入京後才有些零星小雨。船上又有那麼多小姑娘作伴，陪我說話聊天，或是看看沿岸的景致，途中也不覺得悶。」

「那就好，孫兒還一直擔心您老人家。」

「莫擔心，有趙家的幾位姑娘，還有方、蔡兩家的姑娘，每天說些話也是樂趣。尤其是趙家的三小姐，祖母看著，心性真不錯。」

胥良岳朝胥良川擠了下眼睛，胥良川好似沒看到一般。「祖母，趙家的這位夫人長得倒是面善，聽說並不姓方。」

「沒錯，也不知道方先生是怎麼想的，說是她生母的意思，讓她依舊姓鞏。」

鞏？胥良川心裡默唸著。

等回到府上，他將許靂喚來。許靂很快進來。「大公子，請問有什麼吩咐？」

「你去查一下，以前常遠侯的那位原配姓什麼。另外再查一下，常遠侯多年前可還有什麼小妾、通房或是外室，將她的姓氏打聽清楚。」

「是。」

許靂恭敬地出去。很快，他就打探到常遠侯原配的來歷，倒是沒聽說過常遠侯有什麼小妾、通房和外室，也算是京中難得潔身自好的男人。

胥良川聽著他的回報，再確認一遍。「你說常遠侯的原配姓鞏？」

「沒錯，大公子，當年常遠侯上京受封，沒多久接原配來京。他那原配聽說不過一個秀才家的姑娘，出身低微，進京後也沒有出過門。常遠侯將她藏得緊，後來不知為何傳出她偷人被休的事，也是如此，梅郡主才進門的。」

這件事胥良川是知道的，只是那時不過是別人的家事，並沒有多打聽。那位常遠侯夫人與人私通之事，真假難辨，但梅郡主心悅常遠侯之事卻是眾所周知，她死活要嫁給常遠侯，最後常遠侯夫人被休，她才如願以償。

前世，在他的記憶中是沒有現在的趙夫人，也沒有雉娘的，她們定然早就亡故，或是根本就不存在。

常遠侯的原配姓鞏，與趙夫人同姓，此事定然不尋常。

「你再打探，看那常遠侯夫人被休後去了哪裡？又在何處落腳？」

「是。」

許靂再次出門，此時已是華燈初上，萬家燈火。

第四十章

那邊，趙家一行人也安置在新宅子。趙守和早就讓人打掃好，今日已晚，一行人坐了二十多天的船，早已渾身乏力，不如先養好精神。趙書才決定，全家人明日再去段府拜訪。

段府位於興平坊的八角胡同，這裡大多是四、五品官員的宅邸，巧的是胡大學士和蔡家的那位姨母也是住在此處。

趙家人早早就起身。到了京中一切都要照著規矩來，全家人分三抬轎子，趙鳳娘在最前面，趙氏夫婦中間，雉娘和燕娘共乘一輛走在最後面，趙守和自己騎馬。

雉娘已經有段時日沒怎麼和趙燕娘接觸，覺得她變化不少，不再像以前一樣動不動就出口譏諷，而是將所有的不屑都用眼神表達，一上轎便對自己哼了幾聲。

看來劉嬤嬤的教導只流於表面，要想改變一個人的本性，幾乎是不可能的事。

趙燕娘懶得理雉娘，她滿心都是對趙鳳娘的嫉恨，一腔熊熊怒火憋在心裡，伺機而發。

轎子落在段府門前，段大人和趙氏並兒子都出來迎接。趙氏已多年沒有回娘家，本來昨夜就要去看老母親，是段大人拉著她，道趙家人一路奔波，肯定累得不行，等好好歇息後再見也不遲。

趙氏對自己的老母親想得緊，趙守和騎馬在前，一早告知祖母因身體不便，未能同行。趙氏有些失望，但想著現在母親已經來京，要見面的機會很多，又露出笑意。

趙鳳娘先下轎，與趙氏自是一番情深意重，接下來，趙書才和鞏氏出轎。趙氏見到兄長還未來得及訴說思念之情，轉頭看到鞏氏的面容，驚得手都僵在半空，一個字也說不出來。

段大人輕輕地推她。「怎麼？見到大舅兄連話都說不出來了？」

「可不是嘛，我與大哥十幾年未見，甫一看到，都不敢大聲說話，就怕一切是夢，開口就散。」趙氏抹著眼淚，心裡又驚又疑。大哥的這個填房究竟是何來路？早前大哥來信說是方家的庶女，為何會長得這麼像以前的主子？

但她上前親熱地挽著鞏氏的手。「這位就是大嫂吧？早就聽大哥提起過，沒想到如此年輕，害得我都不敢叫，生怕把人給叫老了。」

雉娘和燕娘已經下轎，趙氏這時再見到雉娘也沒那麼驚訝了，只不過心裡暗暗驚訝，這位姪女才是更像以前主子的人。

她略說幾句，便將趙家人引進門。

燕娘受到忽視，眼中的陰霾更盛，狠狠地盯著前面的人。

眾人進了院子，段府並不是很大，比起來都不如臨洲的知府府邸。京中寸土寸金，一個四品官員，府邸的精巧雅致卻是京外的官員府邸所不能比的。

一一落坐後，晚輩們上前行禮，趙氏將備好的禮物送給燕娘和雉娘。燕娘一看到自己的禮物和雉娘一模一樣，臉色更難看。

在她自己看來，她是正經的嫡女，而雉娘不過是個假嫡女，名不正言不順，怎麼配和她相提並論？這姑姑還送她們同樣的見面禮，真讓人生氣。

趙氏瞧見燕娘的臉色，更加不喜。初見時就很失望，聽說性子也不好，又怎能嫁得到好人家，還怎麼成為助力？

她對這個二姪女沒有好感，卻也沒有多說什麼，不經意地問鞏氏。「大嫂，早先大哥來信說妳出身方家，方家書香門第，那胡大學士家的長媳好像也是方家的姑娘。」

鞏氏答道：「正是家姊。」

趙氏帶著笑意。「我與那胡少夫人頗有些交情，想不到兩家還有這樣的緣分。大嫂以後可莫要和我生分，我就盼著咱們姑嫂以後一同出門作客，也好有個伴。」

趙書才也跟著笑起來。「妳大嫂性子弱，在京中又不熟，與那胡少夫人自小沒有長在一起，可能不是很熟。以後有妳在旁邊看著，大家都放心。」

「哦，大嫂沒有和方家人在一起生活嗎？」

趙書才有些尷尬起來，含含糊糊道：「聽說是方先生的意思，妳大嫂隨生母姓鞏，並不姓方。」

「什麼?!」趙氏驚呼，手中的杯子差點滑下來，濺灑在衣裙上。

她連道失禮，起身去房間換衣裳，心裡卻如掀起驚濤駭浪一般。

她還在常遠侯府當丫頭時，鞏這個姓可是個忌諱，只因侯爺的原配姓鞏，郡主勒令全府之人不得提起原夫人，也不准提這個鞏字。

而大嫂姓鞏，姓鞏並不稀奇，奇就奇在她的長相，為何偏偏像皇后娘娘？

主子在閨中時，只是個不受寵的庶長女，早些年她身為主子的丫頭，在侯府裡也受過氣。和郡主自己親生的女兒比起來，簡直就是天上地下，主子吃的用的都是二小姐不要的，若不是主子心性過人，怕是早就被搓磨死了。

她臉色沈重地換完衣裙，對心腹婆子如此吩咐一番，又回到廳堂裡，再三抱歉。

禮已經見過，大人們要說話，就讓晚輩們先下去。趙鳳娘原本就是住在段府，段府裡有她專門的院子，她招呼妹妹們去自己的院子，段鴻漸則同趙守和一起去書房。

鳳娘的院子在東邊，院子可以自成一宅，有方便自己出行的側門。

燕娘陰著臉，黑了又黑。

一進房間，裡面珠簾紗帳，多寶槅上擺放著玉器瓷瓶，雕著精美鏤花的桌凳屏風，清新淡雅的芳香盈滿鼻腔，低調又奢華。

雉娘看得賞心悅目，趙燕娘卻是臉黑如墨。

趙鳳娘自顧自地招呼她們，也不去看燕娘的臉色。宮女們擺上點心茶水和果子，姊妹幾個心思各異，趙燕娘氣鼓鼓地黑著臉，忿忿道：「大姊，妳住得這般好，怎麼姑姑就給我們租了那麼一間小宅子，又擠又破，哪是人住的？」

「京中不比渡古，宅子金貴，就是那間小宅子，一年花費比縣城中的大宅子還要多上一倍。姑姑已是用心，妳切莫再說這樣的話來傷情分。」

趙燕娘哼了一下。「那我不管，大姊，妳這裡院子大，房間又多，不如我就搬來和妳住吧。」

「可以的，雉娘要不要也過來住？」

雉娘當然不願意，還未回答，趙燕娘就搶著答。「她來做什麼？她要跟著自己的親娘，哪裡像我，在那裡只會討人嫌。」

「又胡說八道，誰嫌妳了？母親仁慈，對我們姊妹三人一樣，妳當著三妹的面這麼說話，最近的規矩都白學了嗎？」

趙燕娘撇撇嘴，不善地睨著雉娘。雉娘弱弱地道：「大姊，若是我們都住過來，父親和母親定然會有些失落，不如就二姊住過來吧，我和他們回去。」

「那也好。」趙鳳娘淡淡應著。

離開段府時，就趙氏夫婦和雉娘三人，趙守和要與段鴻漸討論文章，也住在段府。鞏氏回到宅子，將趙燕娘的衣物整理出來讓人送到段府。趙燕娘哼了一聲，大搖大擺地住到鳳娘的隔壁。

鳳娘冷眼瞧著，一言不發。不一會兒，趙氏身邊的丫頭來相請，她和丫頭離開。燕娘看著，眼睛骨碌碌地轉著，悄悄跟了上去。

趙氏的神色特別凝重，閉目沈思。鳳娘一進房間就發覺有些不對勁，坐在趙氏的對面。趙氏睜開眼睛，定定地看著她。「鳳娘，妳可是對皇后娘娘的賜婚有些不滿？」

「鳳娘沒有。」

「妳的眼神騙不了姑姑。姑姑以前就對妳說過許多次，妳只管將太子當作兄長，不可以有任何其他想法，妳偏偏不聽，到頭來，期望多大失望就有多大，何苦來哉？」

「姑姑，鳳娘不明白，是不是娘娘嫌棄我的出身，所以……」

趙氏搖搖頭，撫著她的臉。「傻孩子，若是娘娘嫌棄妳，又怎會破例封妳為縣主？娘娘就是太喜愛妳，視若親女，所以才沒有將妳許給太子。」

「若娘娘真的視我為親女，那將我許給太子不正是好事嗎？我會如親女一般地孝敬她。」

「妳——」趙氏語塞，嘆口氣。「姑姑說的親女好比真的親女，皇后娘娘真的將妳視為親生女兒，連永安公主都要靠後，試問誰會將親女許給親子？此事妳莫要再提，免得傷了娘娘的心，好好將我的話想一想。常遠侯府在京中是數一數二的府邸，平公子是長孫，就是未來的常遠侯，這樣的家世，妳還有什麼不滿的？」

趙鳳娘咬著唇。「姑姑，無關家世。」

「女子嫁人，不看家世看什麼，妳安心備嫁吧。」

「姑姑……」

「莫要胡思亂想，也切不可亂來，否則惹怒皇后，哪有好果子吃？妳要謹記姑姑的話。」

趙氏的眼神很慎重，趙鳳娘咬著牙，點點頭。

窗外，躲在花叢中的趙燕娘瞧見有人走過來，悄悄地離開。

她七拐八彎地回到偏院，慢慢回想趙氏和鳳娘的談話，問身邊的曲婆子。「妳說，為何會有人將別人的女兒當成自己的親女，還給她榮華富貴？」

曲婆子正在整理衣物，聞言答道：「二小姐，依奴婢看，哪會有人那麼傻，將別人的孩子當成自己的？除非是自己的孩子，要不然沒有人會掏心掏肺的。」

趙燕娘愣住，不知在想什麼，突然哈哈大笑起來。

曲婆子被她笑得心裡發毛，試探地問道：「二小姐，怎麼了？」

趙燕娘停住笑，眼裡的光芒讓人毛骨悚然。「依妳看，大姊和我姑姑長得像不像？」

「像，奴婢覺得就是因為縣主像姑奶奶，所以老夫人才喜歡縣主。」

「沒錯。」趙燕娘得意地點頭。「妳去將劉嬤嬤叫來。」

劉嬤嬤正和黃嬤嬤抱怨，這已到京城，縣主還未發話將她要回去，難不成還讓她待在二小姐身邊，那怎麼成？

黃嬤嬤安慰她，許是才回京城，縣主還未來得及安排，以後縣主可是要嫁入侯府的，肯定會將她帶走。

劉嬤嬤這才心裡好過些，見曲婆子來喚，說是二小姐有事相請，她心裡又不快了。二小姐為人粗鄙，她實在不想再教導這麼一塊又臭又硬的頑石，好在二小姐現在能忍住話，她在縣主面前也好交代。

她一進門，就見趙燕娘容光煥發地坐著，心一驚。這二小姐莫非吃錯了藥？

「劉嬤嬤，進來吧，我有話問妳。」

「二小姐請問。」

「妳是宮裡的老人，妳來說說，為何皇后娘娘對我大姊另眼相看？」

劉嬤嬤驚訝萬分。二小姐怎麼會問這個？不過這也不是什麼不能說的，在宮裡，很多老人都知道，當初段夫人帶縣主進宮，皇后娘娘得知縣主和太子同年同月同日生，這才另眼相看。

「縣主和太子同一天生辰，皇后娘娘聽到後很歡喜，讓段夫人常帶縣主入宮，縣主懂事又知禮，皇后娘娘十分喜愛。」

趙燕娘的嘴角揚起，眼裡露出一絲嘲諷。「劉嬤嬤，我和縣主是雙胎，與太子也是同天生辰，妳說皇后娘娘要是見到我，會不會愛屋及烏？」

劉嬤嬤被她問住。二小姐可真敢想，就二小姐這長相、性子，皇后娘娘怕是避之唯恐不及。

趙燕娘可不管她回不回答，她想到某種可能，已經陷入自己瘋狂的想像中，無法自拔。

劉嬤嬤喚了幾句，見她不理睬，自己輕聲地退出屋子，轉身去稟報趙鳳娘。

趙鳳娘正從趙氏那裡回來，聞言挑了一下眉。

「隨她去吧，她以為皇后娘娘是普通的婦人，隨便誰都能糊弄。再說就憑她，怎麼可能有機會在皇后娘娘面前露臉？」

劉嬤嬤點頭稱是。「縣主，老奴想著，現在已到京中，您身邊侍候的人肯定不夠，不如讓老奴回來，侍候縣主。」

趙鳳娘望著她，會意地一笑。「劉嬤嬤，我這心裡一直都有妳，就是因為來到京中，二小姐那裡才更要妳費心。妳替我好好看著她，等我離開時，一定會帶上妳。」

「縣主放心，老奴一定好好看住二小姐，不給縣主添麻煩。」

得到縣主的準話，劉嬤嬤心裡踏實下來，急忙表態。

等她出去後，趙鳳娘的臉就沈下來。燕娘可真敢想！竟然也想藉由和太子同天生辰攀上皇后娘娘，不過這注定是一場空，娘娘怎會看得上如此粗鄙的女子。

翌日，她帶著黃嬤嬤進宮拜見皇后，皇后動情地拉著她的手左看右看，不停地說：「瘦了，瘦了，回到京中，可得好好調養一番，這瘦得本宮都心疼不已。」

「多謝娘娘一直惦記著鳳娘，鳳娘心中有愧，無以為報。」

「本宮不要妳的報答，只要妳以後日子過得和和美美的，就是對本宮最好的報答。」

趙鳳娘動容，淚盈滿眼。黃嬤嬤遞上帕子，突然咦了一下，方才她腦子裡靈光一現，終於想通為何初見鞏氏時覺得有些眼熟。

這聲咦雖然很輕，但皇后怎麼可能沒有聽到，眉頭一皺。「方才妳咦什麼？」

黃嬤嬤立即跪下來，趙鳳娘有些不知所措。

皇后垂眸淡淡地說：「妳嚇成這樣做什麼，本宮只是好奇妳方才為何咦出聲？」

黃嬤嬤不敢隱瞞，伏在地上。「請皇后娘娘恕罪，方才老奴眼花，憶起縣主的母親，似乎有一點像皇后娘娘。」

「妳母親？」

皇后娘娘眉頭緊皺地問趙鳳娘，趙鳳娘這才反應過來。黃嬤嬤這麼一說，她倒也瞧出一、兩分來，以前從未往這上頭想過，仔細一瞧，雖然氣勢大不相同，但眉眼間，確實是有些相似的。

「回皇后娘娘，黃嬤嬤說的母親是我父親的填房，確實與娘娘有那麼一絲相似。但她豈能和娘娘相提並論，能有娘娘半點氣韻，那都是我們趙家的福氣。」

「妳父親的填房？出身哪裡，所姓是甚？」

趙鳳娘低頭回道：「娘娘，鳳娘的母親是臨洲方大儒的女兒，卻隨生母姓翟。」

皇后的兩隻手交疊在一起，隔了一會兒才道：「能長得相像，也是種緣分。本宮聽著有那麼一絲有趣，不如讓妳母親帶妳妹妹們進宮，讓本宮看看。」

「是。」

趙鳳娘連聲應著。出宮時，黃嬤嬤不停請求處罰，她淡淡地出聲。「無事的，娘娘仁愛，她都未生氣，我又生什麼氣？母親長得像娘娘，說不定也是種福氣。」

黃嬤嬤忙謝她恩典，也附和她的話。

宮內，皇后娘娘卻盯著空蕩蕩的宮殿一言不發。

她記得父親的原配就是姓翟。

趙家的那位夫人姓翟，還和她長得相似，天下哪有這樣的巧合？

這位趙夫人，她真得好好見見。

第四十一章

趙鳳娘的馬車慢慢停在段府的門口。和往常一樣，趙氏依舊在門口等著，京城的天氣已經很冷，趙氏穿著朱色的斗篷，神情隱有一抹憂色。

馬車停穩後，黃嬤嬤扶著趙鳳娘下來。趙鳳娘上前挽著姑姑的手。「姑姑，和妳說過許多次，不必每次都等我。現在天冷了，妳若是凍了身子可怎麼辦？」

趙氏神色中的擔憂鬆開一些，細問她在宮裡的事，聽姪女說皇后娘娘要見鞏氏和兩位妹妹，趙氏忙連聲問為什麼。

趙鳳娘微微一笑。「皇后娘娘聽到母親和她長得有點相似，起了興致，要見母親一面，順便讓燕娘和雉娘也進宮。」

「原來如此。」趙氏沈思。「讓她們進宮也好，說不定娘娘會對妳母親另眼相看，這對我們趙家來說，也是好事。」

趙鳳娘也是這般想的。

趙氏和鳳娘並肩走著。趙氏保養得好，又未曾生養過，身段也如少女一般窈窕，她望著已長成大姑娘的姪女，還有那和自己有幾分相似的面容，眉頭的憂色又深了一分。

她最近幾年已經少進宮，希望皇后娘娘不要再想起自己的樣子。

一想到鞏氏母女的長相，心裡又不停打鼓。也真是見鬼，天下之大，偏偏就讓大哥碰到鞏氏，還娶進家門、生下女兒，也真是巧得不能再巧。
事已至此，只能走一步看一步，見招拆招。
趙鳳娘扶著她進屋，派人去宅子那邊通知鞏氏母女進宮的事，再讓黃嬤嬤去提點一下她們進宮的禮儀。
鞏氏又喜又慌，手都不知往哪裡放，雉娘按住她。「娘，莫要緊張，不過是進宮，皇后娘娘又不是妖怪，還能吃了您不成？」
「妳這孩子胡說什麼，被別人聽到，可不得了。」
「娘，我這不是讓妳放輕鬆嘛，再說屋裡只我們母女二人，誰會聽到？」
雉娘調皮地朝鞏氏一笑，帶著撒嬌。鞏氏很快心軟，到底還是有些懼怕，頻頻問雉娘穿哪身衣裳好看。
不一會兒，黃嬤嬤來提點母女倆進宮的事以及行禮儀態，母女倆聽得很認真。進宮可不是鬧著玩的，一個不小心命都要搭上，萬事小心為上。
黃嬤嬤心裡暗道，怪不得她以前總覺得這母女倆眼熟，卻想不起來像誰，誰又會往母儀天下的皇后娘娘身上想？也是她們命好，偏就長得和娘娘有一點相似，若娘娘一個高興，許她們富貴，也是有可能的。
她倒是沒有藏私，該提點的都說了。別看這母女倆都長得弱弱嬌嬌的，學得認真，也有靈性，舉止動作都形似，明日也能混過去。
幾人不敢折騰太晚，看著一過亥時，趕緊歇下，為明日養好精神。

鞏氏之前被女兒寬過心，入睡前本已放下，但是第二天坐上馬車時，她又緊張起來。趙鳳娘帶著趙燕娘來接她們，趙燕娘昂著頭，鄙夷地看著她。

雉娘冷冷地掃過去，直視對方的眼神，將她看得無所遁藏。趙燕娘被她眼裡的氣勢逼得低下頭去，氣惱地想著，這三妹又開始邪門了。

鞏氏不停擔心。「雉娘，妳說要是娘說錯話，皇后娘娘會不會怪罪？」

「娘，不會的，皇后娘娘仁慈，怎會同您一般計較？您放寬心，娘娘問什麼，就答什麼，不知道的就說不知道，知道的就說知道。娘娘什麼樣的人沒見過，只要不耍心眼，少說多看，肯定會沒事的。」

鞏氏重重地點頭，深呼一口氣，緊緊拉著女兒的手，羞愧一笑。她這個當娘的，還不如雉娘看得明白，倒讓女兒操心。

趙燕娘心裡打著算盤，亢奮得都沒怎麼睡好，今日臉上的粉又抹厚了一層，慘白慘白的。

趙鳳娘也陪同她們一起，另乘一輛馬車。到了宮門口率先下車，她走到後面來扶鞏氏，輕聲地安慰。「母親，莫要心慌，皇后娘娘十分和善。」

鞏氏勉強擠出一個笑，感謝她的貼心。

守門的人都是認識趙鳳娘的，依例派人通報後，就將幾人放進去。

引路的太監走在前面。趙鳳娘是宮中的常客，她的神情放鬆，雉娘低頭走路，趙燕娘卻是四處張望，被宮裡的富貴迷了眼。

等到了德昌宮，琴嬤嬤在門口迎著，將幾人領進去，再去內殿稟報皇后。

皇后坐在鏡子前，梳頭嬤嬤為她插上最後一支釵，後面的宮女們垂首立在兩邊。見琴嬤嬤進來，皇后對著鏡子再理理鬢角，頭上的鳳釵發出耀眼的光，她隨意問道：「妳剛才可見到那趙夫人，是否真的和本宮長得像？」

「確實有一、兩分相似，但她不過是面貌有些像，哪有娘娘的天人之姿。」

皇后娘娘扶著琴嬤嬤的手，宮女們跟在後面，慢慢走到大殿。趙家母女幾人都站著，見她們出來，除了趙鳳娘，其餘幾人都跪行大禮。

皇后坐在寶座上，俯視著幾人，緩緩地開口。「抬起頭來，讓本宮看看。」

幾人依言半抬起頭，眼皮子不敢掀起。

皇后扶著寶座的手，慢慢地抓緊，眼神的利光直直地看過去，不一會兒又縮緊，緊抓的手再鬆開。

鞏氏和自己長得確實有些像，但鞏氏所出的女兒才更像自己。她內心起了波瀾，滿腹疑問。

「都起身吧，賜座。」

琴嬤嬤臉上不顯，讓宮女端來幾張小凳，放在鞏氏她們的身邊。鞏氏有些不敢坐，昨日黃嬤嬤可沒有提到皇后娘娘還會賜座，這坐還是不坐？

趙鳳娘小聲提醒。「母親，妳們坐吧。」

然後她自己側坐下來，緊挨著凳邊。鞏氏鬆口氣，學著樣子坐下來，燕娘和雉娘也有樣學樣。

雉娘落坐的時候，藉機快速地抬頭朝上位看一眼。

金碧輝煌的寶座上坐著一位貴氣逼人的皇后，容色豔麗，神色深不可測，正好也朝她望來。四目碰撞間，凌厲的瞳孔彷彿跨越時光，看到了自己年少時的模樣，不由得心顫動一下。

趙燕娘一坐下，眼裡冒著興奮的光，不停打量著殿內的擺設，貪婪地看著金柱玉壁，恨不得占為己有。皇后身後的琴嬤嬤眼神閃了閃。

皇后娘娘露出一分笑意，紅唇輕啟。「昨日鳳娘還說妳和本宮有些相像，今日一見，果然沒說錯，這倒是有些意思。天下之大，無奇不有，聽說趙夫人是臨洲方家的姑娘，不知趙夫人生母何處人氏？」

鞏氏站起來，低聲回道：「娘娘恕罪，臣婦不知。臣婦生母在世時，從未提及過自己有親人，臣女也未見過有人來探望她。」

「哦，真可惜。不過妳現在也算是個有福氣的，想來後面那位姑娘就是妳的親女吧？」

「回皇后娘娘，正是臣女所出，閨名雉娘。」

「雉娘。」皇后呢喃著，眼眸微沈。「看起來倒是與鳳娘一般大。」

鞏氏低著頭，回答道：「娘娘眼光過人，確實同年所出，只比鳳娘和燕娘小上半個月。」

皇后娘娘點點頭。「這可真是巧。」

她的眼神看著雉娘。長得真像當年的自己，從名字就可看出這姑娘以前過得並不好……她的心緊了一下，似被什麼揪住一般。

殿內一時靜默，趙鳳娘微微一笑。「皇后娘娘，天下相似之人常有，能夠有半分像娘娘的天顏，是臣女母親和妹妹幾世修來的福氣。」

「可不是，沒有血緣卻長得相似就是緣分，有血緣的相似反倒見怪不怪，好比大姊和姑姑，長得就很像。」

皇后的利眼掃過來，瞧見說話的正是鞏氏身邊的女子，聽說是鳳娘的雙胎妹妹。她已經沒心思去計較此女的無禮，滿腦子都是方才聽到的話。

她不自覺地打量著鳳娘，心不由得往下沈。這說得不假，以前她被糊了心智，竟連這些都沒看出來，鳳娘分明是長得有幾分像柳葉，也就是現在的段夫人，她曾經的丫頭。

柳葉已有好多年沒有進宮，每回進宮都是濃妝豔抹，讓她都快忘記當初的長相。

她本已鬆開的手又緊緊地握緊，認真地瞧著趙燕娘。趙燕娘心裡有數，將頭昂得很高，帶著一絲得意。

「這位說話的想必是妳的二妹吧？鳳娘。」

趙鳳娘站起來回話。「正是。望娘娘恕罪，臣女的二妹無心冒犯娘娘，對宮中的規矩不太清楚，還請娘娘看在她無心的分上，莫要怪罪。」

皇后的嘴角慢慢地泛起了笑，眼裡卻是冰冷一片。「本宮怎麼會同她計較？還要感謝她今日說的話，若不是她提醒，本宮竟想不起來，妳和柳葉長得如此相似。」

趙鳳娘被這話說得有些莫名。她和姑姑長得像，又有什麼好奇怪的，皇后娘娘為何還要特別這麼說？

趙燕娘卻又不管不顧地說起來。「皇后娘娘真善心，臣女失禮，還望怪罪。說起來一家人也有長得不像的，比如臣女，長得不像父親也不像母親，臣女每每想起，十分難過。」

她說完，彷彿真的傷心，眼眶還紅了。皇后瞇著眼往這邊瞧，從她的臉上轉到雉娘的臉上，表情捉摸不定。

琴嬤嬤輕聲地詢問：「娘娘，喝安神湯的時候到了，是否現在用？」

趙鳳娘聞言知意，站起身來。「皇后娘娘鳳體最近可好？」

皇后娘娘似是有些乏力頭暈，撫著額頭擺了下手。「老毛病，不礙事，本宮無事，妳們退下吧。」

趙鳳娘帶頭行禮，鞏氏等人也學著樣子，恭敬地退出去。一出殿門，就有宮人將她們引出宮。

殿內的皇后接過琴嬤嬤遞來的湯藥，仰頭一口氣喝完，接過帕子擦嘴。

「妳看，鳳娘是不是和段夫人長得像？」

琴嬤嬤接過藥碗，放到旁邊宮女的托盤上，輕聲回答。「自然是像的。俗話說得好，姪女似姑姑，姑姪倆像的最是尋常。」

皇后閉上眼睛，強壓著胸口的憤怒，扶著琴嬤嬤的手去內殿。琴嬤嬤服侍她靠坐在榻上，她的眼睛才慢慢睜開。

「說到柳葉，本宮似乎已許久未見，妳讓人去將她召來。我們主僕二人好久沒有說過話，是該好好聊聊了。」

「是。」

皇后娘娘的眼睛又閉上，琴嬤嬤輕聲地退出去。

宮人引著趙家母女幾人才一出德昌宮，遠遠地瞧見明黃的身影往這邊走，立即帶頭跪下，嘴裡呼著萬歲。

鞏氏和雉娘也低著頭，跪著行禮。

明黃色的靴子從她們面前經過，徑直邁過去，朝鳳娘看一眼，不經意地看到鞏氏母女，腳步頓住。

他的眼睛直直地盯著雉娘。「給朕抬起頭來。」

雉娘依言抬頭，少女嬌美的容顏略施薄粉，如清晨初開的花朵一般，靈秀動人。祁帝似不可置信地眯眼。這姑娘是誰？

「妳是何人？」

「回陛下，臣女是原渡古縣令趙書才的三女兒，鳳來縣主是臣女的大姊。」

祁帝定定地俯視著她，半晌，又朝旁邊的鳳娘掃去，不經意掃到鞏氏，愣了一下，一言不發地往德昌宮而去。

趙燕娘想出聲，被趙鳳娘死死地盯著，撇了下嘴，低下頭去。

祁帝的身影消失在宮門內，眾人才敢起身。鞏氏覺得自己的身體都軟得提不起半點勁。這宮裡太嚇人，嚇得她連大氣都不敢出。

同時心裡也在犯嘀咕，自己長得像皇后也就罷了，一個像也說得過去，可雉娘也像，兩人都像皇后，怎會這麼巧，這是怎麼回事？

祁帝往德昌宮正殿的內殿走去。外面的宮人說娘娘在裡面小憩，他揮手示意宮人不必通傳，自己走進去。

皇后正閉著眼，聽到腳步聲，睜開眼，似乎有些徬徨無助的樣子就落在祁帝的眼中。祁帝心神一晃，連聲音都不由得放輕。

「怎麼，可是哪裡不適？」

皇后掙扎著下榻，祁帝按住她。「夫妻之間，何必如此多禮？」

「妾身失儀了。」

「無妨。妳這樣子倒是讓朕想起許多年前。方才朕在外面見到一位小姑娘，長得和妳當年可真像，還以為在作夢。」

皇后笑起來。「那陛下您就是白日作夢。剛才是鳳娘的母親和妹妹們進宮來，妾身也是聽說和她母親長得有些相似，將人召進宮裡，沒想到竟真的有幾分像，尤其是趙夫人所出的女兒，看到她，妾身彷彿還在閨房中照鏡子一般。」

祁帝的目光深沈，似痛惜般地看著她。「妳若喜歡，就常將她召進宮來說說話，若是她能入妳的眼，妳就多給她一些體面。」

「謝陛下。」

「妳又多禮了。」

「陛下……」皇后偎進他的懷中，他的手緊緊地摟著她。

鳳娘一行人回到段府。

趙氏有些坐立不安地等著，段大人不悅地道：「妳如此緊張做什麼，鳳娘常去宮中，能出什麼事？」

趙氏搖頭，不敢回答。好不容易看到鳳娘她們回來，連忙問明情況。

趙鳳娘一路上都在細思，琢磨不透皇后娘娘的態度，不知道讓鞏氏她們進宮是對還是錯。

「姑姑，沒事的，皇后娘娘只不過是簡單面見一下而已。」

「那就好，還有沒有說別的？」

「沒有說什麼，就讓我們出宮了。」

段大人背著手過來。「我就說了，能有什麼事？妳姑姑一直在擔心。」

「姑姑就是這個性子，哪怕我天天進宮，她也是天天跟著擔心。」

趙鳳娘說得親熱，沒看到趙氏眼裡的擔憂。不過趙燕娘卻注意到，心裡恨不得大笑。

「姑姑，我大姊說得沒錯，宮裡能有什麼事，皇后不過就是好奇誰和她長得像，還說頭一回發現我大姊長得像姑姑呢！」

「什麼?!」趙氏驚叫出聲，眼前一陣陣發黑。她最擔心的事情終於發生。

她穩住心神，勉強擠出一個笑。

鞏氏母女稍微停留後，就起身回宅子。趙氏沒有心情留客，也沒有多挽留，才坐下來想好好細問鳳娘，就接到宮中的口信，說皇后娘娘召她進宮。

她慢慢地梳洗更衣，面無表情地坐轎進宮。

第四十二章

趙氏一踏進德昌宮，外面的門就關上了。

她的心跳不由得加快，硬著頭皮走進殿內，只見皇后獨自一人坐在當中，殿內再無他人。

皇后冷著臉，表情如霜凍一般，入鬢的眉越發如利刃般讓人膽寒，寒冰似的眸子睨著她，冷豔孤絕。

「跪下。」

趙氏雙腿一軟，膝蓋直直跪在地上。一只白玉青墨的茶杯飛過來，正好砸在趙氏的額頭上，又骨碌碌地滾開，摔在地上裂成碎片。

血立即湧出來，她不敢擦，伏貼在地。「娘娘息怒。不知娘娘為何生氣，奴婢該死，不知哪裡出了錯，請娘娘恕罪。」

皇后娘娘慢慢地起身，一步一步走來，怒急反笑。「哈哈，好，柳葉，妳長膽了，不愧是少卿夫人，這揣著明白裝糊塗的樣子倒是和姓段的學得不錯，本宮竟是小瞧了妳。」

趙氏面如土色，眼裡又驚又懼，倉皇地望著她。「娘娘，奴婢不知您在說什麼，究竟發生何事？」

皇后緩緩地彎下腰，俯視著地上的趙氏，冷眼如刀，猶看死人。「什麼也沒有做？那本宮問妳，當年那個孩子是誰？鳳娘和妳長得像，分明是你們趙家的種。你們用她來代替，真是膽大包天，是吃準本宮不敢聲張，還是另有所圖？」

「不是鳳娘？」趙氏驚恐地抬頭，拚命地搖頭，也顧不上什麼禮法，愣愣地直視著皇后。「怎麼可能不是鳳娘？奴婢親口叮囑過嫂子的，讓她將那孩子送上京，怎會不是鳳娘？」

皇后緊緊地盯著她，不錯過她臉上一絲一毫的表情。「妳當真不知情？」

趙氏又伏在地上，不停磕頭。「娘娘，奴婢真的不知道！若不是鳳娘，那會是誰，難不成是燕娘？難道是奴婢的嫂子調包？娘娘，奴婢該死，奴婢該死！」

皇后定定地看了她半晌。趙氏每一下都磕得極重，白玉磚上很快就染上一小灘血。她眼底又暗又深，慢慢地直起身子。「妳是該死，本宮如此信任妳，還替妳謀得好姻緣，妳就是這樣回報本宮的？怎麼對得起本宮對妳的期望。」

「娘娘，奴婢該死！奴婢真的沒想過，奴婢的大嫂竟然會偷梁換柱，讓鳳娘進京，奴婢失察，求娘娘賜罪！」

「妳真不知情？」

趙氏抬起頭，眼裡悔恨交加，痛不欲生。「娘娘，奴婢對娘娘忠心耿耿，恨不能掏心挖肺，怎麼會有一絲一毫的異心？即便是娘娘讓奴婢去死，奴婢二話不說，立刻自行了斷。可這件事奴婢當真不知，雖不知情，卻是奴婢的一時大意造成的，都是奴婢的錯，奴婢辜負您的託付，求娘娘降罪！」

皇后語氣變得緩和了些，似痛惜無奈般地嘆口氣。「好，既然妳不知，那妳告訴本宮，還有誰知道當年那孩子的事？」

趙氏感動得淚水流得更凶，額頭上的血流得滿臉都是，顯得分外恐怖。「回娘娘，除了奴婢的嫂子，沒有人知道。」

她往前爬一步，又伏地不停磕頭，砸得漢白玉的地磚咚咚作響。

「娘娘，此事千錯萬錯都是奴婢的錯。當年讓那孩子跟奴婢大嫂回鄉，後來託娘娘的福，奴婢嫁給老爺為妻，又不能生養，求得老爺同意才能接那孩子上京。奴婢的大嫂本是鄉野村婦，沒什麼見識，定然是她想讓自己的女兒進京享福，換了孩子。奴婢從未想過她會如此大膽，一個嬰兒的變化太大，奴婢沒有認出來，請娘娘重重地處罰奴婢……」

字字在理，聲聲落淚，飽含著自責和痛苦。

皇后眼底沈痛，已經相信她的話。柳葉是她最信任的丫頭，幼年時，她身邊的人都是母親安排的，她們陽奉陰違，常常讓她吃悶虧。十歲那年，她使計除掉最壞的一個丫頭，然後央求父親重新買一個。

那一次，父親破例依她，親自買回一個丫頭，就是柳葉。

柳葉入府時也不過十來歲，兩個半大的姑娘在內宅中要躲無數的暗箭，柳葉替她擋了無數次，主僕倆可以說是相依為命過來的。

在常遠侯府，除了父親，她唯一能相信的只有柳葉。

臨出嫁前的一個月，母親接連讓廚房天天燉補湯，說是調養她的身子。她不敢喝，可母親派人在門口守著，連窗戶那裡都有人，想倒都沒地方倒；明知湯藥有問題都不敢挑明，最後還是柳葉挺身而出，那些補湯全進了柳葉的肚子裡。

她入祝王府後，私下請人替柳葉看脈，果然宮寒血瘀，不能再生養。柳葉還高興地說，自己不想嫁人，只想永遠侍候她。

這樣的丫頭，若說真有二心，她如何能相信？

趙氏還在不停磕頭，她的心軟了一分。「那依妳看，當年的孩子是誰？」

「娘娘，不是鳳娘，應該是燕娘。雉娘是鞏氏所出，母女相似，又小上半個月，日子也對不上。」

燕娘？皇后娘娘眼前浮現起那醜女的模樣，又想到另一張和自己年輕時極為相似的小臉，不自覺地皺起好看的眉。

她慢慢地往裡面走，空曠的宮殿裡，只留下跪在地上的趙氏。

趙氏不敢起身，伏在地上，等到近黃昏時，才有小宮女來通知她可以出宮。趙氏如蒙大赦，喜極而泣，不停地磕頭謝恩。

另一位小宮女端上銀盆布巾，她道聲謝，抖著手擰乾布巾，擦拭臉上的血跡，待清理得差不多才放下。

琴嬤嬤出現在宮門口，略彎腰道：「段夫人，皇后娘娘已經歇下，讓您不必前去跪安。現在天色已晚，夜路難以看清，夫人一路小心，莫要摔倒。」

「多謝嬤嬤提醒。」

趙氏慢慢地走著，膝蓋和腿彷彿都不是自己的一般，一腳深一腳淺地出宮。剛出宮門，一下子摔倒在地，頭重重地磕在地上。

守門的小太監驚呼。「段夫人，怎麼摔倒了？」

趙氏扶著他的手，努力地站起來，腿膝蓋打個彎，又使勁地站好。「剛才有些眼花，沒有看清路，這一跤摔得可不輕，彷彿渾身都疼。」

小太監又驚呼起來。「段夫人，妳頭都磕破了，還在流血，真的不要緊嗎？要不請太醫看看？」

趙氏一抹臉上的血。「看著駭人，其實也不是很疼，不必驚動娘娘，也不必請太醫，我自己回去讓大夫瞧瞧就行。」

小太監有些憂心，將她扶好。

等候在宮門外的段府下人看得清楚，謝過小太監，連忙上前來扶自家夫人。趙氏被人扶上馬車，一路疾行回府。

段大人一見，忙問發生何事，下人們如實稟報。趙氏笑著安慰丈夫。「無事的，不過是沒看清路，摔一跤罷了，讓大夫上些藥就行。」

大夫瞧過後，直說這跤摔得可真重，許是要留疤。趙氏自嘲道：「留不留疤的沒什麼要緊，許是我年歲漸大，不僅眼花，手腳也不索利，看來以後還是少出門的好。」

段大人埋怨地看她一眼。她比自己年輕許多，又保養得好，哪裡稱得上老？「別胡亂說話，哪裡就老了？不過這跤摔得不輕，妳可得好好養養，近日就不要出門了。」

趙氏滿口答應。

梳洗包紮後，鳳娘也來看過，一臉心疼。趙氏撫著她的頭，嘆了口氣。「人天天走路，哪有不摔跤的？爬起來就行，好在也沒什麼大礙，養幾天就好了。」

鳳娘守在她身邊，等姑姑睡著後才離開。

等門關上，趙氏的眼睛就睜開，無神地望著頂上的帷幔，一夜無眠。

同樣失眠的還有德昌宮的皇后。

她一閉上眼就出現雉娘的臉，還有鳳娘、燕娘的，交替著變來變去。

按柳葉所說，燕娘才是當年那個孩子，可是那燕娘長得實在醜，她的親女兒永安因為長得像陛下，談不上美貌，但也不是醜，只能說是普通。

燕娘的長相，怎麼看也不像是自己和陛下能生出來的孩子；那雉娘倒是像她，卻也像趙夫人，究竟誰才是當年那個孩子？

她坐起身，烏幕般的髮散在肩上。

祁帝迷糊間見她起身，咕噥一聲。「怎麼還不睡？」

「陛下，妾身吵著您了？您睡吧，妾身有些口乾，去喝口水。」

「嗯。」祁帝應著，又睡過去。

皇后躡手躡腳下地，守夜的宮女輕聲問道：「娘娘，可有什麼吩咐？」

「無事。」

她披上斗篷輕聲打開門，悄悄站在外面。冷風寒氣，讓人一下子清醒過來，皎月當空，清輝如銀，細細地灑在地上。

宮女哪裡敢睡，悄悄跟在後面。琴嬤嬤聽見聲音走出來，見到皇后，大吃一驚。「娘娘，夜寒霜冷，您怎麼在外面？」

「睡不著而已，妳去將芳姑姑喚來。」

「是。」琴嬤嬤退下去。

芳嬤嬤是皇后娘娘在祝王府的心腹，娘娘的事情大都是吩咐她去做的，她和琴嬤嬤各司其職，一個主內，一個主外，倒也相安無事。

很快，芳嬤嬤就趕過來，跪在地上。皇后揮手讓其他人都退下，慢慢走到園子裡，芳嬤嬤彎著腰跟上。

「芳姑姑，此事本宮需要妳親自去辦。妳去一趟渡古縣，查清楚趙家那原配的事，還有趙家三位姑娘的所有事情，從小到大，一樁一件都要清清楚楚。另外，順路將臨洲的方大儒請上京，本宮有話要問他。」

「奴婢遵命，娘娘，奴婢今夜就啟程。」

「好，帶上令牌，自己挑幾名御衛，路上多加小心。」

「謝娘娘，奴婢定當不辱使命，萬死不辭。」

芳嬤嬤消失在夜色中，皇后才慢慢地走回去。

殿內，祁帝依然熟睡，她輕手輕腳地爬到裡面，躺在他的身邊。他翻了一個身，側身向外，眼睛似是睜開一下，又緊緊閉上。

這注定是個無人安睡的夜晚。

宮外的閣老府內，胥良川聽完許靂的話，陷入沈思。前世並沒有這樣的事發生，皇后一直都是常遠侯府的庶女，從未改變，也沒有聽說過她生母是誰。

按許靂查探的事情來看，皇后的生母是常遠侯的原配。嫡長女變成庶長女，皇后自己應該不知情，究竟是梅郡主的意思，還是常遠侯惱羞成怒將她由嫡變庶？這些暫且不知。

梅郡主性子霸道，前世新帝登基後，平家依舊受寵，只不過梅郡主卻無福消受，很快病逝。還有她的親生女兒，聽說一生無所出，最後還被夫家休棄，連祖墳都進不了。皇后娘娘也沒有去為妹妹討公道，只說國有國法，家有家規，她不宜插手。

如今來這麼一齣，那這些就能解釋得通，皇后必是後來知道自己的生母是誰，所以才會對梅郡主所生的女兒不聞不問。

他長指輕輕地叩著桌面。許是因為自己重活一世的緣故，今生的很多事情都提前發生。屋裡只有他一人，燭火將他的影子映在牆上，他看得有些入神。突然，外面有人敲門，他起身開門，胥老夫人慈祥的笑臉便露出來。「我聽許敢說你還在書房，過來一看燈還亮著，果然如此。」

胥良川將祖母攙進書房。「天寒地凍的，祖母為何此時還未歇下？」

「唉呀，人老失覺，翻來覆去都睡不著，你何時生個重孫子給我帶，我白天帶孩子累了，夜裡自然就睡得香。」

胥老夫人唉聲嘆氣，不停用眼角餘光瞄自己的孫兒。

胥良川扶她坐下。「祖母，院子裡的那些蠟梅是不是開了？您若是嫌白天無趣，不如請一些人來陪您說話，賞賞梅花，或許夜裡就能睡得好。」

「也是，那我明日就下帖子，讓方家、蔡家、趙家的幾位姑娘來陪陪我這個老婆子。」她裝模作樣地說著，胥良川默不作聲地送她回去。

一回到自己的院子，等孫子走後，胥老夫人就來了精神，讓人將兒媳叫來。胥夫人聽到婆母有請，也不管是什麼時辰，急火火地就來了。

「娘，這麼晚喚我何事？」

「來，坐吧。」老夫人招呼她，笑咪咪地道：「川哥兒馬上就要滿二十五，終身大事也該打算起來，他不知有沒有和妳提過？」

「倒是提過，說是瞧上什麼人，讓我過陣子就去提親，卻又沒有告訴我是哪家的姑娘，只說出身不太高。」

胥老夫人一拍大腿，爽快大笑。「這就對了，是有這麼位姑娘，是我先瞧上的，再讓川哥兒掌眼，川哥兒估計還算滿意，才會和妳這麼一說。」

「原來是婆母看中的，那這姑娘人品定然不錯。出身低些無所謂，當年兒媳還不是一個九品小官之女，也是婆母和夫君抬愛，從未計較過。」

「咱們家，娶媳不講出身，高門大戶家的小姐雖好，但胥家歷來不結高親。祖訓雖無言明，歷任主母卻口口相傳，世家小姐不太適合清貴人家，這次我們就不請京中的姑娘，只請陪我上京的那幾位，那姑娘也在其中。想來妳心中可能有數，我打算下帖子，將人請來作客，到時候妳也瞧瞧，看看是不是有眼緣。」

胥夫人滿口同意，詢問何時宴請，好早做準備。

「宜早不宜遲，我明日下帖子，讓她們後日上門。不是我誇口，妳應該會滿意的。妳不是最愛顏色出眾的姑娘，她可是萬裡挑一的好相貌。」

「真的嗎？」胥夫人眼睛一亮。她就愛長得好看的姑娘，以前方家似乎透露過有那麼個意思，但她覺得方大小姐端莊有餘，美貌不足，加上川哥兒也沒有心思，索性含糊著，沒有將話說死。

若真像婆母說的娶個絕色的兒媳，便是天天在家裡見著，也讓人心情愉悅。

她對這姑娘越發期待起來。

等到那一日，姑娘們上門，她一眼就瞧出誰是婆母和兒子都中意的姑娘。

那姑娘是隨趙家縣主一起來的，身著桃粉色的衣裙，外面罩著碧藍的斗篷，頭上僅一根簪子，比不上其他幾人滿頭的珠翠，在一眾姑娘中是最不起眼的打扮，卻因著本身的好相貌，讓人一眼就能瞧見她。

白嫩的小臉，桃瓣似的小嘴，水霧般盈盈的眸子彷彿還帶著霧氣一般，就那麼望過來，看得人心裡像被撓了一下，又癢又酥。

胥夫人不由得想拍手稱讚。這姑娘真美，美得毫不張揚，卻讓人滿心憐愛。

趙鳳娘自然是第一個和胥老夫人見禮的，順便介紹自己的兩位妹妹。胥夫人近看雉娘，一看更加移不開眼，心裡越發滿意。

雉娘大方地朝她行禮，任由她打量。

燕娘哪裡甘願落後，擠到胥夫人的跟前。胥夫人嚇一跳，瞧清她的長相，又嚇一跳。

接著，方家和蔡家的兩位姑娘上前行禮，胥夫人已恢復常色，將她們引去內院。

胥老夫人的屋裡早就燒好地龍，暖烘烘的，那幾盆蠟梅被擺放在門口，一進門便能聞到淡雅的香氣。

姑娘們解下斗篷，讓下人們掛好，然後依次坐下來。

第四十三章

胥夫人不動聲色地打量雉娘，見她脫下斗篷後露出動人的身段，桃粉色的束腰裙子，腰細胸卻不小，更顯柔美，遙遙地朝自己的婆母遞個眼色。婆母這眼光真毒，這姑娘哪裡僅是貌美，分明是尤物。

雉娘知道胥夫人在看自己，肯定是大公子也和父母提過。她刻意不顯擺，心裡卻是提著的，就怕落下什麼不好的印象，讓胥夫人嫌棄，那麼大公子的計劃就會被打亂。

趙鳳娘坐在離老夫人最近的地方，方靜怡和蔡知奕次之，然後才是燕娘、蔡知蕊和雉娘。

趙燕娘一心想露臉，總是搶著說話，有意顯擺。胥夫人再看她那張臉，皺起眉來。不知趙家這三位姑娘是怎麼長的，但想到不同生母，倒也說得過去。

胥夫人移開視線，又打量其他幾位姑娘。方家兩位姑娘是見過的，都是不錯的品貌。蔡家的兩位小姐，大的穩重，小的靈俏，長得也算是比較可人。

但與趙家三小姐一比，都有些不夠看。她的心不由得往一邊傾。婆母看人一向看得透澈，料想這趙三小姐除了美貌，心性肯定是不差的。

幾位姑娘可能也感覺到她的打量，個個姿態優雅，輕聲慢語，半分都不見輕浮。

趙燕娘被劉嬤嬤教導過，舉止雖有些矯揉造作，但不去看那張臉，也還勉強過得去。趙鳳娘比其他人都隨意得多。她已是被賜過婚的女子，倒不必刻意去表現什麼，但燕娘有幾斤幾兩，她還是清楚的，見燕娘老是搶別人的話，她掃眼過去，滿含警告。

胥夫人見這裡安頓下來，便藉口離開。

胥老夫人端起茶杯，假意抿一口，眼裡的精光卻將眾女的神態盡收眼裡，心裡不停搖頭。在船上那麼長時日的相處，這些姑娘的秉性她是摸得清清楚楚。

許是相處過一段時日，這幾位姑娘在她面前都遮掩不住，露出的大致都是真性情，就算如方靜怡一般還端著的，不經意間也已經顯出本性。

她們表裡不一，都不是胥家媳婦的人選。

她靜靜地聽著她們閒聊，主要是方靜怡和蔡知奕在說話，趙鳳娘只不過是略說上一、兩句。雉娘抬起頭，與她對望一下，孩子氣地挑了下眉，讓人忍俊不禁。

不一會兒，她就有些精神不濟，臉有倦色，身後的嬤嬤連忙詢問是否要歇息一會兒。

「人老了，這精神頭啊就是不行，妳們聊著吧，不用管我這老婆子，我去瞇一會兒。」老夫人起身，指一下雉娘。「雉娘，我看就妳插不上話，坐在這裡也無趣，不如妳扶我進去。」

方靜怡眼神閃了閃，就見趙燕娘站起來。「老夫人，不如我扶您進去吧。」

「不用了，我看妳聊得開心，妳一走就攪了大家的興致，還是雉娘吧。」

說話間，雉娘已經起身，站到老夫人身邊，挽著她的手臂。「老夫人不嫌棄雉娘笨手笨腳，那是雉娘的福氣。」

老夫人拍拍她的手，笑了一下。

兩人往內室走去，雉娘扶她躺在榻上，然後自己坐在榻邊，替她輕捶腿腳。

老夫人一掃剛才的倦色，變得精神奕奕，含笑地看著她。

她有些疑惑，就聽老夫人道：「老婆子我精神好著呢，不過是藉故支開妳。」又朝她擠了一下眼。「有人說要見妳，似乎是有什麼很重要的事。」

雉娘明白過來，定然是大公子有話要和她說。他這樣託自己的祖母搭線，雖說兩人並無私情，可老夫人擠眉弄眼，分明是斷定他們之間有什麼，弄得自己怪不好意思的。

她心裡泛起異樣的感覺，隱有一絲期盼，卻不明白自己在期盼什麼。

胥老夫人指一指西側。西側有一座屏風，紫檀雕花框架，八個扇面上繡著四季八景。她疑惑地走過去，繞到屏風後面，發現那裡竟然還有一道門。她輕輕推開那道門，才知道老夫人的房間還連通著另一個房間。

這個房間似乎像是書房，卻又不像書房。房間裡，青衣的胥良川坐在椅子上，深意地看著她。

他的眸子比初見時還要幽暗。雉娘走過去，行了一個禮。「大公子託老夫人幫忙遮掩，不知找我有什麼事？」

室內的光線不是很好，許是沒有開窗的緣故，她的臉也變得有些不真切起來，朦朦朧朧的。一段時日未見，她好似又長開了些，若說以前是被刺包裹著的花兒，現在就是含苞待放的半綻之姿，略帶稚氣卻又有了一絲風情。

他的眸子越發幽暗，眼瞼垂下。「自然是要事。聽說妳前日進宮了，應該已經見過皇后娘娘，皇后可有問過妳們什麼？妳心中是否也有疑惑？」

宮裡發生的事，只要想知道，於他並不難。他本就一直關注著此事，皇后召見她們，他很快就得到消息。

雉娘點頭，心裡確實有些懷疑。「是的，皇后聽說我和我娘與她長得有些像，所以才召見我們，一見面發現我和我娘與皇后確實都有些相似。大公子，此事是否有蹊蹺？」

胥良川指指對面的座位，讓她坐下。「看來妳心中也起疑，皇后定然也會派人去查，相信不久會知道結果。我與妳說的恰是此事，讓妳提前心裡有個底。」

她直視著他的眼。沒錯，她心裡有很多懷疑，卻無人可用，不知如何去查。「皇后娘娘出身常遠侯府，是不是我娘和常遠侯府有關係？」

「正是，常遠侯當年從小兵到校尉，出身自然不高，後因立有奇功，被封為常遠侯。他有個原配，等入京後不久便接到京中，很少露面，京中見過的人寥寥無幾。沒多久便傳出她與人私通之事，被常遠侯休棄，巧的是這原配姓鞏。」

胥良川說到這裡，雉娘已明白，這常遠侯的原配就是自己的外祖母，當年被常遠侯休棄後，流落臨洲，被方先生收留。

「那我娘和皇后娘娘是同父同母還是同母異父？」

「同母同父。當年她懷著身孕被方先生收留，方先生為人正直，從他一直讓妳母親姓鞏就能猜出，妳娘不是他的女兒。只不過此事有些不太好辦，因為當年妳外祖母被休的理由是與人私通，妳娘的身分也會引人詬病。」

雉娘的眉頭皺起。沒錯，就算娘和皇后娘娘真是姊妹，有這麼一個污點在，不知常遠侯會不會認？皇后娘娘又會做何想法？

猛然間，她想起老夫人在船上和她說過的京中關係。皇后娘娘可是庶長女，這又是怎麼回事？

「常遠侯什麼時候續娶的夫人？」

胥良川給她一個讚賞的眼神，這小姑娘腦子靈活，一下子就問到點上。「常遠侯續娶的夫人是慶王之女。慶王是先帝的皇弟，當年常遠侯騎著高頭大馬，身穿鎧衣鐵甲進京，梅郡主在街上對常遠侯一見鍾情，百般糾纏，甚至還求到先帝面前。無奈常遠侯已有妻室，此事作罷。後來妳外祖母被休，她才得以嫁入侯府。」

所以就是因為梅郡主，皇后娘娘成了庶女，而常遠侯也無異議？這男人也不是什麼好東西，升官發財換老婆，誰知道是不是他和梅郡主合謀的？有個這樣的父親，她替娘感到不值。

「梅郡主一定是主謀。雖然我不知道當年事情的來龍去脈，但我相信，誰是最後的受益者，那麼主謀就是誰。」

「就算這是事實，可事過多年，無從可查，況且梅郡主出身高貴，也不是容易對付的。」

皇后娘娘一定不知道當年的事，不然自己已貴為皇后，怎麼可能不為自己的親娘平反？

雉娘低著頭，輕聲低喃。「我對付不了她，不是還有皇后娘娘？我聽說皇后娘娘是平家的庶女，由嫡變庶，娘娘應該不知道吧？若她知道真相，肯定會反擊的。」

胥良川點頭。這姑娘和自己想法相同，他的目光帶著讚許。「此事妳心中有數就行。暫且什麼也別做，最好先不要告訴妳娘，讓皇后娘娘自己查出來，看她的打算，再見機行事。」

雉娘站起來，朝他再行一個大禮。「多謝大公子提點。」

胥良川也站起來，望著嬌小的女子，心神有些不穩，想去撫摸她烏墨般的青絲，又想去摸摸她臉上的肌膚，是否如想像中一般滑嫩。

可最終什麼也沒有做，十指在袖中慢慢地攥成拳，清冷的聲音中帶著一絲不易察覺的情愫。「妳我之間，謝字不用多提，我幫妳是有所圖，妳答應過要報答我，記住自己的話。」

她的身形在女子中算是中等，可站在他面前，卻顯得嬌小。

「公子大恩，雉娘不敢忘記。」

他聽到這個回答有些失望，眉頭略皺。「時辰不早，妳回去吧。」

「是，雉娘告辭，大公子保重。」

她心裡全是自己的身世，滿腹心事地轉身，卻不想碰到桌角，腰被撞了一下，痛呼出聲。

胥良川一把將她拉進懷中，大手按揉撞到的那處，疾聲問道：「痛不痛？」

鼻腔中都是好聞的書卷味，帶著淡淡的青竹氣，她才發現自己整個人都在他的懷中，他的雙臂環著她的身子，一隻手放在腰間，不停地揉著。

他的身子微彎著，頭低下來，與她近在咫尺。

她的心快速地跳起來，小手將他推開，閃到一邊，低下頭。「不痛，謝大公子關心。」

他還保持著原來的姿勢，看她一眼，見她低垂著頭不敢抬起，慢慢地直起身體，淡淡地道：「無事就好，妳早些回去吧。」

「是，大公子。」

雉娘低頭從側門回到胥老夫人的房間，在屏風後面深呼幾口氣，平撫心跳，這才從屏風後面轉出去。

老夫人坐在榻上，吃著點心，滿眼興奮地看著她，見她臉色平靜，暗罵孫子不識情趣。

「過來，雉娘，這是才買回來的酥皮點心，妳嚐一個。」

老夫人提都沒提她和大公子見面的事，雉娘鬆口氣，坐下來慢慢地細嚼點心。

看著沙漏裡的時辰差不多，老夫人才讓她扶著重回花廳。

花廳內，眾人正說得開心。胥夫人不知何時來的，方靜怡和蔡知奕緊緊地挨著她，似乎在討論詩詞，兩人妳一言我一語，隱有些爭執之意。

胥夫人含著笑，不時點頭，見老夫人和雉娘出來，起身上前。「娘，您怎麼不多休息會兒？」

「打個盹就行，哪能將客人們丟著不管。」

胥夫人扶著老夫人的另一隻手臂，將老夫人扶上座位，朝雉娘道謝。「多謝趙三小姐。」

「胥夫人多禮，能侍候老夫人，是雉娘的福氣。」

胥夫人和自己的婆母眼神交會，不動聲色地又招呼其他人來。

時辰差不多時，眾人告辭離開。

一到宅子，鞏氏就拉著女兒，細問經過。雉娘隱去大公子說的事，只說大家賞梅談詩。

鞏氏見她有些累，忙讓她先去休息。

次日一早，宅子裡就迎來一位貴客，來人自稱是韓王妃。

韓王妃容貌出眾，穿著常服，年歲看著不到三十，實則已經四十有餘。她與鞏氏一見，也是大吃一驚。

這趙夫人，長得的確有幾分像皇后娘娘，難怪娘娘會親自召見。

鞏氏不知她的來意，聽到丫鬟說她是韓王妃，有些手足無措，慌忙將人請進屋。

韓王妃輕輕一笑。「趙夫人，莫要見怪，本妃今日上門，實則是受人所託，來說媒的。」

說媒？急匆匆趕過來的趙書才聽到這兩個字，心裡又驚又喜。能請動韓王妃來說媒的，家世肯定不會太差。

不知她要提親的人是燕娘還是雉娘？

第四十四章

韓王妃是韓王正妃，韓王是陛下的三皇兄，當年先帝膝下有四子，都是庶出，大皇子和二皇子為了儲君之位明爭暗鬥多年，兩敗俱傷，還禍及三皇子成為殘廢。最後大皇子和二皇子都沒有好下場，一個中毒身亡，一個幽禁終身，先帝只能讓最平庸的四皇子祝王登基，就是當今陛下。

韓王身殘後極少出門，韓王妃也較少現身於人前，趙書才夫婦倆對這些京中貴人只聞其名，從未見過真人。

她乘著一輛不算華麗的轎子而來，連丫頭婆子也只帶了兩個，想來是不願張揚。趙家的宅子位於城南平民住的周家巷，巷子裡大多都是些小官富戶，也有一些平頭百姓，韓王妃不想驚動街坊。

趙氏夫婦冷不防驚聞貴人上門，還說是來提親的，夫婦倆有些拿不準，心裡又疑又喜。

他們租賃的宅子不大，很普通的兩進院子，青磚黑瓦。庭院中一株槐樹，兩邊的花圃中還有一些雜草花樹，但是都已枯敗，顯得有些蕭條。

韓王妃不動聲色地打量。這位趙大人，她有所耳聞，原來不過是個小小縣令，因為鳳來縣主的關係被調入京中。這樣的家世，比京中的小門小戶還不如，胥家竟聘他們家的幼女為長房長子嫡妻，那麼這家的女兒定然是有過人之處。

趙書才和鞏氏走在她的旁邊，將她往屋裡請。
韓王妃也不繞彎子，胥夫人與她是好友，受好友相請來當這個媒人，心裡倒是有些納悶；不過剛才見到趙夫人，長相不俗，若是生女肖母，必然絕色，也就能明白為何胥夫人會同意這門親。
她和胥夫人是好友，自然知道胥夫人愛看美色的毛病。
趙氏夫婦將她請上座，命人沏好茶水，又派人去街上買點心。韓王妃笑道：「不用太客氣，也是本妃來得突然，實在是聽到為人牽線搭橋的好事，坐也坐不住，沒先來知會一聲就上門，望二位見諒。」
趙書才連忙拱手行禮。「王妃說的哪裡話，王妃光臨寒舍，是下官的榮幸。下官膝下有三女，大女兒已由皇后娘娘賜婚，許的是常遠侯府長孫，還有二女兒、三女兒待字閨中，不知王妃提的是哪一個？又是為何家公子說媒？」
韓王妃笑道：「不瞞趙大人，本妃是為你們家的三小姐而來，託本妃提親的是胥閣老家的夫人，為他們家大公子上門求親。」
趙書才差點連手中的杯子都沒有端住，止不住內心的狂喜。
「當真是胥家大公子？」
「正是，本妃還能誑人嗎？趙大人，不如讓三小姐出來，本妃也好奇得很，能入胥家兩位夫人眼的姑娘，是何等出色。」
鞏氏已經歡喜得不知怎麼辦才好，急忙讓蘭婆子去請雉娘。

雉娘正在房裡習字，蘭婆子跑得上氣不接下氣地進來。

「三小姐……夫人讓妳去前廳，韓王妃上門，替胥閣老家的大公子來提親了！」

雉娘放下手中的筆，暗道大公子的動作可真快，昨天才重提，今日就上門。

她略拾掇一番，便跟著蘭婆子去前廳。

前廳裡的韓王妃一抬頭，就見一位妙齡少女眉目精緻如畫，似罩在仙氣中，款款地走上前。這樣的情景，她多年前見過一回，那是四皇弟納側妃時，她頭一回見到平氏的模樣，也是這般。韓王妃有些恍惚，看到她行禮，回過神來。

「怪不得胥夫人如此急著要為她家的大公子定下令嫒，實在是個萬裡挑一的好姑娘，趙大人真有福氣。」

趙書才笑得開心，鞏氏心裡石頭落地，心裡又喜又酸。喜的是外人稱讚自己的女兒，酸的是女兒大了，終是要成為別人家的媳婦，以後是苦是甜，她也不能日日跟著。

猶記得第一次見到雉娘時，只一眼，她就知道，這個孩子和她有母女緣分。

鞏氏眼有淚光，趙書才輕輕地拍一下她的手，她立即拭乾眼淚。「灰塵迷了眼，讓王妃見笑。」

韓王妃微微一笑。「是啊，本妃也被迷了眼。」

雉娘上前行禮，韓王妃見她走得近，看得益加仔細，心裡越發驚疑不定。這長相，與當年的祝王側妃何其相似，卻又比祝王側妃多了一絲淡然。

「好，本妃算是相信胥夫人的話。胥夫人在本妃面前將趙三小姐誇得天上有地下無，本妃一路上還將信將疑，現在才知道胥夫人所言非虛，趙三小姐這相貌，當真是無幾人能比。」

雉娘垂首，羞不自勝。

鞏氏連連謙虛道：「王妃過譽，能得王妃和胥夫人如此誇獎，是雉娘的福氣。」

雉娘？韓王妃略有些疑惑，好好的美人兒怎麼叫這麼個名字？她記得鳳來縣主閨名鳳娘，這鳳凰和野雞，相差得也太大。

「雉娘，這名字倒是聽得不多，不知是何人所取？」

鞏氏眼眶有些紅，沒有回答。趙書才有些不自在地咳一下。「說出來不怕王妃見笑，小女這名字是下官原配所取。」

原來如此，韓王妃了然。「可見趙先夫人用心良苦。天下鳳鳥，都是從雉雞幻化而來，鳳雉本算一體，是鳳還是雉，等涅槃過後，才知分曉。」

鞏氏立即對韓王妃心生好感。雉娘自小身體不太好，老爺天天忙著讀書，很是辛苦，也顧不得給孩子取名字。她又不敢擅自作主，一拖再拖，等董氏從京中回來時，雉娘已經兩個月。董氏看到她的女兒，先是一愣，後是嫌棄，直接就取名雉娘。

她不敢反駁，得知大小姐叫鳳娘，二小姐叫燕娘後，更加難過，如今王妃這樣說，她心裡好過不少。「借王妃的吉言。」

趙書才神色有些尷尬，又不好意思提董氏已被休的事，只能不自在地搓著手。

雉娘靜靜地垂首立在一邊，韓王妃心裡讚許，趙三小姐這分淡然倒是不多見，胥老夫人睿智豁達，看人的眼光自然是好的。

她朝雉娘招呼。「上前來，讓本妃再好好看看。」

雉娘依言走上前，挺背垂首，韓王妃慈愛地問道：「本妃就喚妳雉娘吧，不知平日都做些什麼？」

「回王妃，閒時讀書習字，或與母親一起做些女紅。」

韓王妃點頭。這回答沒錯，中規中矩，不出眾也讓人挑不出錯。她再次深深打量一下，慢慢地笑起來。

「不錯，不知雉娘平日愛看哪些書？」

「回王妃，史書遊記都看過，多半不拘，看得有些雜。」

韓王妃笑得更真心。「本妃也愛看遊記，韓王府裡有不少這樣的書，改日本妃讓人送些過來。」

雉娘心下一喜，恭敬地道謝。「多謝王妃割愛。」

韓王妃朝她一笑。韓王府裡確實很多遊記異志，不僅自己愛看，宏兒也愛看，很多都是他從外面尋來的。

雉娘露面後，鞏氏就尋個藉口讓她回去。接下來的事，她一個閨閣姑娘不宜聽到。

韓王妃目送她離開，眸光變得幽遠起來。她的背影也像當年的祝王側妃。

雉娘離開屋子後，並沒有回自己的房間，而是避開下人繞了一圈，到廳堂的後面。那裡有扇小窗，她將耳朵貼在牆上，仔細聽裡面的交談。

就聽到韓王妃說：「趙大人，趙夫人，胥閣老家想必你們是聽說過的，想來不用本妃再自賣自誇一番。」

「不用的，下官對胥閣老景仰萬分，也曾有幸見過大公子，大公子驚才風逸，氣宇軒昂又重情重義，讓人佩服。」

「胥家的門風和家世都是讓人挑不出錯的，若是將來雉娘嫁進去，定然會羨煞旁人。本妃受胥夫人所託，來牽這個紅線，你們仔細思量，過兩天本妃再上門。」

趙書才急急地站起來。「不敢勞王妃再多跑一趟，下官這就可以答覆王妃，這門親事，我們趙家是十分樂意的。能得胥家人看中，那是雉娘幾世修來的福分。」

兩姓結親，一般都是男方先提，派媒人上門與女方通氣，女方為表矜持，都會略一推脫，再提時才點頭。可趙書才高興過頭，想到胥家的門第，還有大公子的長相人品，實在怕夜長夢多。韓王妃一提，他滿口同意，竟是連假意推拒的姿態都不做了。

韓王妃略一愣，隨即一臉喜氣，連聲道好。雖然早知趙家會同意，但趙大人如此爽快，還真是有些出人意料。

雉娘在外面雖然聽得不太真切，卻知道爹同意了親事，嘴角露出笑意，正好起身，就見頭頂上似有陰影罩下來。

抬頭一看，胥良川不知何時立在她後面，正俯視著她，眼神複雜難辨。

她有些窘迫，輕聲道：「大公子怎麼會來這裡？」

「順路。」

順路？

胥家所在的次衛門南街和周家巷那可是天南地北的兩個地方，大公子無論如何也不可能順路。她往後門一瞄，果然見許敢據守在門前，瞬間明白，必然是許敢翻牆進來，打開後門，大公子才進來的。

趙家人少，下人也不多，極少從後門行走，後門一直都閂著，也沒派個人把守，倒是讓這主僕倆鑽了空。

胥良川看著她。她還保持著偷聽牆腳的姿勢，見他盯著，不自在地直起身。「大公子，這次來找我又有何事？」

他慢慢朝後門處走去，她一想，也跟上去。

兩人面對面站著，一個高瘦一個嬌小。

他淡淡地開口。「非禮勿視，非禮勿聽的道理，妳沒聽過嗎？一介女子，偷偷摸摸地聽人說話，實在不雅，望妳下次不可再為之。」

他前世是閬山書院的山長，多年訓誡學生的習慣，加上本身不苟言笑，閬山書院的學生們都很怕他，他若板著臉訓起人來，語氣不重卻不怒自威。

雉娘被他訓得有些發懵。他自己翻牆擅闖民宅，還教訓她？她咬著唇，有些不服氣，卻又不敢頂嘴，莫名覺得自己還是個小學生，而他是嚴厲的教務主任。

「怎麼，還不服氣，難道我說得不對？」

「大公子說得對，可大公子不打招呼就入我家門，也是無禮，大公子何不先自省，再來訓我。」

她低著頭，看起來就是不肯認錯的樣子。胥良川眼底染上笑意。「好吧，我先認錯，可事急從權，我是有事找妳，若是登門求見，怕引人誤會，於妳清譽有損。妳的錯可將功補過，與我說說，妳都偷聽到什麼？」

「大公子明知故問。」他這麼闖進來，若被人看到，難道就不會損她的名聲？分明是狡辯。

胥良川低頭一笑，清冷的眸子裡全是暖色。「我不知，妳說了我才知。」

她有些無奈地回答。「大公子，我爹已同意親事。」

他眼底的笑意擴大。她生氣的樣子原是這般，見過她太多堅強防備的模樣，想不到也有女兒家的嬌態，想伸手去摸下她的頭髮，終是忍住。「此次我來是有件事，妳身邊只有一個丫頭，想來妳父母會再給妳添丫頭，到時候妳就挑其中一名叫青杏的，她是我的人。」

她抬起頭，略一想，便鄭重地點頭。

他朝許敢使一個眼色，許敢輕輕地打開門。主僕二人離去，雉娘閂上後門，回了自己的屋子。

廳堂內，韓王妃和趙氏夫婦已經談好，喝過茶後，她告辭去胥府回話。

夫婦倆將她送到門口，等她的轎子走遠，還有些回不過神來。鞏氏小聲道：「老爺，我們上京時，胥家老夫人看起來就很喜歡雉娘，定然是她的意思。」

趙書才撫著短鬚，點點頭，覺得鞏氏說得有道理。「應該是的，我派人去段府說一聲。」

鞏氏攔著他。「老爺，妾身覺得還是先不說的好，萬一事情有變，話也不好圓，還是等胥家上門訂完親，再告訴小姑子他們也不遲。」

趙書才沈思半晌，覺得鞏氏說得沒錯，等定下來，再去段府報信也行。他再次慶幸自己沒有同意文師爺的親事，要不然哪能攀上胥家這門高親？

大女兒小女兒都有著落，唯獨剩下二女兒燕娘。想到燕娘的性子，他又頭疼起來，還是得趕緊許人家，京中他們不熟，這事少不得還要麻煩妹妹。

趙書才嘆一口氣，想到董氏，又嘆一口氣。

鞏氏道：「老爺，妾身去看一下雉娘。」

趙書才點頭，讓她好好跟雉娘說，莫要嚇著女兒。

鞏氏嬌嗔地看他一眼，含著笑意去女兒的房間。

雉娘自回到屋子後，就撿起之前的筆練起字來，看到鞏氏進來，她慢慢將筆擱在筆山上，接過烏朵遞來的帕子，將手擦拭一下。

「娘，找我有事嗎？」

鞏氏拉著她的手，讓她坐下，左右打量著，不知是在看她，還是在懷念什麼。她摸一下雉娘的臉。「娘這般看著我做什麼？女兒的臉上有墨汁嗎？」

「沒有，娘只是有些感慨，我的雉娘也到了嫁人的年紀，娘是又歡喜又捨不得。」

「娘……」

「大喜的好事，看娘說話都有些亂了。」鞏氏用帕子按著眼角。「雉娘，妳可知今日韓王妃登門所為何事？」

雉娘裝作不知情的樣子，茫然問道：「女兒也有些納悶，咱們家什麼時候和韓王府有來往？」

鞏氏欣慰地笑起來。「傻孩子，她是受人之託上門來提親的。」

「提親？」

「沒錯，她是為胥家的大公子來求娶的，求娶的姑娘就是妳。」

饒是心知肚明，雉娘還是不受控制地紅了臉，不敢看鞏氏的眼睛，低垂著頭。

鞏氏將女兒摟在懷中。「那位大公子長相才學都沒得挑，胥家家世顯赫，胥老夫人咱們相處過，是個再和善不過的人。妳爹已經同意親事，若不出意外，就會定下來。娘問妳，妳願意嗎？」

雉娘小聲地道：「娘，女兒願意。」

鞏氏的眼淚立即流下來，滴到雉娘的髮間。雉娘抬起頭。「娘，您怎麼哭了？」

「娘是高興。」

還記得前次文師爺求娶，她也是這樣問女兒，女兒的回答是不願意，此時聽到雉娘的這句願意，她覺得自己所有的努力都是值得的。

第四十五章

韓王妃離開趙家後，直接去了胥家。胥夫人可一直在等著。

韓王妃白她一眼。「別急，成了，跑不掉。」說完自己都忍不住笑起來。

韓王妃落坐後說起在趙家的事，想起雉娘的相貌，料想胥夫人並未注意到。

「妳可有仔細看那趙三小姐？本妃今日見著，差點嚇一跳，那相貌長得可真像皇后娘娘，她那親娘也像娘娘。」

胥夫人沒見過以前的祝王側妃，自然不知道雉娘有多像，她慢慢將兩人現在的樣子相比較，好像眉眼間是有那麼點像，不過娘娘貴氣逼人，雉娘嬌嬌弱弱的，之前倒是未往那上頭想過。

「聽妳這麼一說，還真有點像。」

韓王妃道：「這姑娘不錯，你們家老夫人的眼光可真毒，在那麼遠的小縣城給妳挖出這麼塊寶，我一見到她就知妳會滿意，那相貌放眼京中也找不出幾個來，怪不得巴巴地讓我上門，是怕她招了別人的眼，被人捷足先登吧！」

兩人說了一會兒話，見天色不早，韓王妃告辭離開。

她的轎子還未到韓王府，就被人截下來，轎子旁邊的嬤嬤一眼就認出是德昌宮的太監，急忙讓人落轎。

太監說皇后娘娘有請，韓王妃不敢耽擱，直接讓轎夫去皇宮。

她一進德昌宮，就見皇后娘娘在園子裡賞花。宮裡不比外面，縱是寒冬臘月，也有盛開的鮮花。

皇后露出側臉，韓王妃又是一陣恍惚。自陛下登基以來，皇后似乎就與在祝王府裡的打扮不同，雖然華貴逼人，卻無往日的嬌俏，若不是今日見著趙家三姑娘，她可能都已忘記皇后的真顏。

「妾身見過皇后娘娘。不知娘娘召見妾身，所為何事？」

皇后娘娘這才瞧見她，將手中剪下來的花交到琴嬤嬤手裡。「也沒有什麼事，不過是想著好幾日未見到皇嫂，想讓皇嫂進宮陪本宮聊聊。」

「娘娘平日裡忙，妾身不好意思常來打攪。」

「這宮裡可沒什麼要忙的，不就是那些個鎖事，能有什麼要緊的。」

韓王妃上前扶著她。兩人進到大殿，都坐下來，皇后笑問道：「不知皇嫂最近在忙什麼，看來滿面春風的，像是有喜事？」

「什麼都逃不過娘娘的法眼，可真有件喜事，不過卻不是韓王府裡，而是胥閣老家的。胥夫人託妾身作媒，去女方家裡探口風。」

皇后似是起了興致。「胥閣老家，可是為了他們家大公子的親事？不知瞧上哪家的姑娘？」

「這姑娘，娘娘見過的，就是鳳來縣主的三妹，趙家的三姑娘。」

「原來是她。說起這趙夫人和她的女兒，倒是與本宮有些緣分，真想不到胥家還是這般，娶媳從不看重門第。」

韓王妃含笑頷首。「可不是嘛，趙家說起來毫無根基，聽說胥老夫人此次進京，與他們同乘一船，想來就是相處的日子裡，瞧出這趙家三姑娘的好，一進京就想將人定下。」

「娶妻娶賢，胥老夫人看中的姑娘，不會差。」

「妾身今日見著那姑娘，初時都被嚇一跳，長得那般貌美，竟讓妾身想起當年初見娘娘時的光景，被驚豔得差點丟了魂。」

皇后嘴角微揚，臉上略有笑意。「皇嫂還是這般會說話，怪不得皇兄對妳一直愛重有加。」

「娘娘，您如此打趣妾身，妾身臊得臉都沒地方擱。」

「那本宮就不說這個。宏兒最近在忙些什麼？」

韓王妃臉上的笑意略收。「去年，寂然大師算出他有一劫，若想渡劫，須記在佛祖名下，吃齋唸佛，誠心守戒一年才能化解，連妾身也不知王爺將他送去哪裡的寺院，前些時日才回府。因頭上的髮還未長出來，他可能有些羞意，極少出門。」

皇后點頭。原來如此，陛下提過說韓王送世子去遊歷，卻不想是去修行。

「那他的頭髮現在長出來了嗎？」

「長出一些，尚不能束髮。」

「等頭髮再長些，讓他進宮來，二皇子可是念叨多次。」

「勞二皇子惦記，妾身一定轉告宏兒。」

皇后抿了一口茶水，韓王妃依舊端莊地坐著。若不是韓王腿殘，現在坐在鳳鸞寶座上的就是韓王妃。

「他們兄弟相親是好事，陛下常說，從前還是皇子時，多虧韓王照應。妳讓宏兒以後多進宮，讓他們兄弟多相處，感情會更深。」

「是，妾身謹記皇后娘娘的話。」

兩人又聊些其他的，等韓王妃再出宮時，已過午時，她腹內飢腸轆轆。皇后雖然留膳，但她不可能真的在德昌宮用膳。

回到韓王府，嬤嬤趕緊安排傳膳，韓王和世子祁宏都在等她，她有些心疼。「你們為何不先吃，何必巴巴地等我？」

「娘，是父王吩咐的。」

祁宏扶她坐在凳子上。韓王身形削瘦，面無表情地道：「用膳吧。」

一家三口用完飯，坐在一塊兒說話。祁宏好奇地向韓王妃打聽。「娘，妳神神秘秘地一大早就出門，是辦什麼事？」

韓王妃輕挑一下眉，反問道：「你猜猜看，反正是好事。」

「那兒子可猜不出來，不知父王能不能猜出？」

韓王搖搖頭，淡淡說：「我也猜不出來。」

「料想你們也猜不出來，是胥閣老的夫人請我去為大公子說媒。至於女方，你們就更猜不到了，家世很低，從京外來的從八品小官之女。」

「可是鳳來縣主的娘家？」

韓王妃驚奇地看著自己的丈夫。「真是不出門便知天下事，什麼都瞞不過你，就是趙家。」

祁宏露出恍然大悟的模樣。是趙家，那大公子提的是哪位姑娘？不會是她吧？

「娘，那大公子求娶的是趙家的幾姑娘？」

「三姑娘。我跟你們說，那三姑娘長得可像個小仙女，王爺可還記得當年皇后娘娘的模樣，那三姑娘和皇后娘娘有七、八成相似。」

韓王的眉頭皺了一下。

祁宏急問道：「是她？那她壞心眼的嫡母沒有阻攔嗎？」

「什麼嫡母，三姑娘是趙夫人的親女。」韓王妃一說完，眼露疑惑，問自己的兒子。「你認識趙家人？」

祁宏看父親一眼，見父親並沒有什麼異色，才敢開口。「是的，娘，兒子之前就是在渡古的天音寺裡，曾與趙家人有一面之緣。那趙縣令的嫡妻十分惡毒，苛待趙三姑娘，如果大公子娶的是她，那就太好了。」

韓王妃望著丈夫，又看著兒子。「你竟在那麼遠的地方，可真是受苦了。」

「娘，兒子哪有受苦，有監寺照應著，半分苦都沒受，就是怕被人認出來。渡古偏遠，認識的人少，胥老夫人常去寺中清修，兒子能認得她，她可能不太認識兒子，倒是有驚無險。大公子也去過寺裡，我都躲著不敢出房門。」

祁宏說著，不好意思地摸著自己頭上的短髮，心道這頭髮長得可真慢，害得他都不敢出門。

韓王妃想起皇后的話，轉了話題。「今日皇后娘娘還問起你，說二皇子問過幾次，讓你得空去宮中玩。」

「等能束髮再說吧。」

「就聽宏兒的。」韓王又淡淡出聲，讓韓王妃扶他進房。

祁宏望著父母的樣子，摸了下短髮，憶起在山中的歲月，嘴角露出一絲笑意。

胥家的動作很快，隔日再請韓王妃上趙家。此番與前次不同，韓王妃為表胥家對這門親事的看重，是大張旗鼓地乘坐華蓋馬車前去，身著朱紫的王妃正袍，後面跟著一串丫頭婆子，引得巷子裡的人家都在張望。

他們不知新搬來的趙家是什麼來頭，那次趙家人進宅子時，天色已晚，趙鳳娘也沒有露面，第二日就回了段府，是以街坊都不知道趙家的身分。

華蓋馬車可不是普通官家敢坐的，街坊們私下打聽，才知趙家原是鳳來縣主的娘家，又聽到馬車上坐的是韓王妃，全都起了巴結之心。

韓王妃這次上門，自然是來下定的。趙家人早有準備，趙書才也不推脫，兩家痛快地交換了庚帖，至此，親事就算是大定。

送走韓王妃，趙書才拿著胥家大公子的庚帖，心裡才算是穩穩地放下，立即派人去段府報信。

段府接到消息，趙氏驚得連嘴都合不攏，連額頭上的痛都忘得一乾二淨，直呼這怎麼可能，事先怎麼半點風聲都沒有？

趙鳳娘倒是比較淡然。她早有所感，胥老夫人明顯對雉娘另眼相看。

趙燕娘就不同了，只覺得滿腔怒火都在熊熊燃燒。憑什麼？憑什麼一個兩個都壓在她頭上！連平日瞧不上的雉娘都攀上胥家，唯獨她被撂著，還沒有半點著落。

她咬牙切齒地怒道：「誰知道她使了什麼狐媚手段，纏上大公子，不要臉，和她娘一樣，都是下賤胚子！」

「燕娘！」趙氏驚得大喝。「妳說什麼胡話？眼裡還有沒有長輩？雉娘能得胥家的抬舉，那是趙家的福氣，妳嘴裡說話不乾不淨的，傳出去雉娘如何做人，別人又會如何看妳？」

「燕娘，妳在家裡說說可以，在外面半個字都不能吐露，知道嗎？」趙鳳娘涼涼地看著她。

「大姊，妳要嫁進常遠侯府，雉娘也和胥家訂親，就剩下我。我不管，妳以後進宮要帶著我，要是皇后娘娘喜歡我，也會為我賜婚的。」

趙燕娘說得臉不紅氣不喘，趙氏只覺得一口老血要噴出來。這蠢貨，如此自以為是！

但轉念一想，她對趙鳳娘道：「鳳娘，燕娘說得也沒錯，妳和雉娘都謀了好親事，姊妹一體，就剩燕娘。與許娘娘見到燕娘，投了眼緣，那也是咱們趙家的造化。」

「大姊，妳看姑姑都這麼說，妳下次進宮可一定要記得帶我。」

趙鳳娘為難地看著姑姑，終是默認。

趙燕娘得意地昂著頭，似乎看到自己受人追捧的樣子，不自覺地笑出聲來。趙氏眼底隱有嫌棄，最後什麼也沒有說。

可趙燕娘不依不饒，對趙鳳娘出言譏諷。「大姊，皇后娘娘為妳賜婚，那常遠侯府是不是有什麼不滿，為何從未見人上門？也沒有人來商量婚期，甚至連平公子都沒有露面，不會有什麼變故吧？」

趙鳳娘的臉色瞬間變得僵硬，趙氏喝道：「燕娘，妳在說什麼？皇后娘娘賜的婚，誰敢反悔？至於平家，過段時日肯定會來商議婚期的。平公子是太子的伴讀，哪會有閒？再說男女有別，私下見面，會招來非議，這些話下次不許再說。」

「我說的本來就是事實。」趙燕娘嘟囔著，瞧見趙氏不善的眼神，不忿地閉了嘴。

「鳳娘，燕娘都是胡說八道的，妳可不能多想。雉娘和大公子訂親是好事，我們正好去看望妳祖母。」

說完，趙氏便讓下人備好賀禮。這幾天事多，她都沒有顧得上去看望母親，趁此機會，剛好兩件事一起辦。

休養了幾日，趙氏的臉色依舊不是很好，額頭上還紮著布巾。趙鳳娘一臉擔憂。「姑姑，您這樣子能出門嗎？」

「又不是什麼大傷，妳祖母來京有好幾日，我都一直沒空去看她，實在不孝。」
「祖母定能體諒的。」趙鳳娘邊說著，邊去扶她。
趙氏擺了下手，示意她不用再說，讓自己的婆子備好馬車，姑姪三人出發去趙宅。
一進門，趙氏就拉著雉娘的手，連連誇讚。「是個有福氣的姑娘，為我們趙家長臉。以後嫁到胥家，一定要謹守規矩，恪守本分，不要讓胥家兩位夫人失望。」
「雉娘牢記姑姑的教誨。」
趙氏笑得欣慰，和鞏氏略寒暄幾句，就去屋內看望自己的母親。母女二人多年未見，抱頭痛哭。
屋外，趙氏三姊妹依次站著。趙燕娘盯著雉娘，眼裡噴火。「真看不出來，妳還有兩下子，竟哄得胥老夫人答應妳嫁給大公子。」
「二姊說的話雉娘聽不懂。自古婚姻大事，都是父母之命，我自小愚笨，不及二姊聰慧，二姊說得真真的，想來是有那個本事能哄來一門姻緣，倒是省得父親母親再操心，雉娘在此恭喜二姊，做這千古第一人。」
趙鳳娘驚訝地看雉娘一眼，又垂下眸子。「燕娘，妳忘記姑姑的話了，謹言慎行，小心惹禍上身。還有雉娘，大姊還未恭喜妳，覓得良緣。本來我還想著拉妳一把，想不到妳的造化如此，倒是用不著我幫忙。」
「謝謝大姊。」
雉娘道過謝，閃到一邊，和燕娘拉開距離。

燕娘一直盯著她，恨不得將她身上燒出一個窟窿。雉娘心生警戒，想到大公子安排的人，還是儘早讓人進府。

屋內的趙氏母女哭了好大一通，自然有說不完的話，近傍晚時分，趙氏才起身，鳳娘和燕娘也跟著離開。

雉娘這才有機會和母親提起是否要買丫頭的事。鞏氏想起，以後雉娘要嫁入胥家，身邊哪能只有烏朵一個丫頭？雖說胥家清貴，可少夫人嫁進去至少也得配兩個丫頭。

她連忙讓蘭婆子去安排，蘭婆子立即去打聽附近的牙行，牙行的婆子滿口應承下來，明日一早就帶人去府裡，供夫人小姐挑選。

蘭婆子辦完事，匆匆地往趙宅趕，冷不防有人攔路，來人出示宮內的令牌，她聽出太監尖銳的聲音，想到夫人提及的皇后娘娘，心有所動，跟著對方進宮。

第四十六章

蘭婆子一路低著頭，盯著地上的路，從青石磚到青玉板，不記得拐過幾道門，連大氣都不敢出，直到太監讓她跪下，她也不敢將頭抬起。

威嚴的女聲在頭頂響起。「妳是趙夫人身邊的人？」

「回貴人的話，正是。」

上座的女人停頓一下。「莫要緊張，據實回答即可。妳是侍候趙夫人的，定然見過趙夫人的生母，妳且說說看，她是何樣的人？妳一一如實說來，包括她曾經說過的話。」

蘭婆子的頭都快埋到地上，顫著聲道：「回貴人，奴婢到小姐身邊時，小姐的生母還在……鞏夫人性情溫和，奴婢瞧著她整日似乎都鬱鬱寡歡。方先生時常來看望她們，鞏夫人不願多欠先生人情，常帶著奴婢繡些東西，換取銀錢，勉強度日。」

「妳說欠人情，趙夫人不是方大儒的庶女嗎？父親養育女兒，哪裡算是欠人情？」

「回貴人的話，一開始奴婢也是那樣認為的，後來鞏夫人臨終前親口告訴小姐，方先生不是小姐的生父，至於其他的卻沒有多說，也沒提到小姐的親生父親。」

上座的人似乎在想些什麼，半天沒有說話。正當蘭婆子以為她不會再問什麼時，她又開口了。「難道鞏夫人從未提起過她是何方人氏？」

「這些奴婢就不清楚了。鞏夫人連小姐都未告訴過，奴婢就更不知道，不過奴婢想，方先生定然是知道的。」

「好，妳下去吧，今日的事情，切莫聲張。」

「是，奴婢遵命。」

太監又將蘭婆子引出宮，蘭婆子只覺得自己的後背都濕透，冬日的冷風一吹，凍得人直打哆嗦。聽到後面的宮門關上，她趕緊急跑著回趙宅，片刻都不敢停歇。

德昌宮內，平皇后還坐著一動未動。好半晌，才對身後的琴嬤嬤道：「妳派人去趟侯府，讓母親明日進宮一趟。」

梅郡主臉上喜氣洋洋，一見面就開門見山。「皇后娘娘，可是要商議太子和湘兒的婚事？」

「倒也不全是。」皇后抬了一下眉。「給常遠侯夫人賜座。」

「謝娘娘。」梅郡主不客氣地坐下。「娘娘便是不召見臣婦，臣婦也打算這兩日進宮向娘娘請安，再商議一下太子和湘兒的婚事。」

皇后坐在寶座上，就那麼望著她。「此事自然要議。不過本宮召母親進宮，是因為心有疑惑。昨晚本宮夜裡發夢，夢到一女子，不停地喚本宮，還說是本宮的生母。本宮瞧不清她的樣子，醒來後淚流滿面，覺得自己著實不孝，不知母親可否告知本宮，她是何樣的人？」

梅郡主一愣，不料她會提到這個，有些不自然地道：「這個母親也不知。母親嫁給妳父親時，妳已出生，那女子也不知是何人，想來只有侯爺心中清楚。」

皇后神色哀傷。「竟是這樣？那麼母親可否和本宮說說，父親的那位原配聽說姓聶，不知後來去了哪裡？」

「娘娘提這些事做什麼，母親又沒見過，哪裡說得上來？只是聽說她行為不太檢點，侯爺大怒休妻，想來也不是什麼好女子，誰也不知她去了哪裡。娘娘今日怎麼想起這些事，可是有人和娘娘說過什麼？」

「倒也不是，是本宮見到有些人，突然想起，隨口一問，母親莫要放在心上。太子和湘兒的婚事，確實也該準備起來。按理說長幼有序，晁哥兒是兄長，母親還是先準備他和鳳娘的親事，等他們成親後，湘兒才好出門子。」

梅郡主的臉色有些不好看起來，心不甘情不願地嗯了一聲。

皇后也不看她的臉色，自顧自地道：「依本宮看，宜早不宜遲，晁哥兒成親得越早，太子和湘兒才越早大婚。母親您看，年底之前，可否將孫媳娶進門？」

「一切都聽娘娘的吩咐。」

梅郡主心裡不願意鳳娘嫁進侯府，自從娘娘賜婚以後，她連段府的門都沒有登過，更別提和他們商議婚期，也沒有見過鳳娘。那麼個鄉下野丫頭，哪裡值得她放下身段去相看？

皇后哪裡不知她所想，她往年就是挑來挑去，京中貴女都被她挑了遍，還不滿意，遲遲未定下晁哥兒的親事，突然將趙鳳娘指給她的金孫，她怎麼會高興？

「母親，鳳娘是本宮看著長大的，端莊有禮，堪為世家大婦，不會讓母親失望的。」

梅郡主乾巴巴地道：「娘娘的眼光自然是好的。」

皇后略低頭，不知在想些什麼，只是微微一笑。
梅郡主有些氣悶地出宮，正巧碰到太子。太子本來冷著臉，瞧見她，停下腳步，點頭示意，她立即展露出看孫女婿般的笑顏。「太子殿下這是要去哪裡，怎麼未見帶上晁兒？」
「孤要出宮一趟，晁表哥另有其他事情。」
「太子真是越來越穩重，外祖母看得心裡高興，只不過瞧著好像瘦了，不知近日都在忙些什麼？你可是太子，一國儲君，身子最要緊，有什麼事讓奴才們去辦，莫要太過勞累。」
「都是跟著太傅們上課，並無其他事情，孤並不覺得辛苦。孤還有要事，就不陪外祖母多聊，先行告別。」
「好，殿下去忙吧。」
梅郡主越看越歡喜。太子穩重有禮，又是帝后的嫡長子，自小就被封為太子，將來就是一國之君，湘姊兒嫁進東宮，以後就是這座金碧輝煌的皇宮女主人，不會比現在的皇后差。想到那庶女大搖大擺地坐在寶座上，自己的女兒卻遠嫁京外，已多年沒有回過娘家。女兒命苦，未曾生養一兒半女，好在女婿還算疼人，也沒有傳出什麼寵妾滅妻的事。
等這江山換代，她的親孫女入主後宮，她要將所有的一切都轉變過來。
她目送著太子往另一邊走去，眼神火熱。
太子拐道出宮後，直接去胥府。胥閣老不在家，胥夫人也去了韓王府，胥老夫人和胥良川出來迎接。雖說胥良川曾是太子的伴讀，因為年紀不太相仿，太子和平家公子走得近，前幾年胥良川回家後，與太子就不常走動，今日太子登門，不知是為何事？

「恭喜良川，孤聽聞你訂親，特來賀喜。」說完，太子命人抬上賀禮。

胥老夫人笑意滿滿。「老身謝太子恩典。」

「老夫人，孤與良川情義非常，他訂親，怎能不登門道賀。」

胥良川眸色黑沈，略一想，就知太子為何有此一舉，便將太子請到書房。「太子能來，良川受寵若驚，承太子看重，感恩萬分。」

「好，孤就知道你是個重情的。這些年，孤與你各自忙碌，倒是見得少，每每想起那些相處的日子，都覺得你才是孤真正的知己。」

「太子厚愛，良川銘記在心。」

「良川，孤聽聞你那未婚妻是鳳來縣主的妹妹，當日在書院見過一回，長得確實貌美，只不過出身低了些。這些年，孤不知你是真不知還是假裝看不見，永蓮一直未許人，就是為了等你。」

永蓮公主是賢妃所出，祁帝的後宮除了皇后娘娘育有一女二子，就只賢妃膝下有一女。兩人都是祁帝潛邸時的側妃，皇子公主們也都是在祝王府出生的，自從陛下登基後，宮中再無皇子皇女誕生。

永蓮公主自小體弱多病，極少現於人前，胥良川還是太子伴讀時，曾見過她一、兩面，不知她竟有那般心思……他這才想起，前世，永蓮公主嫁的人正是平晁。

這一世，一切都被打亂，平晁娶趙鳳娘，太子娶平湘，他們的糾葛都與胥家無關。

「殿下。」胥良川吃驚地道：「良川從來不知此事，永蓮公主是天之驕女，良川不敢有高攀之心。」

「良川，現在你知道還不晚，若你也有意，此事交給孤，孤必為你辦妥。」

「殿下，這於理不合，良川已與趙家三小姐訂親，就斷不會再悔婚。」

太子冷冷一笑。「悔婚？你可知自古紅楓配綠松，青山伴流水，並不相配的兩人硬生生地湊在一起，才是世間最痛苦的事。想找個適合自己的女子，何錯之有？良川，你不用怕，一切有孤擔著，那趙家三小姐，孤再為她尋一門高親，你和永蓮才是天造地設的一對。」

胥良川正色道：「殿下的好意良川心領，只不過胥家與趙家已換過庚帖，親事定下就沒有再悔過的道理。我們胥家百年來以誠待人，以信育人，若是做那背信棄義之人，恐會受天下人恥笑。」

太子認真地再問一遍。「你確定要錯過永蓮？」

「永蓮公主是皇室明珠，從來都不是良川能高攀的，望太子見諒。」

「好，孤也是一番好心，你既不願意，那此事也就作罷。」太子嘆一口氣。「你若得閒，常來東宮走走，孤十分歡迎。」

「是。」

太子離開後，胥良川的眸色黯下來，招來許靂。「你聯絡青杏，將趙三小姐約出來。」

許靂去找青杏。

青杏今日一早就被牙婆子領進趙宅，雉娘有過胥良川的提示，毫不猶豫地指定她。

她接到大公子的吩咐，輕聲對雉娘道：「三小姐，公子有約。」

雉娘錯愕地看著她。這麼快就有任務？大公子派個人在自己身邊，果然是來做中間人傳遞訊息的。

雉娘找了個藉口對鞏氏說要出門，鞏氏當然同意，不過讓她將丫頭們都帶上。

她來到指定的茶樓。這茶樓與渡古的那家有些相似，說不定也是大公子的產業。青杏將她引到樓上的雅室，雉娘推門進去，就看到立在窗邊的男子。

與以前一樣，他慢慢轉身，如松似竹。

她解下身上的斗篷，他自然地接過去，掛在牆上。那裡還有另一件大氅，藏青色的錦緞，暗藍的繡紋，而她的斗篷是桃紅色的，還用白兔毛綴了邊，兩件掛在一起，深沈和豔麗，出奇搭配。

她有些不自在地問道：「不知大公子找我來，又有何事？」

胥良川專注地望著她，眉頭略一皺。「確實有事，臘月十八日，正是我二十五歲的生辰。」

雉娘眼睛眨了眨。他是什麼意思，提前來要生辰禮物？她要送些什麼，好像對未婚夫，應該送一些親手做的貼身小掛件。

「不知大公子喜歡什麼，荷包還是香囊？說出來不怕笑話，我的女紅有些拿不出手，到時候望大公子多多包涵。」

他低下頭，嘴角逸出一絲笑意。「兩樣都要吧。胥家有繡娘，以後不用妳親自動手。今日我與妳說的不只此事，妳該聽說過我們胥家的祖訓吧？」

雉娘坐正起來，他提祖訓做什麼？「聽過一些，在船上時，老夫人也講過。」

「好，那妳應該知道，我們胥家男子要年滿二十五才成親，先成親後立業。我年前就滿二十五，年歲是夠了。」

她孤疑地望著他，慢慢瞇起眼，原本朦朧的雙眸似被霧氣籠罩，暗自揣測，他不會是想在年前成親吧？

時日有些緊，他們家本就家底薄，嫁妝什麼的哪裡來得及，她面有難色。「為何這般急，明年三月你就要下場春試，年前成親，會不會讓你分神？」

「不會。」不過是重來一次而已，前世他就是甲等頭名，殿試時陛下欽點的狀元，再來一次，也不會有什麼改變。

雉娘點點頭，既然他有信心，她也沒有什麼可反對的。「此事得和我父母商量，我無異議，只不過我們趙家的家境你是知道的，到時候嫁妝上可能不是很好看。」

「我先與妳商量，只要妳同意，其他的都無所謂。嫁妝什麼的不用太在意，當年我母親嫁進來時，也不過是三十六抬。胥家清貴，若真是十里紅妝，太過招搖，就違背先祖的意願。」

「好，那此事就這麼定吧，大公子可還需要我做什麼？」

「其他的不用，妳安心備嫁吧。」

雉娘點頭。她也做不了什麼，只不過她是家中幼女，若早於兩位姊姊出嫁，是不是有些不太好？

「大公子，我在家中最年幼，家中大姊、二姊都未嫁人，到時候會不會招來閒話？」

「妳怕閒話嗎？」

雉娘露出笑容。「不怕的，我想大公子肯定不會讓這些閒話傳出來。」

他眼底的笑意漫溢到臉上，往前一步，伸手將她耳邊的髮絲撥到後面，手指劃過她細嫩的肌膚，果然如想像中的嫩滑。好似流戀不捨，他收回手時，又不經意地劃了一下。

她仰臉望著他，看不出他眼底的情緒，只知道此時此刻，他應該是歡喜的。他的下巴有些青，許是剛刮過，看得她心裡癢癢的，也想伸手去摸。

這想法駭了她自己一大跳。什麼時候開始，她對他竟如此不設防？以前她從未相信過別人，也不敢輕易相信人，好像從初識到現在，她對他的信任就超出所有人。

她往後退了一步。「大公子，我和我娘說要出門買點小首飾，時辰不早，我先告辭。」

「等一下。」

他拉住她的手，將她的小手緊緊捏住。她轉過身，疑惑地望著他，臉龐姣好如半開的芙蓉，墨髮上也只一朵絹花，好似從來都是這般素淨，極少配戴什麼首飾。

「大公子，可是還有什麼其他吩咐？」

她這才發覺他的手還抓著自己，微微使勁想抽出來，他卻握得更緊，將她拉回來，安坐在座位上。

「妳不用出去，我讓人送過來。」

這不太好吧?雉娘臉上有些為難。

胥良川輕輕地打開門，對外面的許靂吩咐一番，許靂領命離去。

「大公子，會不會太麻煩?」

他的視線望過來。她所有的事情，都不是麻煩。

「不麻煩，珍寶閣就在附近，他們經常上門讓夫人貴女們挑選首飾。」

雉娘心中讚嘆。這珍寶閣的東家倒是有生意頭腦，古代女子出門不易，這家鋪子能想到如此便利的法子，必然會拉到更多生意。

不一會兒，珍寶閣的掌櫃就捧著幾個匣子敲門，掌櫃低頭進來，沒有抬頭張望，也沒有偷偷打量四周，直接將匣子放在桌上，就退出去了。

第四十七章

雉娘有些反應不過來。這掌櫃的難不成也是大公子的人，大公子不是清貴人家的公子嗎？怎麼不是開茶樓就是開首飾鋪子？

「打開看看，看有什麼喜歡的？」

匣子都是紫檀雕花的，入手很沈，她將手邊的匣子打開，眼睛立即被吸引過去。一套綠玉頭面，鏤金包鑲著通透的碧玉，水頭油潤，單一根簪子上都用了大小不下十塊打磨得圓潤的玉石。簪頭是一朵綠玉苞蘭，掐絲金鏤的葉片，花上還有一隻栩栩如生的蝴蝶，蝴蝶的翅膀上都鑲著一模一樣的綠玉，垂下的墜珠也是金包玉。下面吊著最大的一塊玉石，做工細緻，用料講究，絕非凡品。其他的匣子裡面也是各種首飾，俱是珍品。

雉娘暗自嘀咕，這些東西哪是她買得起的？

「大公子，這些都太貴重，我娘就給我二十兩銀子，我本打算只買件小首飾。」

「二十兩剛好，這些東西就值二十兩。」

他說得雲淡風輕，彷彿這些東西真的只值二十兩。她略微皺眉。「大公子，這怕是不妥，我雖不太識貨，也知這些東西應是不下幾千兩。」

「有何不妥？妳付錢買下的，至於價格，由人來定。我說它們值二十兩，它們就是二十兩。」

雉娘越發覺得奇怪，他真是清貴人家的大公子？若不是有底蘊的世家，哪可能隨便出手如此的珍品，可大公子出手就是幾套，看他的樣子，是想她全部收下。胥家書香門第，為何出手如此闊綽？

「大公子，這些東西價值不菲，恕我不能收下。」

胥良川將匣子蓋上，淡淡一笑。「胥家沒有妳想的那般清貧。所謂清貴，不是食素苦讀，而是一種風骨，等妳以後嫁進胥家，這些東西遲早都是妳的，不過是早些拿到，有何區別？」

雉娘望著他，心裡卻越來越迷惑。難道清貴人家也是可以經營鋪子的？

他似乎猜出她心中所想，又笑一下。「不是妳想的那樣。這些鋪子都是祖母的嫁妝，祖母只育有父親和二叔，並無女兒，妳將來是長房長媳，所以這些嫁妝以後也是要交到妳的手中。」

原來如此。胥老夫人和歷代的胥家主母不同，她是真正的世家貴女。

「大公子，我們家的底細京中人怕是都清楚，若是成親當日，我真拿出這樣的嫁妝，不說是別人會議論，就是我的兩個姊姊也會私下追問，要是落個私相授受的名聲，對你我都不好。」

他認真地看著她。「此事是我欠考慮，不如東西暫且放在我這兒，等妳以後嫁進來，再交到妳手中。」

她點點頭，這樣也好。

「大公子，我大姊……」

「什麼？」胥良川直視著她，為何會無事提到趙鳳娘。「妳大姊怎麼了？」

「我大姊最近心情好像有些抑鬱，不是很開懷的樣子。那常遠侯府自賜婚後，半點動靜都沒有，也不見平家有人來走動，更別說是長輩們上門議親，不知會不會有什麼變故？」

雉娘說完，小心地觀察他的臉色。他神色平靜，似乎並未起任何波瀾。

「不會有變，皇后賜婚，常遠侯府無論如何都不會抗旨，最多也就是將婚事晾一晾。妳不用擔心，皇后娘娘召見了常遠侯夫人，想來不用多久，就會將婚期定下。」

「喔。」她垂下頭，原來是這樣，怪不得大公子也要急著成親。

他眉頭微皺起，不知方才自己哪句話說得不對，眼前的小姑娘神色黯淡下來，好像有些不開心。

岳弟不是說女子都愛首飾，為何想送首飾卻送不出去？他是不是年紀太大，弄不清楚小姑娘在想些什麼。

他輕咳一聲。「可是還有什麼煩心事？」

她抬起頭，搖了搖。「並無，家中平靜，能吃飽穿暖，哪還會有煩心事？」

「妳有什麼事不要放在心裡，儘管告訴我，我會幫妳解決的。」

他的眼神幽深，毫不掩飾地望著她，眸子裡翻著似看不見的暗湧，似要將她吞噬其中。

她想要躲閃，卻被定住一般，一動未動，看著他取下掛在牆上的斗篷，感到男子清冷的面容慢慢地俯過來，在她的瞳孔裡逐漸放大，最後定住，只剩下對方黑不見底的眼和長長的睫毛。

好聞的男子氣息將她包裹住，她睫毛顫動著，不知該往哪裡看。

他的大手替她將斗篷的帶子繫好，整理好兜帽。

外面響起酒樓小二們招呼人進店用晚飯的聲音，時辰不早，她也該回去了。

她低聲告辭，桃色的倩影消失在門口。

門內，他依舊保持不變的身姿，直到一刻鐘後，才鬆開袖子裡緊攥的拳頭，伸手一看，隱有汗漬，自嘲一笑。

帶著許敢回到胥府，胥良岳早就候在門口，一見他露面，立即搖著扇子迎上來。寒冷的天氣，他也不嫌涼，扇子搖得歡。

「大哥，怎麼樣，和未來嫂子見面了嗎？」

胥良川淡淡地睨他一眼。這小子說姑娘家都愛首飾，可他連一件都沒有送出去。想想自己也是病急亂投醫，前世岳弟先是娶趙鳳娘，後是被迫讓趙燕娘進門，男女之事看來也是不太懂的，又怎麼知道如何哄小姑娘？

「嗯，見到了。你怎麼會在這裡，年後就要下場，你的文章現在作得如何？拿來給我瞧瞧。」

胥良岳一聽，連連往後退，一邊道：「大哥，祖母喚你有事。」

他躲得快，一晃就不見人。胥良川瞇起眼，慢慢朝祖母的院子走去。

胥老夫人正和身邊的嬤嬤們打趣，見大孫子邁過門檻，忙將手中的茶杯放下，拄著楞杖起身。「川哥兒，你這是去哪裡了？祖母找你半天，聽你弟弟說是出去見什麼人，不知是什麼人哪！」

嬤嬤們早就識趣地退出去，胥良川扶住祖母，平靜地道：「確實是出門見人，是趙家的三小姐。」

胥老夫人抿嘴偷笑。「哦，我聽說你還讓珍寶閣的掌櫃送了幾副頭面過去，雉娘未收，又是怎麼回事？」

「祖母，她嫌太貴重。」

「確實是很貴重，趙家原來就是小小的九品小官之家，祖上都是土裡刨食的，哪可能拿得出什麼像樣的嫁妝？你用心是好，可未必就是對的，若雉娘真收下東西，以後當作嫁妝拿出來，別人會說閒話的。」

胥良川默不作聲，此事是他欠考慮。

胥老夫人重新坐下，意味深長地道：「我們家不講那些虛名，趙家能備得出什麼樣的嫁妝都可以，將來啊，雉娘進門，你們夫妻倆給我多生幾個曾孫，那比什麼都強。」

胥家一脈相承，歷代子孫都性子清冷，又無妾室，嫡系單薄，到胥良川這一代，就他和胥良岳兩個男丁。

胥良川不由得想到前世，前世因為自己終身未娶，岳弟被趙氏姊妹耽誤，也無子嗣，胥家在他們手上，已經斷了香火……今生，他不要再做家族的罪人。

只是那小姑娘嬌嬌弱弱的，他都不敢想像她為人母的樣子，眉頭不自覺微鎖著。

胥老夫人一提到曾孫，越想越開懷。「雉娘看著體弱，可我識人無數，早就看出她是個好生養的。我不管，你和雉娘一定要多給我生幾個曾孫子、曾孫女。」

好生養的？

他的腦海裡浮現她如花般的樣子，面如芙蓉身似柳，腰肢細得一隻手都能握住，祖母從哪裡看出來好生養的？

胥老夫人卻是另一個想法，雉娘看著嬌弱，可不該瘦的地方卻一點也不瘦。看川哥兒對她也是有心的，等成親後，夫妻恩愛，何愁沒有小曾孫？

而被兩人惦記著的雉娘正和自己的娘親說話。

鞏氏有些憂心，趙家底子薄，鳳娘和雉娘都已訂親，還有燕娘，三個女兒出嫁，嫁妝就是不小的數目。加上守哥兒，年紀也不小，等春闈過後肯定要備親，嫁女娶媳，哪樣都少不了銀子。

趙書才已經和她交了底，趙家總共才不到一千兩的銀子，這其中還有一些是往年小姑子的貼補。

鳳娘是不用他們擔心，她自己有食邑，還有這麼多年來皇后娘娘的賞賜，備嫁妝應該是沒有問題的。

家中的一千兩銀子，不可能全用到雉娘身上，上頭還有守哥兒和燕娘，總要留下大半。

她捏著雉娘還回來的二十兩銀子，重重地嘆口氣。「妳就沒看上什麼想要的？」

「沒有，娘，我的首飾也夠戴，若是出門，大姊給的那套頭面正合適，在家中就不需要戴什麼飾物。」

鞏氏又嘆口氣。女兒能高嫁是好事，可這嫁妝也真發愁。

雉娘寬慰她。「娘是不是為我的嫁妝操心？胥家與我們結親，定然對咱們家的情況瞭如指掌，有什麼就是什麼，不必費心思再去添置。」

鞏氏的眼眶瞬間紅了。

「是娘沒用，女子出嫁，一看出身，二看嫁妝，兩樣都無，娘怕妳以後抬不起頭來做人，在婆家直不起腰板。」

「娘，胥家放著那麼多的世家貴女不要，能和我們家結親，就不可能會是勢利的人。您將心放到肚子裡，該準備什麼就準備什麼，別的不用管。」

鞏氏抹著淚，也只好如此，不然也沒有辦法。

兩天後，梅郡主出現在周家巷。

她站在趙宅的門口，用帕子厭惡地捂著嘴。趙家住的這地方，一看就是破落戶，就這麼個小屋子，還有這破地方，住的都是些賤民，那趙鳳娘算什麼縣主？就是個破落戶家裡出來的鄉下丫頭，竟然還配給她的親孫子，皇后娘娘真是亂點鴛鴦！

她沒好氣地讓婆子去叫門，自己則回到轎子裡，重新坐下。

周家巷裡的人家，有的已經開始探頭探腦。

趙家下人聽到婆子自報家門，得知是常遠侯府的梅郡主上門，連忙去請鞏氏和趙書才。

趙書才和鞏氏忙讓人去段府報信，然後急急忙忙地出來迎接。

梅郡主攞譜兒下轎，待看清鞏氏的臉，嚇得連退幾步，指著鞏氏，抖著聲道：「妳……妳是何人？」

鞏氏被她指得有些莫名，轉念反應過來。皇后可是常遠侯府出去的，自己長得有些像皇后，所以梅郡主才這般吃驚。

「回郡主的話，我是鳳來縣主的母親。」

梅郡主站穩身，只覺得胸口堵得慌，一口氣悶在那裡，上不去也下不來。「原來是趙夫人。」

「郡主裡面請。」

梅郡主狐疑地看著她，邁進趙宅的大門。

趙氏夫婦將梅郡主請上座，蘭婆子沏上茶水，梅郡主剛才受到驚嚇，也管不了許多，端起杯子喝了口茶。茶的味道對養尊處優的她來說，自然是不太好的，她忍著氣將水嚥下去，臉色黑沈沈的，半天都不說話。

她不說話，鞏氏也不敢先開口，屋裡的氣氛半點也不像是要商議親事。

等梅郡主心裡緩過來，臉色才慢慢轉好。

趙書才朝鞏氏遞個眼神，鞏氏小聲道：「茶水粗陋，望郡主見諒。不知郡主登門，所為何事？」

梅郡主沒好氣道：「皇后娘娘為晁哥兒和你們家的大女兒賜婚，我上門來，當然是為了議親。坐了半天，怎麼不見趙鳳娘來拜見？」

「讓郡主笑話，我們初次入京，宅子簡陋，鳳娘仍舊住在她姑姑家裡，下官已派人去叫，很快就會過來。」

梅郡主哼了一下。「我倒是忘記了，她確實一直住在柳葉那裡。柳葉以前是我們侯府的丫頭，也常帶鳳娘去侯府給我請安。」

趙書才感激地道：「柳葉能進侯府，是她幾輩子修來的福氣，若不是侯府，哪有我們趙家現在的日子。郡主放心，以後鳳娘嫁進侯府，定然會好好孝敬侯爺和郡主。」

鞏氏也出聲附和。梅郡主斜睨他們夫婦二人，鼻子發出冷哼。一個奴才家的姪女竟然要嫁給她的長孫，還說什麼孝敬她，奴才侍候主子，那是天經地義。

她瞄到鞏氏的臉，又一陣心塞。皇后娘娘自入主宮中後，與那賤人越發不像，這趙夫人倒是長得頗似那賤人，莫非那賤人後來給人做妾，還生了孩子？若真是如此，讓侯爺知道，才是大快人心。

「我聽說趙夫人以前是趙大人的妾室，不知是哪裡人，娘家何處，怎麼會給人做妾？」

她問得突兀，鞏氏臉一僵，趙書才的臉色也不太好看。「郡主，內子是臨洲人氏，出身書香世家，父親是方大儒。」

「哦，聽起來倒是不錯。方大儒有些才名，我也是聽過的，只是不知書香世家的小姐也會做妾，倒是讓人開了眼界。」

鞏氏搖搖欲墜，緊咬著唇不讓淚水流下來。雉娘自聽到梅郡主進門，就知她必然會好奇娘的長相，一早就躲在門口聽著，沒想到這郡主竟然如此跋扈，當場揭人傷疤。

趙書才捏著手中的杯子，不知該如何答話。

屋裡靜得嚇人，梅郡主看到鞏氏的模樣，心裡湧起快意。

雉娘慢慢地走進來。「書香世家的小姐為妾，有何奇怪？世上還有更奇怪的，好比有些世家貴女，平日滿口的禮義廉恥，一旦瞧上有婦之夫，也不管別人是不是有妻有子，就哭著喊著要嫁過去。」

梅郡主怒視著她。「妳又是誰？竟敢如此和我說話！」

「我不是誰，我是這家的女兒。身為女兒，聽到有人侮辱親娘，無論那人是誰，做女兒的都不能袖手旁觀。再說我說的不過是聽來的故事，郡主為何生氣？」

她直視著梅郡主。梅郡主的心沈了又沈，這丫頭更像當年的賤人，這趙家可真夠邪門的！

「好，怪不得如此不知禮數，原來是妾生養的！你們趙家真是好家教，我原本是來商議婚期的，卻不想竟被人如此奚落，真是開了眼界。」

鞏氏霍地站起來，一把將雉娘拉到身後。「郡主息怒，小女年少無知，衝撞郡主，還望郡主大人有大量，就饒她這一回。兩家結親不是結怨，我們還是商量貴府公子和鳳娘的親事吧！」

「還有什麼好商量的，你們趙家的姑娘，我們侯府要不起！」

梅郡主氣呼呼地站起來，拂袖要走。

雉娘躲在鞏氏的身後哭起來。「娘，是不是女兒說錯話了？可是女兒什麼也沒有說啊，是郡主先說姑姑是丫頭，又說娘是個妾，現在還不想娶大姊……娘，這可怎麼辦啊？要是不能和侯府結親，皇后娘娘會不會怪罪我們家？」

趙氏攙鳳娘一踏進門，聽到的就是雉娘的這番話，齊齊變臉。

第四十八章

趙氏額頭上的傷已經結痂，只用頭髮遮著，趙鳳娘如往常一般端莊，扶著趙氏，姑侄倆臉色都很難看。

她們本就一直派人密切關注著常遠侯府，得知梅郡主出門往周家巷走，姑侄倆就立刻動身，路上恰好和報信的人碰上，沒想到還未進門就聽到雉娘的話。

屋內，梅郡主氣呼呼地站著，趙書才黑著臉，鞏氏母女都在哭。

趙氏心一沈，撲通跪下來。「郡主，可是奴婢娘家大哥大嫂做錯了什麼，讓郡主如此生氣？」

梅郡主冷著臉，一言不發，挑剔地看著趙鳳娘。就是這麼個野丫頭，還要她親自上門來議親，她哪裡來的這些手段，哄得皇后娘娘不僅將她封為縣主，還將她賜給自己的孫子。

鳳娘恭敬地向她行禮，她側過頭，哼了一下。

雉娘飛奔過去，跪在趙氏旁邊。「郡主，我姑姑是因為給祖母治病才賣身當丫頭的，我娘也是迫不得已為妾，求郡主看在皇后娘娘的分上，莫要將此事扯上我大姊。我大姊可是皇后娘娘親封的縣主，又是皇后娘娘親自賜的婚，郡主千萬不要悔婚哪！」

趙鳳娘看雉娘一眼，慢慢紅了眼眶，從袖中抽出帕子跟著哭起來，鞏氏也在抹眼淚。梅郡主站在中間，走也不是，不走也不是，氣得直哆嗦。

雉娘扯著趙鳳娘。「大姊，妳也跪下來求郡主吧！要是郡主悔婚，皇后娘娘怪罪，我們家要倒大楣的，要不，妳進宮去求皇后娘娘？」

趙鳳娘似是猶豫了一下，然後捂著臉跑出去，讓車夫去皇宮。

看她朝皇宮的方向而去，梅郡主心道不好，也不管跪在地上的趙氏和哭得傷心的趙家母女，急急讓轎夫也去宮裡。

趙氏咬一下牙，帶上趙家母女，也跟上去。

鳳娘紅著眼進了德昌宮，跪倒在皇后娘娘面前。「娘娘，鳳娘出身低微，蒙娘娘厚愛封為縣主，又親自賜婚，可鳳娘深感配不上平家公子，還請娘娘作主。」

皇后娘娘利眉微皺。不是收回旨意，而是作主，這又是鬧哪齣？

「鳳娘，究竟是怎麼回事？」

鳳娘無聲地流淚，低著頭。

皇后娘娘對琴嬤嬤使個眼色，琴嬤嬤下去將鳳娘扶起來。「縣主，怎麼哭成這個樣子？」

隨後梅郡主也趕到了，有些氣喘吁吁。皇后神色微動。「妳們這是怎麼回事？一個兩個的都往本宮的德昌宮跑。」

「回娘娘，臣婦也不知。臣婦今日去趙家商議親事，誰知趙家人如此不知禮數，臣婦可是什麼也沒說，不知鳳來縣主為何要起意不嫁我平家，莫非是心有所屬，想另攀高枝？」

鳳娘臉色煞白，淚水流得更凶。「郡主……為何要如此誣衊鳳娘的名聲，我們趙家可是什麼也沒有說，反倒是郡主，口口聲聲說我姑姑是個丫頭，又說我母親是個妾，還罵我三妹沒有教養，鳳娘想反問郡主，為何要如此詆毀我們趙家？」

上座的皇后娘娘瞳孔微縮。「鳳娘，郡主當真說過這些話？」

「娘娘。」梅郡主搶著回道：「柳葉是我們侯府的丫頭，這臣婦可沒說錯；那趙大人的夫人是妾室扶正，臣婦不過是好奇多問了兩句，趙家的三小姐就出來頂撞，這不是沒有教養是什麼？」

「趙夫人原是妾室？本宮可是聽說她是方大儒的女兒，怎麼會為妾？」皇后娘娘似自言自語般，轉頭對琴嬤嬤道：「妳去將她們請來。」

琴嬤嬤出去，沒多久就回來，對皇后道：「娘娘，段夫人和趙夫人母女在宮外求見。」

「正好，讓她們進來吧。」

趙氏帶著鞏氏母女進來，三人齊齊跪下，趙氏哭得傷心。「娘娘，奴婢讓您為難了。」

皇后默不作聲，視線落在鞏氏母女身上。「趙夫人，妳來說說看，方才梅郡主說妳曾是趙大人的妾室。此事本宮也有些奇怪，妳身為書香世家的小姐，怎麼會淪落為妾？」

鞏氏未語淚先流。「回娘娘的話，臣婦當年生母病逝，與老僕相依為命，後流落在外，幸得老爺收留，才得以苟活。」

「本宮聽說妳是方家女，為何會流落在外？」

鞏氏搖搖頭。「不敢欺瞞娘娘，方先生憐我們母女可憐，才給我們容身之處，為讓臣婦有個體面的身分，才對人說臣婦是方家女，臣婦不是方家女。」

梅郡主心裡咯噔一下。這趙夫人竟然不是方家的妾生女，那她生母是不是那賤人？怪不得她一直派人守在粱洲，都沒見那賤人露過面，原來人是去了臨洲，真是狡猾。

皇后臉上露出憐憫。「聽妳這身世，也頗為可憐。不知妳生母是哪裡人氏、姓甚名誰，可有找到父族？要不要本宮替妳打探？」

鞏氏伏地謝恩。「多謝皇后娘娘，臣婦生母姓鞏名素娟，至於哪裡人氏，臣婦不知。」

皇后緊緊地盯著她的臉，凌厲的眼神閃過恨意。雖是早有所感，卻不及親耳聽到這般真實，想到自己幼年時的種種，隨之而來的是滿腔憤怒。

「鞏氏素娟？」皇后呢喃著。「本宮似乎在哪裡聽過這個名字？」

她身後的琴嬤嬤小聲地提醒。「娘娘，您忘了，侯爺的原配就是叫這個名字。」

琴嬤嬤的聲音很小，但殿內很安靜，所有人都將她的話聽得清清楚楚。鞏氏不可置信地瞪大眼，看著皇后，馬上驚慌地低下頭去。

趙鳳娘從得知鞏氏像皇后，便在心裡一直有所猜測，聽到這個說法，倒也不是太驚訝。

而趙氏心裡跟明鏡似的，加上已知真相的雉娘，殿中人心思各異。

梅郡主有些懵。她是要和趙家議論親事的，怎麼就扯到當年的事？這一切發生得太快，她正要出聲辯說什麼，就聽到皇后娘娘讓人去請常遠侯。

她急急出聲阻攔。「娘娘，人有同名，這點小事驚動侯爺不值得，您問臣婦也是一樣的。」

皇后娘娘嘴角露出一個莫名的笑意。「本宮曾問過，妳不是對父親之前的事一無所知嗎？這件事還是親自問父親吧。」

梅郡主一噎，前次自己確實是用這藉口堵了皇后的嘴，沒想到這麼快就被堵回來。

常遠侯正巧在宮中，與陛下議事，琴嬤嬤派人去請侯爺時，陛下也跟了過來，眾人又向祁帝行跪拜大禮。祁帝牽著皇后的手，坐在寶座上。

「今日妳的宮中倒是熱鬧，不知叫平侯爺過來所為何事，朕也來湊個熱鬧。」

「都是妾身的家事，讓陛下見笑了。」

祁帝笑笑，看著下面跪著的人，瞇起眼。

皇后看著常遠侯。「父親，本宮請您前來，是為一樁舊事。不知父親可認識一位叫鞏素娟的女人？」

常遠侯驚訝地抬頭。「不知娘娘怎麼想起這事，臣的原配就是叫這個名字。」

「原來如此。這位趙家的夫人說她生母姓鞏名素娟，父不詳，本宮起了惻隱之心，想替她找到父族。父親您看看，這趙夫人長得眼熟嗎？」

常遠侯這才注意到跪著的鞏氏母女。鞏氏半抬起頭，常遠侯身子晃了一下，顫抖著問道：「妳是誰？妳母親真的叫鞏素娟嗎？」

「正是，臣婦是原臨洲渡古縣令的繼室。」

祁帝淡淡地出聲。「平愛卿，這位趙夫人長得可像你的那位原配？」

「回陛下的話，確實是像。」

祁帝笑起來。「這倒是巧，前段時日皇后跟朕提及有位趙夫人像她，而這位趙夫人又像你的原配，你跟朕說說看，皇后是何人所出？是你的妾室還是你的原配？若她是你的原配所出，為何世人都知她是庶出？」

他雖然笑著，語氣卻冰冷，常遠侯一下子跪下來。「陛下恕罪，當年鞏氏不貞，臣一氣之下，讓皇后不認她為母，充當庶出。」

皇后遙遙地望著常遠侯，眸色複雜。

祁帝道：「皇后是嫡出，卻被當成庶出養大。愛卿，朕對你很失望，當年朕讓她進門時，你為何不對朕言明？」

常遠侯又道自己該死，梅郡主跪下來。「陛下，侯爺用心良苦，想讓娘娘有個清白的出身，不被生母的污名所累，請陛下明察！」

雉娘輕輕捅一下鞏氏，鞏氏伏地哭起來。「求陛下明察，臣婦的母親清清白白，至死都不瞑目，若她真是和人有私情，又怎麼會獨自一人流落到臨洲？若不是方先生收留，只怕我們母女都活不下來……」

皇后從寶座上下來，跪在祁帝的面前。「求陛下徹查此事，妾身不想母親九泉之下，還要背負此等污名。」

「妳起來，朕會為妳作主的。」祁帝將皇后扶起，問常遠侯。「當年之事，可有人證物證？」

常遠侯神色痛苦地點頭。「回陛下，俱有。」

「好，將那些人和物都帶上來吧。」

「陛下，這麼多年過去，人都死了，侯爺當時傷心，將那私通之人手中的東西都付之一炬，明明是鐵證如山的事，哪有什麼冤情？」

皇后眼眶紅紅的。「梅郡主倒是清楚，前次本宮詢問，郡主不是說對父親之前的事一無所知嗎？」

梅郡主心裡一驚。「臣婦都是聽旁人說的。」

「旁人說的，不過是以訛傳訛，本宮要徹查此事，是黑是白，也要查個清清楚楚，為母親討個公道。當年那人雖死，可人過留音，事過留痕，本宮相信定然還有知道內情之人。」

祁帝沈著眉眼，掃一下常遠侯夫婦，又看一眼鞏氏母女，再往趙鳳娘的身上掠過。「平愛卿，當年那人是誰？」

「回陛下，那人是侯府養馬的馬官。」

馬官？

皇后娘娘淚眼中帶著刀，一刀一刀刺向梅郡主。此女何其惡毒，竟讓馬官去污母親的清名，然後取而代之！

後宅中的這些陰私，她稍加一想，就能知道是梅郡主的手筆。此前她不知父親的原配就是自己的生母，倒沒有什麼怨恨。直到見過鞏氏，懷疑自己的身世開始，她便不止一遍地猜測過事情的真相。

常遠侯艱難地提起當年。「鞏氏是臣的原配，那時臣才封侯沒多久，將她從梁洲接來。

她在京中人生地不熟，很少出門，誰知與府中的馬官勾搭上，讓臣堵在屋內，臣親眼所見，陛下，此事千真萬確。」

皇后盯著他。「敢問常遠侯，那馬官是如何進侯府的？」

「回娘娘，當初臣來京中，侯府是新建，府中下人都是從外面買來的。那馬官是個獨身漢，以前在大戶人家養過馬，聽說親人都不在，唯有他一人。事後臣將他關押起來，在他的身上搜出鞏氏的貼身小衣……臣也一把火燒了，那馬官趁夜逃走，臣將鞏氏休棄後，鞏氏也不知所蹤，有人說看到她和馬官一同出了京。」

最後，他的聲音低得幾不可聞，梅郡主似鬆了口氣，直起腰身。

祁帝沈思不語，整個殿內靜得嚇人，趙氏和趙鳳娘連呼氣聲都聽不到。雉娘雖知此事有梅郡主的手筆，可死無對證又年代久遠，無法洗脫外祖母的名聲。

鞏氏呆呆地望著常遠侯和皇后。這一來二去的，自己的娘怎麼就變成常遠侯的原配、皇后娘娘的生母，這麼說來，自己豈不是和皇后是姊妹？怪不得她們長得像。

祁帝雙手交握，轉動著拇指上的玉扳指，望著鞏氏母女。「妳們還知道些什麼，儘管說來。」

鞏氏仔細地回想著。娘在世時連生父都沒有提過，又怎麼會提到這些恩怨？

雉娘狠下心，道：「陛下，臣女有話要說。」

祁帝的目光柔和下來。「妳說吧。」

「陛下，臣女雖不知當年的內情，也不知外祖母是否被人陷害，但世間之事，有因就有果。往年臣女父親在渡古當縣令時，常有此類民事訴狀，臣女聽過一些，有些感悟。惡人直接行凶或是栽贓陷害，必是有利益動機，往往看似無辜之人，才是幕後黑手；不看表面、不看證據，只看誰是最後的得利者，誰就是真凶。」

她聲音輕細，卻擲地有聲，字字清晰。

祁帝露出讚賞之色。「這番言論，乍聽起來是胡攪蠻纏，細一想確實有幾分道理。妳小小年紀，能悟出這些，慧根不錯。」

梅郡主面色發暗。「陛下，趙三小姐分明是謬論，按她如此說法，以後大理寺刑部查案，不用看證據也不用三堂會審，看誰得利，直接拿住問罪即可，那還要祁朝律法何用？若無律法約束，豈不天下大亂？」

「陛下。」雉娘看梅郡主一眼，又伏身道：「此言是臣女一家之談，對於當年之事，臣女不知詳情，方才聽常遠侯的說法，實在是百思不得其解。臣女觀常遠侯相貌堂堂，英武不凡，是天下女子心中的英偉男子，敢問常遠侯，那馬官必然是長得玉樹臨風，要不然也不會引得堂堂的侯夫人傾心，願意棄侯爺於不顧，與他有私情。」

常遠侯被她問住，皺起眉。那馬官長得獐頭鼠目，哪裡稱得上是玉樹臨風？素娟與他識於微末，年少時，他不過是山中獵戶之子，素娟是秀才之女，多少富戶公子求娶，素娟都沒同意，卻執意下嫁給他，又怎麼會在他當上侯爺之後，與一介粗鄙的馬官私通？

他看著雉娘，彷彿看到當年初見素娟時的情景，被素娟的美貌驚得失魂落魄，幾天茶不思飯不想，天天就在相遇的路上傻等著。

莫非當年之事確有隱情？可他明明將人堵在屋內，那馬官也親口承認自己與素娟有私情，素娟自是百般辯解，他正在氣頭上，大怒之下便寫了休書。

後來聽到她和馬官一同出京，更是氣得讓女兒不認她為母，所以皇后才由嫡出變成庶出。

常遠侯沈默下來，就那樣看著雉娘，彷彿透過她，看到當初那個女子，也是這般質問他，為何不相信自己的妻子？

梅郡主被雉娘的這番話氣得胸悶。哪裡來的野丫頭，半點規矩都不懂。「陛下，娘娘，臣婦方才就說過，這趙家的三小姐不知禮數，在趙家時，也是這般質問臣婦，進到宮中，誰知還是半點不知收斂。」

祁帝平淡地出聲。「郡主何出此言？是朕讓她說的，再說她說得也不無道理，又和禮數扯上什麼關係？」

梅郡主微怔。皇后娘娘的目光停留在她身上，又轉到雉娘那裡。「陛下所言甚是，本宮見這姑娘說話條理分明，有幾分道理，不知常遠侯覺得如何？」

常遠侯神色複雜地看雉娘一眼，低下頭去。「確實有些道理，臣同意再查當年之事，若鞏氏真是被冤枉的，自會為她正名。」

雉娘滿腔怒火。人已死，正名何用？再說當年之事，死無對證，如何證明？

第四十九章

大殿再次靜下來。雉娘有些心寒地盯著常遠侯，外祖母多年的冤屈，到他口中只有一句話，若有冤就為她正名，何其可悲？

鞏氏掩面流淚，不敢出聲。

雉娘的眼中充滿憤怒，難道娘親這些年受的苦都沒人在乎嗎？還有被逼死的原主，早已魂飛魄散，她的苦又有誰知道？如果沒有當年之事，如果常遠侯有著一個男人的擔當，哪裡會有後面的悲劇？

「常遠侯要如何為她正名，僅僅是恢復她常遠侯夫人的名分嗎？人已死，生前所受的罪就要一筆勾銷嗎？」

「那妳說還要如何？」

「還要如何？」雉娘氣笑。「常遠侯是沙場裡出來的英雄，當明白好男兒寧願戰死沙場轟轟烈烈，也不願意縮頭縮尾、窩囊一生的道理。男人如此，女人雖有些差別，卻亦如是。哪怕是窮困潦倒，堂堂正正地活一輩子，也好過背負污名含恨而終。一個人的一生，說要如何補償？豈是一句輕飄飄的正名就能讓死者含笑九泉？」

鞏氏呆呆地望著雉娘，頭一回發現她從來不了解自己的女兒。女兒自從尋短見之後，性子就變得強硬許多，或許是死過一回，無所畏懼。

她用袖子擦乾眼淚，聲音哀切。「常遠侯，小女雖然有些無禮，卻是實情。婦人的母親在世時，鬱鬱寡歡，從不見有歡顏。臨終留有遺言，讓婦人姓鞏，不能改姓，想來無論侯爺如何補償，她終是難以瞑目。」

常遠侯的身子晃了一下。梅郡主臉色鐵青地質問：「妳們還想如何？眼下事情未明，她是否被冤枉都未可知，妳們還擺起譜來，真是可笑。」

雉娘立即反唇相問：「郡主害怕什麼？怕正妻地位不保，還是曾做過什麼虧心事，怕半夜冤魂敲門？」

梅郡主昂著頭。「我有什麼好害怕的？我只是看不過妳們如此逼迫侯爺。陛下瞧瞧，如此無禮，哪裡像是有教養的樣子？我真為胥家不值，替長孫聘如此的女子，也不怕禍及子孫。」

「郡主究竟是心虛，還是想故技重施，往臣女的頭上潑髒水？公道自在人心，郡主該好好想想自己，莫要以己度人。」

「妳——陛下，您要為臣婦作主！」

梅郡主跪下來，祈求祁帝。

雉娘眼含冷光，也跟著跪下來。「陛下，請您為臣女作主。」

祁帝朝她招招手。「小丫頭，很有膽量，上前來。」

雉娘半抬頭一看，見祁帝正和善地望著自己，又低頭往前走了兩步。

祁帝認真地打量著她，良久，對皇后道：「妳看，她長得真像妳。永安和太子都不太像妳，舜兒眉眼像，其他地方也不太像，反倒是她，與妳年少時像了個十成十。」

「確實跟妾身很像，可妾身卻沒有她這麼有膽氣。」

「是啊，朕記得當年，妳可是膽小得跟頭小鹿一般。」祁帝笑起來，殿中人都鬆口氣。

鞏氏的手心裡都是汗，暗暗擔心方才雉娘出言頂撞梅郡主，陛下會不會怪罪，可又覺得有些痛快，若是她膽子再大些，她也想好好和那梅郡主分辯一番。帝后的對話雖然平常，她卻一字一句聽得認真。

皇后被祁帝說得有些不太自在，也仔細地看著雉娘，對趙氏道：「柳葉，妳說，雉娘像不像本宮當年？」

趙氏和鳳娘一直低著頭，動也未動，見皇后提到她，低聲道：「回娘娘的話，自然是像的。雉娘像娘娘，也像奴婢的大嫂。說實話，剛開始見到時，都嚇了奴婢一跳，還以為又回到當年，奴婢還差點就問，可是還有什麼事情要吩咐奴婢。」

趙氏的語氣帶著懷念，皇后神色悵然起來，目光幽遠。「柳葉說到當年，讓本宮想起一些往事。那時候郡主對本宮極嚴厲，一日兩餐，還不讓吃飽，說是要養著身段好嫁人。有回本宮餓得很，半夜裡腹如刀絞，還是柳葉偷偷去灶下，摸到一個冷饅頭。我們就著燭火將它烤熱，才算是墊了肚子。如今想來，本宮再也沒有吃過那麼好吃的饅頭。」

「娘娘，那時候您體恤奴婢，讓奴婢也吃了。雖然現在日子過得好，可奴婢總是會想起那段日子，再苦也是甜的。」

常遠侯慚愧地低下頭。這些事情，他從來都不知道。

梅郡主乾巴巴地自責。「都是臣婦的錯，那時臣婦總想著女兒家要養著身段，要不然不好說婆家，對娘娘嚴苛了些，也算是歪打正著，湊成娘娘和陛下的姻緣。」

皇后看也不看她一眼，也不接她的話，她尷尬地跪著。陛下也未叫她起身，臉上帶著僵硬的笑。

半晌，祁帝擺手。「好了，此事朕會讓人查個水落石出，你們退下吧。」

皇后低聲道：「陛下，妾身想單獨和趙夫人說會兒話，不知可否？」

「准。」

祁帝擺駕離開，殿中人也依次出宮，唯有鞏氏母女被留下來。皇后對雉娘露出慈愛的笑意。「琴姑姑，妳讓人帶著雉娘在御花園中走走，我與趙夫人有些話要說。」

琴嬤嬤讓兩位宮女將雉娘引出去，然後皇后慢慢地走下寶座，站在鞏氏面前，指指邊上的春凳。「坐吧，不必拘謹。」

鞏氏遲疑地側坐著，低頭謝恩。

皇后看著她。「妳與本宮說說，這些年的日子都是怎麼過的？」

鞏氏低著頭，將這些年的事情一一道來，說到母親病逝後，她獨自生活，後來被方大儒的夫人趕出宅子，流落到渡古，差點被人禍害，得趙書才所救，委身為妾時，皇后已是滿臉悲憤。

誠如雉娘所說，她不相信母親會看中一位馬官，與之私通。鞏氏應是自己嫡親的妹妹，她們姊妹二人，本應是常遠侯府的嫡女，備受寵愛，富貴無憂，卻因為當年之事，一個變成庶女，百般被搓磨，另一個為了活下去，只能委身為妾。

她心裡明知仇人是誰，卻無確鑿的證據。

「本宮聽說趙書才的原配為人十分惡毒，妳這些年，吃了不少苦吧？」

鞏氏的眼淚止不住地流下來。「回娘娘的話，臣婦不敢言苦。」

皇后將手搭在她的肩上。「苦盡甘來，才是人生真味。」

鞏氏一聽這話，已泣不成聲。

「陛下要徹查當年之事，定會還母親一個公道。妳我是嫡親姊妹，以後有什麼事，妳盡可來宮中尋本宮，本宮必會為妳作主。」

鞏氏起身跪下，不停地謝恩。

雉娘被宮人們引到御花園中，無心觀賞花朵，思索著今日之事，忽然聽到前面有人說話的聲音，抬頭一看，就見不遠處的亭子裡，幾個男子似乎在談論什麼。

她一眼就認出自己的未婚夫，身量最為修長，便是在眾人之中，那清冷的氣質也能讓人第一個就注意到他。

正欲迴避，就聽到有人咦了一聲，一位紫袍少年便跑到她的面前，詫異地打量著她。

「這位姑娘好生面生，卻長得這般面熟，不知是哪個宮裡的？」

少年約十四、五歲的樣子，玉面紅唇，眼眸靈動，隱有熟悉感。雉娘心下一動，屈身行禮。「臣女趙氏雉娘見過二皇子。」

祁舜嘖嘖出聲，圍著她轉了一圈。「趙雉娘？莫非妳就是良川哥的未婚妻。本宮瞧著長得這麼眼熟，難怪難怪……」

太子和胥良川、平晁都走過來，太子打趣道：「想不到能在宮中見到趙三小姐，怪不得孤初見時就覺得妳面熟，原來我們還是親戚。」

他們方才在亭子裡，就已經知曉德昌宮發生的事。此事帝后並未遮掩，很快就傳到他們的耳中。

祁舜和皇兄對於此事還沒來得及議論，但是非曲折卻心知肚明。

「良川哥可真有福氣，找到這麼一個有膽有貌的娘子。」他說著，偷偷從袖子裡伸出手，朝雉娘豎個大拇指。

雉娘和他對視一眼，一模一樣的眸子，都罩著水氣般地笑起來。

胥良川不動聲色地注視著她。一直都知道她不是表面那般柔弱，卻沒想到在皇后宮中，她也敢質問常遠侯。常遠侯想必有些鬱悶吧，他是戰場出來的，身上的殺氣便是太子和二皇子見了都躲得遠遠的，被一個小姑娘問得啞口無言，怕是生平頭一遭。

她也在悄悄地打量自己的未婚夫。在外人眼中，她和胥良川那就是眉來眼去。

平晁也在暗中觀察著她。初聽胥良川聘她為妻時，他還在心中嘲笑對方膚淺，只重色不重人品，卻不想原本庶出變嫡的小官之女，竟是皇后娘娘的親外甥女。

他和鳳娘是未婚夫妻，和胥良川以後是連襟，他和太子、二皇子是表兄弟，趙雉娘和太子、二皇子也算得上是表兄妹。他們這幾人，扯來扯去，都是親戚。

只是往後，太子是倚重他，還是倚重胥良川也未知。胥良川已有好幾年不常在宮中走動，太子最近卻總是召他進宮，明顯疏遠自己，無非就是因為鳳娘。

可皇后娘娘賜婚，他又能奈何？

他隱晦而又複雜地看太子一眼，太子輕咳一聲。「孤想起還有些事，正好皇弟你也來，我們好好商議一番。」

二皇子一步三回頭地和太子離開，還不時朝雉娘擠眼睛。雉娘對他心生好感，不自覺地有親近之意，莞爾一笑。

胥良川走到花叢旁，她忙收起笑意，低頭跟上去。

「大公子，方才德昌宮中的事，你們都知道了嗎？」

「嗯，帝后並未避人，常遠侯夫婦出宮時臉色太難看，我們都知曉了原由。陛下插手，妳外祖母定會恢復身分，到時不知妳母親打算如何？」

「大公子何出此言？若是我母親認祖歸宗，是否不妥？」

胥良川轉過身，面對著她。「認仇人為母，若為富貴，倒也無不妥之處。」

大家心知肚明，如果當年常遠侯的原配是被人陷害，罪魁禍首只有一個，那便是梅郡主。

雉娘點點頭。「我會勸她的。」

她的小臉很嚴肅，分明是稚嫩的少女，眉宇間卻露出世故成熟，有裝大人之嫌，讓人忍俊不禁。

他扯了一下嘴角，很快就恢復常態。「皇后召見妳們時，可提起過趙燕娘？」

她眉頭皺起。他問這個做什麼？

「倒是沒太注意，我們三姊妹進宮時，皇后問過一些。」

「記住，若是皇后再問起她，妳一定要多說一些，比如說趙燕娘長得極似董氏，不僅相貌像，性子也十分像。」

「大公子，這又是為何？」

她滿臉疑惑，胥良川凝視著她。「此地不是久談之處，等日後有機會，我會詳細告知。」

御花園中雖有假山花叢，能夠遮擋一二，可到底是園子，又在宮中，不遠處，宮女們還在候著她。旁邊的小路上，不時也有宮女和太監穿行，此處確實不是說話的好地方。

「好，大公子的吩咐，雉娘牢記於心，我出來有一會兒，算算時辰也該回去了。」

胥良川默許，目送她往德昌宮而去。

德昌宮內，皇后已知鞏氏母女這些年的日子，目光越發充滿厲色。她不經意地望著殿外，就見雉娘回來，眼睛看似賞著花兒，眼角卻不停地往這邊斜。她會心一笑，朝她招手。

雉娘恭敬地往殿內走來，粉色的衣裙被冬日的風吹得獵獵響，頭上的髮帶也飄在空中，腳步卻不慢，透著少女應有的輕快。

「娘娘，您叫我？」

皇后慈愛一笑，對鞏氏道：「雖然妳受過不少苦，可有這麼乖巧的女兒，也算是有所慰藉。」

鞏氏低頭道：「娘娘說得是，雉娘就是老天爺送給臣婦最好的禮物，若是沒有雉娘，恐怕臣婦早已不在人世。」

祁朝律法，育有子女的妾室不得輕易發賣，若沒有雉娘，就憑董氏那惡毒的性子，早就趁老爺不注意，將她賣掉。她這些年活得小心翼翼，就怕董氏下毒手，好在將雉娘拉拔大，如今日子好過起來，總算是撥雲見日。

皇后動容，往日淩厲的眉目全都緩和下來，相貌和雉娘更像一些。

她抓著鞏氏的手，動情地道：「妳記住，以後但凡再有人欺負妳們，本宮會為妳們作主。」

鞏氏自是感動得落下淚來，哽咽出聲。「謝娘娘。」

雉娘和鞏氏一同謝恩，皇后親自將她們扶起，讓人送她們出宮。

鞏氏母女一走，她的臉色才沈下來，問身邊的琴嬤嬤。「芳姑姑走了有段日子，算起來應已到達，不知可有音信傳來？」

「回娘娘的話，暫時沒有。奴婢讓人日夜盯著西閣，一有信鴿飛落，立即呈給娘娘。」

「好，這幾日盯緊，本宮估算著很快就會有消息。」

皇后揉揉眉心，似是十分疲倦。琴嬤嬤立刻上前，雙手輕輕地按摩她的兩穴，手法嫻熟，皇后的眉頭很快舒展開來。

「妳另外派人去告訴翟明遠，這麼多年，寶珠都未生養，是我們平家欠翟家的，讓他娶一門平妻，身分不能太低，要不然別人會嘲笑我們平家以勢壓人。」

「是，娘娘，奴婢明白。」

皇后閉上眼睛，眼前浮現出平寶珠的模樣。千嬌萬寵長大的侯府嫡女，吃的用的都是京城中最好的，每每踏足她的小院子都是一副趾高氣揚、不屑一顧的樣子。

她比平寶珠年長四歲，因為長得嬌小瘦弱，常常穿平寶珠不要的衣服。

本來按梅郡主的意思，她的女兒，怎麼也要嫁入皇家為正妃，可惜平寶珠生不逢時，還未長成，皇子們都已娶妻，唯有死了正妃的祝王。

祝王平庸，又有庶長女當側妃，梅郡主哪捨得讓寶貝女兒嫁過來？千挑萬選，選中大皇子妃的娘家弟弟，十里紅妝，風風光光地將女兒嫁進去。

可惜人算不如天算，為了儲君之位，大皇子下毒謀害二皇子，事發後被先帝幽禁終身，信陽侯翟家雖未有證據表明是同謀，但先帝遷怒，也被奪了爵，回到祖籍。

這麼多年，平寶珠未曾生養，翟家因自己是皇后，懼於常遠侯府，將平寶珠當菩薩一般供著，依舊享受富貴的生活。

想到這裡，皇后睜開眼，對琴嬤嬤道：「本宮現在無礙，讓小宮女們侍候吧，妳先去忙。」

「是。」

琴嬤嬤對小宮女們使眼色，自己輕輕地出去，立刻讓人給翟家傳信。

第五十章

晚間，西閣有小黑影落下來，兩隻信鴿飛回。宮人連忙取下牠們腳上蠟封好的紙條，呈給皇后。皇后就著燭火將其中紙條展開，細細地讀過，眸色複雜晦澀，如罩在霧中。

這張字條上的字蒼勁飄逸，出自男子之手，是方大儒所寫。

上書：鞏氏素娟，乃梁洲人氏，吾故友之女，不幸流落臨洲，吾憐其孤苦，故收留之，其言被夫家棄，不肯吐夫之姓名，七月後產女，名憐秀。

下面附上鞏憐秀的生辰八字。

皇后將字條收起，拆開另一個蠟封的字條，臉色更加晦澀。這張是芳姑姑所寫，她已查明當初董氏從京中歸家，抱回雙胎女兒，分別是趙鳳娘和趙燕娘；趙書才的妾室鞏氏那時也產下庶女，庶女比嫡女晚半月出生。

如此看來，趙鳳娘是趙家親女，那趙燕娘就是當年的那個孩子……皇后的腦中浮現出趙燕娘的模樣，越想越醜，怎麼會是當年的孩子？

她將紙條翻過，另一面寫著幾個大字：二女似董氏。

如霧罩般的瞳孔猛地一縮。這幾個字另起一頁，顯然是芳姑姑最想告訴她的話，意思是趙燕娘像她的生母，根本不可能是當年那個孩子。既非鳳娘，也不是燕娘，又會是誰？

那個孩子到底在哪裡？

董氏……董氏已死，冤有頭債有主，董家人都該死！

她眼底慢慢露出恨色，白皙的手指將紙條湊到燭火上，抖入簍中，眼睜睜地看著紙條很快化成灰燼。然後執筆蘸墨，寫下幾個字：除禍根。

用蠟封好後，交給守在殿門外等候的西閣小太監。

外面開始飄起雪花，她慢慢在寢殿中走著。長夜漫漫，陛下今日宿在含章宮，那裡是賢妃的宮殿。

宮中妃嬪不多，算起來，陛下住在德昌宮的日子是最多的，可是這又有什麼好得意的，他終究是許多人的夫，不可能屬於她一個人。

她神色肅然，坐在妝檯前，任由琴嬤嬤為她卸下鳳冠，替她梳洗更衣，然後緩緩地躺在織金描花的錦榻上，閉上雙眼。

突然面有痛色，雙手不自覺地撫著胸口，琴嬤嬤大驚。「娘娘，您可是哪裡不適？」

她額頭冒出冷汗，低聲呼痛。「心口好痛。」

琴嬤嬤連忙讓人去請御醫，想了想，派一個小太監去含章宮。

含章宮內，祁帝和賢妃正準備就寢。賢妃是淮寧高家的嫡長女，端莊大氣，即便是三十好幾，看起來也不像是生育過孩子的模樣，反而更添一分溫婉。

祁帝聽見外面似有人聲，不悅地問道：「何人在外喧譁？」

外面小太監高聲喊著。「陛下，皇后娘娘病了。」

賢妃立即起身，張羅著給祁帝穿衣。「陛下，皇后病了，您趕緊過去看看吧。」

祁帝任由她替自己穿衣，臨走時，捏了一下她的手，然後邁出含章宮。

門口的小太監還跪在地上，祁帝急急地問道：「你快說說，皇后怎麼了？」

「陛下，娘娘心口痛，已請御醫。」

祁帝將手背在後面，寬大的袖襬垂在背後，疾步往德昌宮去。

德昌宮內，御醫已經看好脈，見祁帝大步進來，急忙跪下行禮。祁帝一擺手，撩袍坐在錦榻邊上，沈聲問道：「娘娘如何？」

「回陛下，娘娘心緒波動極大，故而引發心疾，待微臣開些平心靜氣的方子，再靜養即可。」

皇后靠在榻上，烏髮全部散下，臉上白淨未施脂粉，看起來楚楚動人，加上身子不適，越發惹人心憐。她似是責備地看琴嬤嬤一眼。

琴嬤嬤立刻跪下來。「娘娘恕罪，是奴婢自作主張讓人去請陛下的。」

「一點小事，就驚擾陛下休息，實在該罰，就罰妳兩個月的月例。」

「謝娘娘。」

祁帝不贊同地道：「琴嬤嬤做得好，該當賞賜，妳主子罰妳月錢，朕賞妳黃金十兩。」

「謝陛下賞賜。」

「陛下……」皇后急急地要出聲阻止，被祁帝按住。他揮手讓眾人退下，將皇后扶著躺下。「嵐兒，可是因為常遠侯府的事？」

皇后眼裡泛起淚光，摸出那張方大儒寫的字條。「陛下，妾身初見趙夫人母女之時，心中起疑，便派芳姑姑去查探此事，這是芳姑姑傳回來的。依方大儒所言，母親根本就不曾與那馬官私奔，趙夫人是妾身嫡親的妹妹。妾身替母親難過，心痛難當，反倒驚擾了陛下，望陛下恕罪。」

祁帝接過紙條，細細展閱。

「此事朕已知，必會還妳母親公道。」

皇后掙扎著要起身謝恩，又被祁帝按住。「嵐兒，妳以後若有難處，盡可對朕講，朕必會為妳作主的。」

「陛下，妾身……多謝陛下。」

祁帝點點頭，替她掖好錦被，然後側身躺下。

寢殿內，夜明珠發出暖暖的柔光，靜得都能聽到雪落在屋頂的聲響。身邊的人漸漸睡去，發出均勻的呼吸聲，他眷戀地看著她睡著的模樣，沒有濃妝遮掩，露出她真實的嬌顏，脆弱又倔強。

良久，他似是輕嘆一聲，擁著她慢慢睡去。

閣老府中，胥家人也在低聲議論今日德昌宮中的事，胥夫人打趣自己的婆母。「當日韓王妃還和媳婦玩笑說，娘的眼光毒，能從那麼個偏遠小地，替川哥兒找到雉娘當孫媳。兒媳那時還以為她指的是雉娘的長相，現在想來，韓王妃怕是從雉娘的相貌上看出端倪，猜到內情。」

胥老夫人笑咪咪的。她倒是沒有想到這些，她看中雉娘，只是因為對方的心性，萬沒有料到竟還有這般的身世。不過對胥家來說，人品心性才是最重要的，家世不過是錦上添花。

胥良川靜靜地坐著，胥夫人朝自己的婆母遞個眼色。「川哥兒，你今日進宮，除了聽到這些，可還見過雉娘？」

「碰巧在御花園中遇上，隨意說了兩句。」

胥夫人見他還是如平常一般清冷，有些無奈。胥家的男人什麼都好，品行高潔，才情不凡，唯獨不解風情。只不過這不解風情也是好事，若是太解風情，常常來個紅袖添香什麼的，做妻子的又該醋勁大發。

胥夫人又朝老夫人擠眼睛，胥良川不動聲色地看在眼裡，起身告退。

他一走，隱約聽到自己的娘和祖母在商議婚期是定在年底還是春闈過後，一想到鮮活靈動的小姑娘，他的嘴角泛起笑意。

春闈過後，他怕是等不及。已經和小姑娘透過底，想在年前迎娶，那麼嬌嫩又堅韌的姑娘，就應該是他的妻。

他抬頭看著天上的皎月，彷彿慢慢變成她的樣子，似乎在朝他展顏一笑，他的心一悸，湧起陌生又歡愉的感覺。

段、趙兩家同樣有人無法入眠。

趙氏臉上歡喜，心裡卻是憂心重重，段大人則是喜不自勝。舅兄的妻子成為皇后的妹妹，於他而言是天大的好事。

而趙氏夫婦還在臥房中相顧無言。

相比趙氏的心情沈重，趙書才可說是喜出望外。本以為能娶個方大儒的庶女做填房，已是天大的榮耀，誰知鞏氏竟有可能是常遠侯府的嫡女，還是當今皇后的親妹妹。

「憐秀，妳為何不是很開心？」

「老爺，妾身一想到母親，就為她難過。若不是當年有人陷害，她堂堂的侯夫人怎麼會流落異鄉，抑鬱終身，最後客死他鄉，魂魄無依……」

鞏氏眼眶裡盈滿淚。

「妳不必難過，有陛下和娘娘作主，岳母很快就能沈冤得雪。」

「但願如此。倒是雉娘，讓妾身刮目相看，今日在皇后宮中，她將常遠侯質問得啞口無言，常遠侯才鬆口重查當年之事。」

趙書才眼底帶笑。他的小女兒看起來弱弱的，關鍵時刻從不怯場，白天都敢和梅郡主叫板，往日還真是小瞧了她。

夫妻倆又說了會兒話，便上榻就寢。

第二天，京中漫天飛雪。和飛雪一般傳遍京城的，還有常遠侯府的流言。常遠侯府的往事被人挖出來，都說原常遠侯夫人是被冤枉的，言語間暗指梅郡主陷害。

梅郡主聽到流言，氣得差點破口大罵，怒氣沖沖地闖進常遠侯的書房。「侯爺，那些胡言亂語，你可曾聽到？為何不派人去阻止，怎麼可以讓那些百姓隨意地議論我們侯府！」

常遠侯定定地看著她。「郡主為何生氣？陛下說過要親查此事，清者自清，若不是妳做的，自會有真相大白的一天。」

梅郡主被他看得心虛，眼光卻沒有避開，直直地迎上去，帶著倔強，看得常遠侯敗下陣來，嘆一口氣。

見常遠侯認輸，梅郡主更加理直氣壯。「當然不是我做的，我可是堂堂的郡主，怎麼會做出這般齷齪之事？侯爺可不能聽信傳言，壞了我們夫妻情分。」

「既然不是妳做的，又何必如此著急？好了，我有分寸，妳趕緊將晁哥兒和鳳來縣主的親事定下來，免得皇后娘娘又問起。」

梅郡主心不甘情不願地嗯了一聲，扭著身子出了書房。

冷著臉回了房，她將自己的心腹叫過來，沈聲問道：「當年那事處理乾淨了嗎？還有沒有留下什麼蛛絲馬跡？」

「沒有，郡主放心，就算是陛下親自查，也查不出什麼來。張馬官死在異鄉，誰能證明鞏氏沒有和他在一起？就算查出鞏氏沒有和他在一起，也不能說明兩人沒有私情。鞏氏已死，死無對證，再查也不會有什麼結果。」

梅郡主點頭。「好，妳下去吧。」

她的心放下。本來就是虛驚一場，若不是突然冒出個趙夫人，誰也不會翻出當年的事。

而祁帝派出的暗衛很快就查到，當年那馬官出京沒多久就死在路上，同行的並沒有鞏氏。且馬官雖是孤兒，一身養馬的本事是和老養馬人學的，那老養馬人曾是皇家馬場的馬官，老馬官有個同鄉，是慶王府馬場的下人。

京中這些七拐八彎的關係，哪能逃過皇家暗衛的眼？祁帝默不作聲地望著黑夜。雖無證據證明當年這事是梅郡主所為，可天下有幾個傻子？就憑這千絲萬縷的關係，他也可以肯定翟氏就是梅郡主陷害的，目的就是為了嫁進常遠侯府。

慶王是皇叔祖，梅郡主是他的愛女，這點面子不能不給。

祁帝思索半晌，派人將慶王請進宮。慶王平日愛逗鳥，是個閒散王爺，已多年不參與朝事，驚聞陛下有請，心裡不停猜測。

他年事已高，髮鬚都已花白，在皇室中是年紀最長的，也是最德高望重的。

連夜進宮的慶王摸不清陛下的意思，祁帝也不與他多言，直接將當年之事道來，又將姦夫馬官的身分說出，然後不再開口。

慶王也猜到陛下這是將問題丟給自己。這件事擺明就是自己女兒做的，可事過多年，女兒給常遠侯生兒育女，又是做祖母的人，很快孫子都要娶親了，總不能被休吧？

「陛下，是梅兒糊塗，當年老臣就勸過她，讓她重挑一個好男兒，誰知她就認了死理，老臣是如何都勸不住。好不容易她消停下來，又傳出常遠侯休妻這事，老臣想著這是天意，才同意她嫁過去，是老臣失察，請陛下責罰。」

「皇叔祖，朕請你來，就是和你商議此事。皇后由嫡變庶，朕為她不平，但郡主是你的愛女，也是朕的皇姑，皇家之女若是被休，整個祁氏都會淪為天下人的笑柄，朕也很為難。」

慶王顫巍巍地就要下跪，祁帝一把托著他。「皇叔祖，萬萬不可。」

「陛下，都是老臣的錯！皇后娘娘要怪，就怪臣教女無方，老臣甘願受罰。梅兒一生好強，已經是快要做曾祖母的人，望陛下給她留些體面。」

「朕也有此意，但朕與皇后是夫妻，她因為此事，由正經的嫡長女淪為庶出，朕也要給她一個交代。」

「老臣多謝陛下。縱使娘娘心有怨氣，也是應該的。老臣會勸梅兒對那聲氏的牌位執妾禮，風風光光地將聲氏的牌位迎進門，這樣可好？」

祁帝將他扶起。「皇叔祖，若能如此，再好不過，還是皇叔祖明白朕。」

慶王老淚縱橫，扶著祁帝的手。「陛下，您能對梅兒網開一面，老臣感激萬分，讓她受點委屈又算什麼？哪怕是彌補一二，老臣也會讓她去做。」

「好，皇叔祖，朕明白你的意思。皇后那邊，朕會替你們瞞著，正名當日，皇后定會去觀禮。該如何行事，你們心中有數就好。」

慶王又要跪下叩頭謝恩，祁帝又將他扶起，派人送出宮去。

祁帝目送慶王離開，然後慢慢地坐回龍椅，手撐著頭，閉目小憩。

殿外，一宮裝妙齡少女款款而來，她五官精緻，眼睛大大的，眉彎如柳，尖尖的下巴，帶著一絲病態的美。纖白的手托著盤子，盤子裡放著一只青花白玉瓷盅，上面的小孔冒出一絲熱氣。

守在殿外的小太監正要通傳，少女朝他搖頭，一隻手提著裙襬邁進殿中，祁帝聽到動靜，緩緩地睜開眼。

少女身子似有些弱，走得有些氣喘。「父皇，蓮兒給您送參湯來了。」她正是賢妃所出的永蓮公主，比太子晚一天出生，自小體弱。祁帝看著她放在桌上的湯盅，露出笑意。

「蓮兒，妳身子弱，何必如此勞累，宮中有御廚，不用妳親自熬湯。」

「父皇，女兒整日也沒什麼事，母妃也是這不讓做、那不讓做，可女兒惦記父皇的身子，這燉湯也不是什麼累活，女兒便是天天做著，也無妨的。」

祁帝笑意更深。身後的華公公抽出銀針，正要試湯，被他阻止，端起湯盅，慢慢地小口喝著。

「蓮兒，妳身子不好，早些回去歇息。」

永蓮公主面露躊躇，小聲問道：「父皇，兒臣聽說那胥家大公子的未婚妻是母后的外甥女，還長得很像母后，兒臣心中歡喜，很想與她結交。自皇姊出嫁後，宮中冷清，兒臣平日連個說話的人也沒有，可否請她進宮來說說話？」

祁帝放下湯盅，深思一會兒。「這又有何不可？妳與她年歲相仿，想來應該可以說到一處。」

「謝謝父皇，那女兒告辭，父皇忙吧。」

永蓮收好湯盅托盤，退出殿外。

第五十一章

此時，常遠侯接到陛下的傳召。

梅郡主小聲抱怨著，不知這麼晚，將侯爺召進宮中所為何事？

她心裡也在打鼓，一遍遍地告訴自己，當年的事不可能有人查到她頭上，死無對證又事過境遷，陛下再有通天的本事，也不可能找到確實的證據。

常遠侯讓隨從更衣，心裡也在猜測，不知陛下查出什麼。

外面的雪已經下得密起來，地上積了厚厚一層，靴子踩上去咯吱作響。他伸手接過下人遞上的韁繩，翻身上馬，一揮鞭子，馬兒便使勁跑起來，黑色的大氅被風吹起，冷得刺骨。

宮中依舊燈火通明，祁帝還坐在殿中，四周都是鎏金鏤空雕花火爐，裡面的銀絲炭燒得通紅，殿內本有地龍，上下一烘，暖如春夏。

常遠侯進來時，祁帝連頭都未抬，他請安後就被晾在一旁。

約一刻鐘後，祁帝才像是見到他一般。「平愛卿，你可知朕連夜召你所為何事？」

「微臣不知，還請陛下明示。」

祁帝將暗衛查到的卷宗一把丟在他腳下，他立即跪下，伏地撿起卷宗，一一看去。好半晌，震驚地抬頭。

「陛下，是微臣錯怪了她。」

祁帝冷冷地看著他。

「平愛卿，當年之事，鞏氏確實是被冤枉的。那馬官垂涎她的美色，想乘機去偷香，正好被你撞見，才有那場誤會。」

「多謝陛下替她洗刷冤屈，臣感激不盡，後悔萬分。」常遠侯許是早就料到這個結果，並不意外，隱約還有鬆口氣的感覺。

「你身為朝中重臣，當年奮勇殺敵，戰功赫赫，竟然看不出別人使的離間計，反而不信自己的髮妻，任由她背負污名，流落他鄉。這本是你的家事，朕原不該過問，可她既是皇后的親母，那朕倒是想替她問上一問，為今之計，真相大白，你該當如何？」

常遠侯跪伏在地上，連叩三個響頭。

「此事是微臣對不起她們母女，當年之事既是誤會，微臣必會為鞏氏正名，將其所出女兒全部記為嫡出。」

祁帝俯視著他，良久才道：「往事已矣，當務之急是為她正名，將皇后改為嫡出。還有那趙大人之妻的生辰年月都能對得上，她也是常遠侯府的嫡女，但朕聽她言下之意是要遵母命，不會改姓。她無論姓不姓平，是否願意認祖歸宗，她都是平家的嫡女，你們虧欠她的，也該補償。」

「臣遵旨。」

他又伏地叩頭。祁帝複雜地看著他，若不是他當年未據實相告，那麼皇后初進門就可為正妃，又何必屈於側妃，生出這麼多事端。

似是不願意再見他一般，祁帝有些不耐地揮手，常遠侯彎腰告退。一出殿，冷風撲面而來，他渾身打了一個寒顫，疾步出宮。

慶王先常遠侯一步到達侯府，看著吃驚的梅郡主，臉色越發無奈。他對這個女兒有些失望，當年放著那麼多世家子弟不嫁，偏偏看中莽夫一般的常遠侯，還為這個男人作孽，事到如今，他這張老臉算是在陛下面前給丟光了。

梅郡主見到自己的父親，很是震驚。如此夜晚，父王怎會不聲不響，也不派人通傳就出現在侯府。

「父王，您這麼晚怎麼會來侯府？」

慶王一言不發地進屋，讓下人們都出去。

「梅兒，陛下已知當年鞏氏的事情是妳做的，看在父王的面子上，他不會再追究此事，但妳必須馬上為鞏氏正名，將她的孩子改為嫡出。還有流落在外的那個女兒，也要認祖歸宗。」

「父王，不是女兒做的，是那鞏氏自甘下賤，與人私通，給侯爺抹黑！」梅郡主嚷起來，一臉委屈。

慶王搖頭嘆息。「妳有沒有做過，難道父王還看不出來嗎？還是妳懷疑陛下，要去宮中當面問個清楚？」

梅郡主陰著臉，慶王的背都駝了幾分，坐在椅子上，語重心長道：「妳向侯爺示個好，主動提認親，一來面子上也好看，二來皇后也會念妳的好。莫等人逼到頭上，那樣的話，落不得好，還反之成仇。」

「知道了，方才宮中來人，將侯爺召進宮，或許也為此事。等侯爺回來，我就去說。」

她說得心不甘情不願，但陛下已開口，無論是否有證據，她都不可能闖進宮中去和陛下對質。好在陛下也給慶王府面子，未將此事公開。

「正名認親當日，妳要對那翟氏的牌位行妾禮，方能顯出誠心。」

「什麼?!」梅郡主大叫出聲，讓她對那賤人行妾禮，豈不是侮辱她？「不行！我堂堂郡主，怎能對她行妾禮？」

慶王氣得鬍鬚一抖一抖的，對她疾言厲色。「妳不行也得行！論名分，她在先，妳在後，自古以來，繼室填房要對原配行妾禮，便是天家公主也一樣，到妳這裡就不行？妳可別忘了，若不是陛下顧及皇家顏面，妳以為妳還能當這侯夫人？」

她臉上青白交加，怒火中燒，咬牙應承下來。

慶王失望地看著她，嘆口氣，背著手，弓著身子離開。雪花落在他的肩上，他的背更駝了。

他一走，梅郡主發狠般地將桌上的東西全部掃開。那賤人怎麼陰魂不散，死都死了，還生出個女兒，若不是這個女兒讓皇后起疑，又怎會驚動陛下，翻出當年的事。

她敢肯定當年的事情做得滴水不漏，陛下是找不到確鑿證據的，可他是天子，他說是她做的，不是也得是，這口氣她無論如何也要吞下去，還不能有半點埋怨。

左思右想，她忍著怒火走出屋子，在院子裡走來走去。也不知陛下召侯爺去是不是為了這事，怎麼如此久還不回來？

亥時一過，常遠侯步履沈重地邁進家門，梅郡主立即迎上去。

「侯爺，不知陛下找你，是不是為了鞏姊姊的事？其實我這幾天也在想此事，思來想去，或許當初鞏姊姊是有什麼苦衷，如今年月已久，看在皇后的面子上，我們也不能讓她再蒙受污名，不如為她正名，讓趙夫人也認祖歸宗。」

常遠侯神色落寞，滿臉倦意，聞言點點頭。「就依妳。」

「是，那我明日就著手去辦。」

常遠侯推開她的手，往自己的書房走去，留下她愣在當場，手還停在半空中，幸好無人看見。她恨恨地將手縮回，慢慢地捏成拳，指甲陷入肉中，掐出深深的印痕。

雪還在下著，她只覺得身冷心更冷。

很快，常遠侯府的事又傳出去，侯府夫人冤情得雪。那可是京中的頭等大事，大小世家都聽到消息，打聽著那渡古縣來的趙夫人是何方神聖，竟一舉成為侯府嫡女。又感嘆那姓趙的好福氣，不過是個從八品小官，竟能娶到常遠侯府的嫡女為妻，聽說這嫡女還曾是妾室，簡直是祖墳冒了青煙，才能撞到如此大運。

方家人也聽到這些消息，方家那位嫁到京中的嫡女明顯被驚到，對著自己的大嫂二嫂，幾人面面相覷，臉色頗為難看。

方家兩位夫人、小姐與鞏氏一路從渡古同行到京中，原以為鞏氏不過是方家的庶出女兒，幾人並未放在心上。來到京中已有一段時日，也沒有邀請鞏氏母女上門作客。現在傳出鞏氏原是侯府嫡女，皇后親妹，她們都有些悔意，不該賭那口氣，得知趙家和胥家結親時就該上門道賀。

也是方大夫人心裡不美，她一心想讓自己的女兒嫁進胥家，要不然也不會慫恿弟妹一起來京中，哪知道親事被趙家得去，鞏氏又是趙三小姐的親娘。她原本就看不上鞏氏由妾變妻，也是她攔著小姑子不去趙家賀喜的，想由此拿捏鞏氏母女，迫使她們低頭。

哪知事情出人意料，如今鞏氏根本就不是她們方家的庶女，而是常遠侯府的嫡女，這下倒弄得她們尷尬不已，又嫉又恨。

鞏氏從未想過和方家眾人扯上關係，她心知自己不是方家女，不過是先生憐憫她，才對外稱她是方家人。進京後，她也不敢輕易去打攪方家人，就怕惹來她們不喜。

她坐在屋內，神色哀傷。雉娘輕輕地進來，坐在她對面。「娘，那侯府派人通知我們明日要來迎外祖母的牌位。」

鞏氏一早得到皇后的傳信時，便派人給母親訂做了牌位。母親在世時，身分不明，又被誤認為方先生的外室，死後自然是葬在臨洲城外的無名山頭。

她離開臨洲後又淪為妾室，哪敢給母親供奉牌位，連她的墳塋都未再回去看一眼。好在皇后告訴她，已派人去臨洲給母親遷墳，將屍骨迎回京城，到時候葬在平家墓園。也不知母親願不願意回到平家……她看著取回來的黑漆檀木靈牌，不禁潸然淚下。

雉娘給牌位上了一炷香，又跪下連叩三個響頭。

鞏氏已經泣不成聲，雉娘扶著母親，輕聲地問：「明日就要為外祖母正名，娘，您會認侯府嗎？」

「雉娘，娘也不知道，可我記得方先生說過，母親的遺命就是讓我姓鞏。我姓鞏，和平家又有什麼關係？」

趙書才在外面聽到這句話，急了。「夫人，妳可別使性子，這認祖歸宗是人之常倫，哪能從母姓？那時候岳母蒙受冤情，只能讓妳姓鞏，現在真相大白，妳是侯府嫡女，理應改姓平。」

雉娘抿著唇。「娘，您若姓平，就要認仇人為母，外祖母可能就是防著這一天，才讓您姓鞏。」

「妳小孩子家的，懂什麼，出去，我和妳娘談談。」

趙書才將雉娘趕出門，苦口婆心地勸起鞏氏來。

雉娘走出門，望著天上的雲。雪已停，雲破日出，金色的陽光灑下來，帶著微微暖意，院子中的那棵槐樹上早就掛滿雪團，隨著冰雪融化，一團一團地漱漱往下掉。

屋內，鞏氏執意地反覆強調母親的遺命，趙書才一臉焦急。往日溫柔似水的女人，怎麼倔起來如此難勸？那平家是侯府，岳母已經正名，她為何不認平家？

「憐秀，當年的事情已經過去，妳為何要揪著不放？」

鞏氏堅定地看著他。「那老爺會原諒董氏嗎？」

趙書才驚得退後一步，目光躲閃。不會，就算董氏已經為他生兒育女，他依然不會原諒她，至死都不會。

「我明白了，妳自己看著辦吧。」

雉娘在外面待了半天，又返身推門。夫妻倆看著她。「爹、娘，女兒突然想起一事，既然侯府要認娘，娘為何不問下皇后娘娘的意思？」

鞏氏一聽，頗有道理，立即派人往宮中送信。

她現在是皇后娘娘的親妹妹，接到信的太監一刻都不耽擱地稟報皇后。

皇后一猜便知是為侯府認親一事。看完信後，她對琴嬤嬤道：「妳派人去趙家走一趟，就說母命不可違。另去本宮的私庫挑上幾套寶石和珍珠頭面，還有今年進貢的布料，再選些補品等物，帶去趙家。」

琴嬤嬤即刻去辦，一路派人送到趙家。

鞏氏得到皇后的準信，眉頭舒展，對趙書才道：「娘娘說得沒錯，母親遺命不可違。」

趙書才撫著短鬚，皺眉深思。

皇后讓人送的頭面和布料自然不是凡品，鞏氏琢磨著，正好給雉娘當嫁妝。她讓蘭婆子將東西仔細地記錄在冊，然後放入庫房。

常遠侯府認親當日，皇后一早就來到趙宅，窄小的周家巷早就被御衛軍們圍得水洩不通，街坊們不敢開門，又想一睹皇后的鳳顏，在屋內百般抓耳撓腮，從門縫往外瞄。

趙家眾人跪了一地，恭迎皇后駕臨，皇后平淡地讓他們起身。

趙書才緊張得同手同腳，不知該如何是好。他生平見過最大的官就是知府和自己的妹夫，雖說與常遠侯府是姻親，可常遠侯從未登過趙家的門，他也不好腆著臉上侯府的門。雖然知道自己的妻子和皇后是親姊妹，可聽說歸聽說，真見到皇后本人，他還是嚇得大氣都不敢出。

皇后淡淡地看著他。長相普通，若不是穿得不錯，看著就像個村夫，這樣的人竟然能娶到自己的親妹妹，且妹妹以前還是他的妾室。如果沒有多年前的事情，妹妹也是千嬌萬寵的侯府小姐，哪是這般村夫所能妄想的……

她神色冷然，鳳冠后袍，深紫色襯得越發高貴冷豔，在鞏氏陪同下給母親上了一炷香。

「不孝女嵐秀給母親請罪。若不是老天開眼，讓女兒遇見妹妹，恐怕女兒至死都不知母親是誰，也不知母親的冤屈。今日母親沈冤得雪，女兒願母親在九泉之下安息。」

說到後面，她的語氣有些哽咽，眼眶含淚，臉上未施濃妝，但多年的氣勢給原本嬌美的臉增添霸氣，長得與鞏氏母女相似，氣質卻截然不同。

鞏氏在後面已經淚流滿面。皇后深深地彎腰鞠躬，然後雙手將牌位取下，抱在懷中，肅穆地走出去。

鞏氏和雉娘跟在後面，趙氏領著鳳娘、燕娘想跟上前。琴嬤嬤將趙書才、趙氏、鳳娘等人擋住。

「段夫人，縣主，皇后有令，此是平家的家事，你們請留步吧。」

趙氏連忙低頭退後幾步，燕娘在背後不滿地撇嘴，被鳳娘狠狠地瞪一眼。

皇后抱著母親的牌位站在趙宅正中央，外面，常遠侯府的人也已到達，梅郡主帶著兒子、媳婦、孫子、孫女恭候著。

聽到太監的傳喚，梅郡主才敢踏進趙家的大門。一進大門，就見皇后莊嚴地站在院子裡，手中捧著其母親的牌位。

梅郡主不敢著紅衣，只穿深朱色的雙繡錦襖，連斗篷也未穿，低頭邁著小步走進來，屈身行禮。

「妾祁氏梅娘特來迎夫人歸家。」

皇后冷著臉，靜靜地看著她，慢慢帶頭走出去，坐上鳳輦，儀仗開道，氣勢磅礴地朝常遠侯府前行。

鞏氏和雉娘乘坐後面的轎子，梅郡主等人跟在後面。

等到了侯府後，梅郡主立在門口迎接，又行妾禮，看著低眉順目，腰也略彎著。皇后一言不發，抱著母親的牌位進門，常遠侯走在前面將她引去祠堂，她鄭重地將母親的牌位擺放在架上。

梅郡主又在牌位前上香行妾禮，她內心十分屈辱，自己可是堂堂的郡主，對著一個秀才家的女兒行妾禮，是何等羞恥！

皇后就靜靜地看著，神色肅然。整個祠堂裡鴉雀無聲，所有人都屏聲息氣。

她的身後是鞏氏和雉娘。鞏氏面露悲切，憶起終日寡歡的母親，還有母女倆相依為命的那些年，默默無聲地流淚。

原侯夫人是嫡母，陛下已恢復她一品誥命的身分，梅郡主所出的世子和孫子、孫女都要來上香行禮。世子和世子夫人先上香，然後輪到平晁和平湘，兩人年紀輕，臉上略顯出抗拒的神色。

皇后冷著臉，就那樣平靜地看著。

第五十二章

禮成後，皇后率先走出祠堂。常遠侯望著鞏氏和雉娘，在她們的臉上停留許久，面露傷感。

他身材高大，因為多年習武，身子比常人都要結實，看起來英武不凡，卻又比一般武人多一分儒雅之氣，看不出是山民出身。雉娘在宮中見過他，卻並未細看，今日一見不由暗道，怪不得當年身分尊貴的梅郡主會對他一見鍾情。

常遠侯目光帶著期盼，鞏氏向他行禮。「見過侯爺。」

「妳……不想認為父嗎？」

鞏氏臉上淚痕才乾，低著頭。「望侯爺見諒，母命不可違。」

常遠侯臉有痛色，沈聲道：「罷了，但妳要記住，妳是侯府嫡女，若有難處，定要告訴為父，為父會幫妳的。」

「不必了，父親，以後憐秀若是有事，本宮會處理的。」

皇后淡淡地出聲，常遠侯看大女兒一眼，痛苦難當。

梅郡主今日跌了面子，本就臉色難看，聞言更加不忿。世子夫人對自己的女兒使眼色，平湘向皇后行禮。「姑姑，今日您便留在府中用膳吧，祖母知道您要來，特意讓廚房早早做了準備。」

皇后對她一笑。「也好，無論是出嫁前還是出嫁後，本宮都極少與侯爺、郡主同食，今日倒是沾光。憐秀，妳和雉娘也一起來吧。」

鞏氏自然遵從，皇后坐在首位，常遠侯和梅郡主次之，然後便是鞏氏和世子、世子夫人，接下來就是平氏兄妹和雉娘。

侯府的廚子手藝極好，菜色精緻，道道讓人垂涎欲滴。皇后似是充滿悵然。「當年，本宮在閨中時，從未見過這般菜色，不知府中何時換了廚子？」

梅郡主笑得有些不自在。這廚子是她出嫁時帶進來的，一直就在。

常遠侯面有愧色。「娘娘，當年都是臣的疏忽，您千萬莫要再放在心上。」

「本宮何曾放在心上？不過是今日有感而發。」

世子夫人打著圓場。「娘娘，您今日能留下來用膳，滿府的人都十分高興，也算是咱們平家的團圓飯。」

皇后朝她淡淡一笑。「世子夫人說得有些不對，本宮母親已逝，再說寶珠妹妹也不在這裡，何來團圓？」

提到平寶珠，梅郡主的臉色就不好看起來。皇后娘娘分明是懷恨在心，不然哪會任由翟家待在那窮鄉僻壤？她吹個枕頭風，陛下就會讓翟家人回京，寶珠也不會離家這麼遠，幾年都見不到一次。

「娘娘，您心裡有寶珠，臣婦欣慰不已。妳們姊妹自小要好，寶珠遠在千里之外，長年難見一回，要不您讓寶珠進京，妳們姊妹也能時常見面。」

「郡主，出嫁從夫，本宮也不能插手翟家的家務事，此事莫要再提。」

梅郡主陰著臉低下頭，用帕子抹了下眼淚。常遠侯瞪一眼。「哭什麼，大好的日子，就不能好好吃頓飯。」

他發了話，平家其他人都不再說話。皇后平靜地望著這家人，對雉娘露出淺笑。

這一頓飯，眾人都吃得沒滋沒味的，飯吃完了，皇后就擺駕回宮。

平湘拉著雉娘，表姊長表姊短的，雉娘連聲道不敢當。「平小姐以後要入主東宮，雉娘不敢當小姐這聲表姊，還請小姐喚我趙三或是雉娘。」

鞏氏立在一旁。梅郡主被方才的事堵得心悶，皇后一走，便叫著不舒服去歇息了，由世子夫人陪客。

雉娘掙開平湘的手，走到鞏氏身邊。

外面，琴嬤嬤折回，世子夫人連忙迎上去。「嬤嬤，可是娘娘忘記什麼東西，還是有其他吩咐？」

「回世子夫人的話，娘娘命奴婢來送趙夫人和趙小姐回家。」

鞏氏鬆了一口氣，帶著雉娘坐上馬車。

「娘，您也不喜歡侯府嗎？」

鞏氏點點頭。「那裡不是我的家，我自然不喜歡。」

馬車一路疾行，到達趙家後，琴嬤嬤才告辭離開。

雉娘帶著烏朵一回到屋子，青杏就迎上來，小聲道：「三小姐，大公子有請。」

她蹙眉。大公子最近事真多，他難道不忙著備考，三月就要下場，他一點都不緊張嗎？老是來找她做什麼？

青杏對她擠眼睛，望著屏風後面，她恍然大悟。青杏招呼烏朵出去，將門帶上。屏風後面，緩緩走出一個人影，正是胥良川。

他還是一身素淨的青衣，外面罩著深藍大氅。趙家沒有地龍，雉娘的屋裡只燒著兩個銅爐子，比外面暖和一些，卻也沒有暖和太多。

雉娘目瞪口呆地望著他。光天化日之下，他就這樣大搖大擺地出現在她的房間，難道她趙家的門檻對他來說都是擺設嗎？

不過，想到青杏，她就明白關鍵所在。

他解下大氅，掛在手上，用眼神示意她。

她低著頭走過去，乖巧地將他的大氅掛起，然後坐在桌子旁邊，他坐在她對面。想起宮中他說過的話，她有些不解地問道：「大公子，你當日在宮中叮囑我的話，我一直都想不透，為何要提醒皇后，我二姊長得像她的生母？」

胥良川望著她。他心裡也想不通，按他自己的推測，皇后前世以為趙燕娘才是親女，他初始也是這般認為。可當他發現雉娘像皇后，又覺得雉娘許是皇后的親女，於是早就送信給閬山的心腹，讓他們去渡古提前準備，萬一有人打探趙家，一定要細述董氏的為人，還要強調董氏養的女兒，與她品行相貌一模一樣。

事實證明，他的推斷是對的，皇后果真派人去渡古打探。

但趙鳳娘不是皇后的親女，趙燕娘看來也不是。他本以為雉娘才是，可見過雉娘的生母後，他又不確定起來。

究竟何人是皇后的女兒，或許只有段夫人清楚。以前世皇后的手段來看，段家和趙家很快就要遭禍。

今生，突然冒出雉娘母女，趙家應該會逃過一劫，但段家就不好說。前世趙燕娘先是嫁給段家，段家出事後，再由皇后作主嫁進胥家。想來不用多久，段家就會和趙家結親。

他垂下眼眸。「此事容後再說，妳只要記得按我吩咐的去做，若是皇后沒有問起，妳也要乘機不經意地提到。」

「好。」雉娘點頭。

兩人沈默，屋內很安靜。

雉娘想，事情都交代好了，大公子為何還坐著不動，沒有離去的意思，是不是還有什麼話要說？

「大公子，可是還有其他吩咐？」

他直視著她，似是不經意地問道：「妳認識文沐松嗎？近日他也到京城了，看來也是為明年的春闈備考。」

文沐松？雉娘聽著耳熟，半天才想起，不是當初在渡古時父親的師爺嗎？大公子提他做什麼？

「記得，父親曾經誇過他十分有才氣，想來也要在春闈中一搏，若能高中，也是好事。」

「滄北文家也是書香世家，百年前，曾出過詩詞大家，近些年倒是沒有什麼特別出眾的子弟。這位文沐松能在渡古當了幾年師爺，應當是頗有成算，此次下場，應該有所斬獲。妳對他印象如何？」

雉娘搖頭。她對文師爺的印象僅限於成熟穩重，說句心裡話，若不是大公子有言在先，以當時她的條件，還真有可能答應文師爺的求娶。

大公子問到文師爺，她有些心虛起來。「沒見過幾次，印象中他是個很沈穩的人，我父親也一直對他讚賞有加。」

「趙大人確實對他頗為欣賞。」

若不是欣賞，也不會起意將女兒許配給一個三十好幾的半老頭子。

胥良川冷眉冷眼的，一想到有人覬覦自己的未婚妻，就滿心不快。他望著花朵般稚嫩的姑娘，心裡有些不是滋味。據青杏探來的消息，當時這姑娘用來拒絕文沐松的理由就是對方太老；要真是讓她知道自己是個死過一回的人，會不會也要拒婚？

他試探著開口。「文沐松正值壯年，頗通人情世故，若真是高中，將來前途無量。」

雉娘被他的話說得有些莫名其妙，今日怎麼一直提起文師爺？而且文師爺已經三十好幾近四十的人，在這個時代應該可以稱為半個老人，哪裡還談得上正值壯年？

「他年紀有些大吧，和你們這些青年才俊一起下場，那是不能比的，首先就輸在年紀。就算同朝為官，他的仕途要短十幾年，為官的時日不及你們，正值巔峰之時就要告老，怎麼也不會比你們走得更遠。」

果然，她嫌文沐松老……若是知道自己更老，她會不會看都不看一眼。他覺得自己的心跌到谷底，從未因為一個人的看法而受到影響，這感覺是如此陌生，如此無力。

胥良川沈默不語，定定地望著她。

雉娘納悶。大公子今日怪怪的，不僅表情怪，說話也怪，雖說和平日一樣清冷，可她就是覺得怪。

她剛才是在誇他，他為何還不高興？是不是她的馬屁拍得太露骨，大公子覺得她有辱斯文？可他有恩於她，本想著討好一下，卻適得其反。看來大公子不愛這些個虛頭巴腦的，以後她還是認真做事，少說多做吧。

她不由得低頭細思，就見桌上放著幾本書，看書名就是遊記之類的。

不記得自己有這樣的書，這書是誰放進來的？她隨意翻著，嘴裡小聲嘀咕。「這些書是哪裡來的？」

「聽說妳喜歡看這些書，這幾本妳先看著，若是還要，儘管讓青杏找許敢。」

男子清冷的聲音似不帶任何情緒，可雉娘聽著還是覺得有些怪異，連忙道謝。「那就謝謝大公子。」

「我們之間，需要這般客氣嗎？」

他的聲音終於夾雜些許怒氣。她不解，奇怪地望著他。「大公子，可是最近心情不太好？」

「如何見得？」

雉娘遲疑道：「我看大公子的臉色不太好，所以……」

他的神色緩和一些。這小姑娘還算有些良心，還能看出他心情不太好，可是她知不知道自己為何心緒不佳？

小姑娘清泉般的眸子，如琉璃珠子一般璀璨潤澤，帶著一絲探尋，那麼不避諱地望著他，他的心裡又是一悸，修長的手指慢慢攥成拳，縮在袖子中。

雉娘看著他起身。「大公子，可是要離開？」

「嗯。」

她將他的大氅取下，遞到他手中。他俯視著她，往前走一步，與她近在咫尺，近到她仰頭都能看到他的喉結。

他的內心如萬馬奔騰一般，又似驚濤駭浪撲打著，讓他有種想不顧一切的衝動，卻終是什麼也沒有做，披上大氅後，打開門，便邁步出去。

青杏和許敢自然已經打點好一切，從她的房間到後門，路上空無一人。許敢打開後門，他便消失在風雪中。

雉娘收回目光，慢慢地走進房間，心裡細思著大公子今日的話，越想越覺得奇怪。

大公子先是提到文師爺，而且說得還挺多。但文師爺對他來說，有什麼好忌憚的？她的目光瞄到桌上的書，猛然心跳漏了一拍。

在渡古時，文師爺曾經借父親之手，送過幾本遊記給自己，後來拒親後，她就將遊記轉送回去。

大公子又是提到文師爺，又是送遊記，是否在敲打她？

她和他之間不過是作戲，即便是這樣，他也不允許自己有不妥的行為。這男人怎麼這般古板？

自己和文師爺的事情，除了貼身之人，別人不可能知道。

她的目光冷下來，看著青杏和烏朵，冷聲道：「妳們過來，我有話要問妳們。」

烏朵和青杏方才臉上還帶著笑，見小姐臉色嚴肅，齊齊斂起笑意，乖乖地進屋，將門關上。

雉娘坐在桌子旁邊，看著上面的幾本書。「青杏，妳是誰的丫頭？若大公子只是讓妳來當個傳話人，我就什麼都不說，等以後找機會再將妳還給胥家。」

青杏撲通一聲跪下來。「三小姐，您不要趕走奴婢！大公子說過，奴婢以後就是小姐的人。」

「好，既然大公子這般說過，那妳就是我的人。我問妳，妳既然是我的丫頭，怎能將我的事情全都告訴大公子？大公子是妳的舊主，妳為了舊主出賣新主，豈是忠僕所為？」

青杏茫然。她沒有賣主啊！目光落到小姐手中的書上，難道小姐是為了這件事？小姐就要和大公子成為夫妻，大公子問起小姐有何愛好，她想起烏朵說的，才會提起小姐愛看遊記雜書，怎麼這也是賣主？

雉娘嚴肅地道：「我的事情，若是想讓大公子知道會自己說，不用妳們擅自作主。不經過我的允許，就將私事告訴別人，即使那人是大公子，於我來說，妳也是背主。」

她和大公子又不是真正要做夫妻，還是保持距離的好。

青杏雖不解，卻是重重地叩頭應下。

雉娘又轉向烏朵。「妳我主僕，我將妳視為心腹，妳更不該將我的事情透露給別人，妳可知錯？」

烏朵也跪下來，連聲道錯。她也是和青杏閒聊時，說起文師爺求娶之事，還提到文師爺送書給小姐。是她的錯，她大意了，以為她們苦盡甘來而放鬆警戒。

「好，妳既然已經知錯，但錯已造成，不能不罰，就罰妳兩個月的月錢，也好長長記性。」

「是，奴婢遵命。」

烏朵鬆口氣，只要小姐不趕她走，哪樣都成。

雉娘冷著臉，讓她們去外間，自己待在寢房內，覺得心裡有些無名之火，似還未發完。她還想成為大公子的左膀右臂，留下不好的印象，以後大公子還怎麼信任她？

她將幾本遊記隨意地翻著，突然定住，猛然間想到一個可能。一個男人因為另一個男人而責問女子，怎麼想都覺得事關男女私情……大公子會不會是在吃醋？

想到他清冷的臉，又搖搖頭，不像。她暗罵自己想太多。

不期然地又想到他以前說過的話，他說，要她以身相許。以身相許？

她細細地放在心裡琢磨這四個字，慢慢地紅了臉。他不會是來真的，要和她做真正的夫妻吧？

不會，他那般清冷，應該不會存其他心思，不會如自己所想的一般。

可是為何她心跳得如此快，竟然隱隱帶著甜蜜的期盼？

第五十三章

常遠侯府內，梅郡主正冷著臉坐在常遠侯的下首，懷疑自己的耳朵聽錯。「侯爺，你說什麼？她既然不認侯府，侯府憑什麼還要替她補嫁妝？」

「就憑她是侯府的嫡女，無論姓不姓平，都是我的親生女兒。哪有人嫁女不出嫁妝的，讓妳補妳就補。」

梅郡主氣得臉色鐵青，今日受了羞辱，她還以為侯爺要安慰她的，沒想到卻是要為鞏憐秀補嫁妝。

侯府馬上就要娶孫媳、嫁孫女，而且孫女還是嫁給太子，這嫁妝肯定要多，要多到成為天下頭一份，在這節骨眼上，侯爺居然還要給別人補嫁妝？

「不行，湘兒的嫁妝，我東湊西湊都覺得不夠，侯府哪裡還有其他東西去貼補外人？」

「用我的私庫。」

那更不行，梅郡主急了。她早就打他私庫的主意，還想著趁孫子孫女的親事將他的私庫占過來，哪能便宜鞏憐秀？

「侯爺，你想想看，晁兒馬上要娶妻，湘兒可是嫁給太子，這嫁妝我還覺得不夠，正想找你挪些。你若是補給憐秀，那湘兒出嫁時嫁妝寒酸，天下人都會恥笑咱們侯府，不如先緊著湘兒，等以後攢下再補給憐秀吧。」

常遠侯深思半晌，終是點頭。

梅郡主這才鬆口氣，一出書房，就見大門口的守衛來報，宮中皇后懿旨到。她心裡咯噔一下，暗道皇后這麼晚才下旨意，必定沒有什麼好事。

果不其然，皇后是為平晁和鳳娘的婚事而下的旨，讓他們於臘月初十成婚。

也就不到一個月的時日，這般趕，是怕那鄉下野丫頭嫁不出去吧！梅郡主心中有氣，但是想到晁哥兒不成親，湘兒就進不了東宮，生生地將這口氣忍下。

趙家那邊也得到消息，翌日一早，趙鳳娘就來到趙宅，與鞏氏商議，嫁妝什麼的就不用他們出，她自己有食邑，加上這麼多年宮中的賞賜，足夠備好嫁妝。

鞏氏面有愧色。「哪有人家嫁女，父母不出力的？也就是妳心善，體恤兄長妹妹。不瞞妳說，家裡確實沒有多少銀錢，一家人不說兩家話，母親就不與妳客氣，替妳妹妹們謝謝妳。」

「母親，家中情況我是清楚的，妹妹們出嫁，我也會出一分力。鳳來縣每年都有產出，我不缺吃穿，能幫襯一點是一點。」

「妳有心了。」

「母親不用和我客氣，明日我要進宮謝恩，燕娘也會同去，要不讓雉娘也去吧，娘娘應該想見到三妹。」

鞏氏有些遲疑。「這不好吧？」

「母親，沒有什麼不好的，是姑姑讓我帶上燕娘的。帶一個是帶，兩個也是帶，不如就讓雉娘同去吧。」

鞏氏想了半天，終是同意。

趙氏姊妹三人進宮時，正巧遇到久未進宮的永安公主。永安公主坐在軟輦上，含笑地望著她們，眼神就沒有離開過雉娘的臉。

趙鳳娘帶頭行禮，燕娘和雉娘也跟著行禮。

「鳳娘，本宮許久未見妳，還未向妳道一聲恭喜。」

「多謝公主。鳳娘也久未見到公主，公主氣色比以前更好，不知最近可是有什麼喜事？」

永安公主笑意到達眼底，伸手不自覺地撫著腹部。「就妳眼光毒。」

「恭喜公主，賀喜公主。」

「免禮吧，想必這位就是雉娘吧？」永安看著雉娘。「妳可是本宮正經的表妹，正好本宮也要去母后的宮中，妳們跟著一起來吧。」

雉娘朝她再行禮，嘴裡從善如流地叫著表姊。

趙燕娘也跟著開口。「公主表姊，那臣女就恭敬不如從命。」

永安嘲諷地睨她一眼。

「本宮是雉娘的表姊，可不是妳的表姊，還望妳有自知之明。」

說完，她轉過頭，身邊的嬤嬤有眼色地讓太監們起輦。軟輦行在前面，姊妹三人跟在後面。燕娘撇了下嘴，目光火熱地望著前呼後擁的永安公主。永安公主長相平庸，若不是有尊貴的出身，哪能嫁給文武雙全的駙馬爺。

到達德昌宮後，琴嬤嬤早就在宮門候著，一見到永安公主的軟輦，立即上前相扶。「公主殿下，娘娘可是千盼萬盼，總算將殿下盼來了。您仔細些腳下的路，讓奴婢扶著您吧。」

永安公主笑了笑。「勞母后牽掛，永安也思之甚切。前段日子就想進宮，是駙馬百般攔著，現在身子穩了些，才得以進宮。」

「駙馬做得沒錯，奴婢說句逾越的話，像駙馬這般心細的男子可不多。」

永安公主臉上的幸福都快溢出來，笑得甜蜜。

琴嬤嬤這才看到趙氏三姊妹。「縣主和兩位趙小姐也來了，皇后必然歡喜。」

一行人進去，皇后親自上前，打量著永安，嘴裡不停說好。又看到趙氏三姊妹，笑著點頭，分別讓人賜了座。

「母后，兒臣早就想進宮陪母后，怎知……也是駙馬太過小心，兒臣倒是覺得他太謹慎，非要讓兒臣坐穩胎才放行。」

「駙馬用心良苦，妳就別抱怨了，母后還得好好誇誇他。」

「母后就向著他，兒臣心裡酸酸的。」

永安公主假意生氣，皇后笑起來。「都要當娘的人，還耍小孩子脾氣，也就駙馬遷就妳，才將妳慣成這樣。」

琴嬤嬤都忍不住捂嘴笑，永安滿臉嬌羞。

皇后這才看向趙氏姊妹，趙鳳娘起身再行謝恩禮。「臣女是謝娘娘恩典。」

「妳這孩子有心，本宮心裡高興。來，雉娘，坐近一些，讓姨母好好看看。」

永安笑道：「母后，這雉娘表妹乍一看確實和母后有幾分相似之處，真真是個美人兒。聽說許給胥閣老的公子，也是個有福氣的。」

「可不是，本宮初見她時就覺得面善，想不到還真有緣，竟是親外甥女。說起來，本宮記得胥家是有祖訓的，男子年滿二十五方可成親，琴姑姑，本宮沒有記錯吧？」

琴嬤嬤略彎腰，小聲回道：「娘娘記得沒錯。奴婢還記得，前次胥夫人進宮時還提過，胥大公子年前就滿二十五。」

皇后點點頭，望著雉娘。「良川年紀不小，胥夫人都等得心急了，索性本宮就再做一回好事，讓他們年前完婚吧，緊著良川的生辰，趕快將雉娘娶進門。」

雉娘害羞地低下頭。趙燕娘可不幹了，一個兩個的都賜婚，那她呢？

「娘娘，您真是心善，燕娘替妹妹謝過您的大恩。」

皇后將視線轉到她身上，又看永安一眼，垂下眸子。「倒是將妳忘了，妳也是個好孩子。」

「謝娘娘誇獎，以前就有算命的給臣女瞧過，說臣女是大富大貴的命。可依臣女看來，算命的可能是胡說，臣女不及大姊和三妹，哪裡就是富貴命？」

永安嘴角微斜。這趙家二小姐是哪裡冒出來的棒槌，哪有人這般說話的？可讓她詫異的是，母后並未生氣，反倒是順著話道：「算命的看人應該不會錯，妳的富貴在後頭呢。」

趙燕娘歡喜萬分。「謝娘娘吉言。」

「說起來，鳳娘和雉娘都要成親，倒是妳夾在中間，還沒著落，不知妳中意哪樣的兒郎？」

趙燕娘喜得臉抽了一下。「回娘娘，臣女覺得天下的男兒，非太子和胥大公子莫屬。太子身分貴重，天姿不凡，大公子也是人中龍鳳，清俊有才。」

永安譏笑一下，似笑非笑地看著她。

皇后的眼神淡下來，輕抿一口茶，塗著蔻丹的手指輕輕地摩挲杯子。「太子和大公子雖好，卻都是已訂親之人。再說這天下的好男兒，除了他們還多的是。」

「臣女就是覺得他們好，大公子儀表堂堂，真是可惜……」

皇后將杯子遞給後面的琴嬤嬤，淡淡道：「閨閣女子，莫輕易議論男子，否則讓人覺得輕浮。太子也好，胥大公子也罷，以後莫要再掛在嘴邊。」

「是娘娘讓臣女說的。」趙燕娘嘟囔著。

永安公主譏笑更深，卻驚訝於母后的態度，眼神黯了一下。

雉娘一直低著頭。這趙燕娘真當她是死人，不停將她的未婚夫掛在嘴上，人人都能聽出言之下意。

永安對趙鳳娘道：「鳳娘，這位是妳的同胎妹妹，可真是半點也不像。」

鳳娘還未回話，趙燕娘就搶著道：「公主有所不知，臣女不僅和鳳娘不像，和父親母親也不像。說句不怕公主笑話的，臣女不止一次想過，自己究竟是不是趙家親生的，為何半點也不像趙家人？」

永安看鳳娘一眼，笑了一下。「確實和鳳娘沒有一點相似之處。」

雉娘覺得趙燕娘這話說得有些奇怪，眉頭略蹙一下，想起大公子的吩咐，抬起頭來。「二姊，妳這話說得不妥，先母親雖然……可她畢竟是妳生母，生前最疼愛妳，妳長得和她最相似，就算再討厭她，怎能說自己不是趙家女？」

「沒錯，雉娘說得對。燕娘，我雖記不得生母的長相，但也聽別人說過，妳和她長得像，她是有錯，可她生前最疼愛妳，誰都可以忘記她，唯獨妳不可以。」

趙鳳娘的話說得語重心長。趙燕娘咬著唇，恨聲道：「她是妳的生母，可不是我的，我哪裡和她長得像？妳可別胡說。」

皇后垂著眸子，呼出一口重氣。

柳葉究竟有沒有說實話？她的內心不停翻滾著，目光幽遠地看著下面的四女。永安、鳳娘、燕娘、雉娘，除了永安，其餘三人有沒有一人是那孩子？究竟是誰？唯有董氏清楚。若鳳娘、燕娘都不是，雉娘是憐秀親生，那麼那孩子是不是已經不在人世？

這趙燕娘似乎知道些什麼，從第一回進宮就暗示自己不像趙家人，是不是柳葉透露過什麼？她心念一動。柳葉不是嘴鬆之人，莫非是趙燕娘自己窺破些什麼？

想到此處，她眉宇間凌厲之氣大盛，漠然地看著下面，眼底閃過一絲殺意。

趙鳳娘的話說得重，趙燕娘呼地站起來，跪在地上。「娘娘可別聽她們胡說，臣女半點也不像那壞女人。她對臣女好，不過是作戲，私底下卻是百般折磨臣女，臣女苦不堪言。」

這話驚得雉娘目瞪口呆，心裡的疑惑更多。燕娘為何要這般說話？董氏對她好不好，這又有什麼值得較真的，非要如此顛倒黑白地說董氏虐待她，所圖是什麼？

永安默不作聲地看著這一切，眼底全是冷光。

皇后似是同情她，略帶惋惜地道：「妳起來吧。聽妳這麼說，那女人不僅對外人惡毒，對親女也不好。這樣的毒婦居然死得如此輕鬆，本宮也有些替妳感到不值。」

趙燕娘一臉認同，擠出一滴淚。

永安撫著肚子，有些不悅。「母后，兒臣好不容易進宮一趟，就提這些下作之人，聽得兒臣心裡悶悶的，還不如去含章宮找永蓮，好歹還能自在地說會兒話。」

她佯裝生氣，作勢就要起身，皇后連忙安撫。「好、好，妳為大，不說這些，來說些喜事吧。」

「那還差不多。」永安公主重新坐下，朝鳳娘道：「妳很快就要出嫁，雉娘也快了。」

趙燕娘嘴巴翹得老高。「公主說得沒錯，臣女這三妹可真是好福氣，以前在老家就迷得臣女那表哥……誰知命這般好，到京中還能嫁給胥大公子。」

殿內靜下來，雉娘立即流下淚來。「二姊，妳在說什麼？為何又要詆毀我的名聲？妳是不是嫌我上次沒有死成，這次又要來逼迫我？」

永安露出吃驚的臉色。她可沒想到趙鳳娘的妹妹這麼沒腦子，在大庭廣眾之下，還是在母后的殿中，都敢說這樣的話。

皇后震怒。「雉娘，妳這話是何意？什麼叫沒有死成？」

雉娘跪倒在地，淚流滿面。「回娘娘的話，二姊可能對臣女頗多誤會，以前在渡古時，就曾誣衊臣女和段家表哥有私情。臣女百般辯解，無奈當時的母親不聽，二姊言之鑿鑿，臣女走投無路，想一死了之，僥倖活命，誰知二姊又提此事，可見還是想逼臣女去死。」

皇后的眼色冷下來，寒森森地看著趙燕娘。

趙鳳娘立即站起來。「娘娘、公主恕罪，是鳳娘教妹無方，燕娘口無遮攔，出言不遜，鳳娘這就帶著兩位妹妹告退，回去好生管教燕娘。」

琴嬤嬤站在皇后身邊，小聲地道：「娘娘，奴婢倒是聽過一些傳言，說趙二小姐與段家公子以前就是青梅竹馬，段夫人一心想讓二小姐嫁給段公子。段公子在渡古求學，一來是為學業，二來就是和二小姐多多相處。」

「竟有此事？」皇后蹙眉。「趙燕娘，妳為何要三番兩次地詆毀自己的妹妹？明明是妳自己和段公子情投意合，為何非要指鹿為馬，栽到雉娘的頭上？」

「臣女沒有，臣女說的是實話，實在是為胥家大公子抱不平，雉娘如此的人品，怎麼配得上大公子？」

永安嗤笑一聲。「妳這話說得可真好聽，雉娘配不上，難道妳就能配上？本宮看妳是想取而代之，所以故意毀了雉娘的名聲，想自己嫁進胥家吧？真是不自量力，也不看看自己長的是何模樣，莫說是大公子，就是尋常的苦力漢子，可能都不想娶妳吧！」

趙燕娘目瞪口呆地望著她，慢慢露出恨意。

永安嘖嘖道：「還敢瞪本宮，信不信本宮讓人將妳的眼珠子挖出來？不知天高地厚的東西。」

趙鳳娘拉著燕娘，立刻跪下來。「公主息怒。臣女這二妹，被養得性子有些左，還望公主饒恕她。」

永安露出一絲殘忍的笑，摸了一下肚子，又道：「算妳走運，本宮要為腹中的骨肉積福，否則以本宮以前的性子，非挖下妳的眼珠子餵狗不可。」

「多謝公主。」

趙鳳娘又拉著燕娘磕頭。燕娘心不甘情不願，鳳娘磨著牙，小聲道：「妳若不想死，不想拉著大家陪妳一起死，就趕緊認錯。」

趙燕娘這才磕頭，嘴裡說：「謝公主大恩。」

永安公主冷笑一聲，將手中的杯子砸出去。「滾！」

杯子散落的碎片劃破趙燕娘的臉，血立刻冒出來。趙鳳娘立即起身，扯著燕娘告退。雉娘還低著頭站在一邊。

皇后朝雉娘招手。

「可憐見的，過來姨母這裡。永安，妳看，將妳表妹嚇成什麼樣子。妳這脾氣，也只有駙馬受得了。」

永安這才面色緩和下來，對雉娘道：「妳性子如此軟弱，想來在她手上吃過不少虧吧？還被逼得尋死，她和那惡婦董氏真是親母女。」

「以前都是娘護著臣女，臣女倒是還好，只是娘過得委屈。」雉娘低著頭，眼中含淚，大顆大顆地滴落在地上。

皇后走下寶座，將她輕輕攬在懷中。

「妳放心，姨母會為妳們母女討回公道的。」

第五十四章

殿外的宮女輕手輕腳地進來收拾，將地上的碎片掃去，再用布抹乾淨。很快，地板上又光潔如新。

琴嬤嬤給永安公主換上新茶，永安笑了一下。

「母后，那趙燕娘如此蠢，當著您的面都敢給雉娘上眼藥，可想而知，雉娘和秀姨以前過的是什麼日子。兒臣就不明白，為何還要給她臉面，不當場讓人拖下去打板子。」

皇后瞋她一眼，拍拍雉娘的手。「她到底是雉娘的姊姊，打了她板子，雉娘面上也無光。再說妳秀姨現在是她的母親，女之錯，母之過，別人說起，會說妳秀姨苛待原配之女。」

「難道就任由她如此不知天高地厚？」

皇后笑了笑，走回寶座，重新坐下。

殿外，太子、二皇子、韓王世子和胥良川、平晁求見。太子走在最前面，一進殿中，先是和皇后行禮，再和永安公主見禮。

「皇姊許多日子未進宮，母后常常念叨，弟甚是想念，正好皇弟、宏弟和良川也在，索性就一起過來。」

永安撫著腹部笑起來。「你們有心了。」

皇后笑著讓他們都落坐。

雉娘小心地望過去，先是瞧見自己的未婚夫，然後看到一張熟悉的臉，竟是天音寺中認識的小和尚忘塵。原來他是韓王世子。

忘塵也看到了她，似乎已不見在寺中的羞澀，大方地朝她一笑。皇后瞧著他們的互動，驚訝地開口詢問：「宏兒與雉娘認識？」

「不瞞皇嬸，姪兒之前就是在渡古縣的天音寺中清修，與趙三小姐有過一面之緣。」

「原來如此。」皇后了然。「本宮聽你母妃提過，說是你要躲劫，她也不知你在何處，卻不想是在渡古，也算是有緣。」

「正是，當日趙三小姐要去後山取水，碰見姪兒，讓姪兒給她引路。」

皇后的眼眯了一下，問雉娘。「取水？趙家沒有丫頭嗎？怎麼讓妳去後山取水。」

雉娘輕聲道：「當日，母……父親的先夫人身邊的婆子不得閒，二姊又扭了腳，先夫人聽說天音寺後山的水十分甘甜，便讓臣女去後山取水。山路難走，臣女不識路，恰巧碰到韓王世子，請他帶路。」

皇后臉色沈下來，永安也是忿忿不平。「哼，兒臣就說那董氏為人惡毒。誰家上山禮佛不帶丫頭的，偏讓小姐去幹活，分明是借機折磨雉娘。幸好她死得早，否則本宮真要好好教訓她一番不可！」

「阿彌陀佛，那董氏確實可惡，竟還讓趙三小姐給趙二小姐洗衣服。好在善惡終有報，皇姊，她已得到報應，也算是罪有應得。」

祁宏說完，雙手合掌，又道一聲阿彌陀佛。

皇后的臉色已經十分不好看，雉娘對祁宏道謝。「當日多謝世子叫來監寺，臣女感激在心。」

胥良川清冷的目光一直定在她身上，雖然知道她以前日子過得艱難，卻不想從別人口中知道實際情況是如此難受，彷彿心被揪在一起，使勁地擰著，又酸又痛。

皇后的神色漸漸恢復，看著一直注視著雉娘的胥良川，問琴嬤嬤。「琴姑姑，妳方才說良川年前就滿二十五，不知是哪一日？」

胥良川聽了起身回答。「稟娘娘，是臘月十八日。」

永安笑起來。「母后，可是又想成人好事？」

「就妳知道本宮的心思。良川已快滿二十五，想來不用本宮去催，胥家人也急著要娶孫媳進門，不如本宮來做個順水人情，趁良川生辰之時，來個雙喜臨門。」

胥良川行大禮。「謝皇后娘娘恩典。」

雉娘羞赧地低頭，也跟著謝恩，永安捂著嘴笑。

殿外響起小太監的報名，永蓮公主到。

永安挑了一下眉，笑意更深。

永蓮公主輕移小步地進來，和皇后先行禮，再和殿中人一一見禮。輪到雉娘時，她似被驚了一下。「想必這位就是趙三小姐吧，本宮聽人說過，說趙三小姐極似母后，這一瞧，果然長得相似。」

「見過永蓮公主。」雉娘道。

「妳不必多禮。」永蓮公主虛扶一把。「本宮有心與妳結交，在這宮中，自皇姊出嫁後，就本宮一個女兒，平日甚是無趣。妳與本宮年紀相仿，又是母后的外甥女，本宮往後邀妳進宮來說話，妳可不要推辭。」

她臉色本就蒼白，說話也輕柔，十足一個病美人。

「承蒙公主看得起，是臣女的榮幸。」

皇后垂著眸子喝茶，永安也閒閒地吃著點心。

二皇子祁舜開口。「二皇姊，趙家表姊馬上就要出嫁，怕是以後要侍候公婆和相公，料理一大家子，哪有空能常來宮中陪妳說話？」

永蓮面色更白，似有些受傷般地望著雉娘，又不經意地看胥良川一眼。「倒是本宮強人所難，不知大公子和趙家小姐幾時成親？」

皇后放下杯子，淡淡地道：「方才本宮已經替他們拿了主意，臘月十八成親，比晁哥兒和鳳娘晚八天。今年喜事多，本宮心裡高興，等你們大婚，雉娘的嫁妝就由本宮來出。」

雉娘立即謝恩，胥良川也站在她的身邊，再次謝恩。

永蓮公主看著他們倆，連地方都忘記挪，就那麼呆呆地站著，好一會兒才反應過來，走到永安的旁邊坐下。

永安意味深長地笑一下，揶揄她。「怎麼？看到別人郎才女貌，妳也起了心思，想嫁人不成？那可得讓賢妃好好替妳選選，或是讓父皇給妳賜婚。」

「皇姊……蓮兒不過是有些吃驚，妳就取笑蓮兒。」

「說起來，蓮兒的年紀也不小。可惜良川已經訂親，不然還真是好人選。」太子似不經意地低聲說著，永蓮公主咬著唇，低下頭去。

永安抬頭，看了太子一眼，滿臉不贊同。太子似無所覺，一臉惋惜。

太子的聲音很輕，但胥良川前世幾十年的靜心養性，對於聲音最為敏感，這些話一字不漏地傳到他耳中，他的眸色冷了一下。

謝過恩後，雉娘回到原位。她本是坐在永安公主的下座，現在那位子被永蓮公主占據，琴嬤嬤對宮女使眼色，宮女立刻又搬來一張春凳，放在永蓮公主的下位。

雉娘對宮女感激一笑，側坐著。

永蓮轉過頭，朝她笑一笑。「趙三小姐真是好福氣。」

「謝公主吉言。」

「這確實是妳的福氣，大公子才情卓絕，又是閣老獨子，京中不知有多少世家貴女羨慕趙三小姐的福氣。她們想和大公子攀談都不得其法，不知趙三小姐是如何與大公子相識的？」

雉娘羞澀地低頭。「公主莫要取笑臣女，臣女和大公子並不相識，不過是進京時與胥老夫人同乘一船，老夫人常找臣女說話。進京後，胥家上門提親，臣女和父母都嚇一跳。」

永蓮的臉又白了一下。「原來如此，趙三小姐運氣真好。」

雉娘沒接這話，只是將頭垂得更低。

她和永蓮公主，論氣質頗為相似，都是嬌弱的女子，但是她比永蓮多一分生氣，加上她長得比永蓮公主還要貌美，兩人一比較，高下立判。

直到出了德昌宮，雉娘還保持著嬌羞低頭的模樣，覺得自己的脖子垂得發疼。

胥良川與她一同出宮，看著她的樣子，眼底閃過笑意。

待無人時，他輕咳一聲，她抬起頭來，小心地四下張望，見引路的太監走得遠遠的，道上只剩他們二人，這才直起腰身。

胥良川清冷的眸子浮起暖色，看得她一愣。這般出色的男子，怪不得永蓮公主也會傾心。

方才她和永蓮公主說話時，就從對方的語氣神態中猜到，那永蓮公主必是心儀自己的未婚夫。

人常說紅顏禍水，這男色禍起人來，也不遑多讓。

高大清瘦的男子走在旁邊，輕聲問道：「妳覺得太子和二皇子是什麼樣的人？」

雉娘收起心思，小聲回道：「太子這人看起來知禮，而且頗為穩重。許是因為二皇子和我長得有些相似，加上他秉性開朗，相比太子，我覺得和二皇子更親近一些。」

胥良川神色嚴肅，看了她一眼，然後不再說話。

宮門外，趙鳳娘和燕娘還未離開，在宮外候著她。

胥良川遠遠地看到段府的馬車，和她道別，走到許敢駕的馬車旁。雉娘來到段家馬車邊，趙燕娘狠狠地瞪她一眼。

都是這小賤人壞的事，要不然她還能和皇后娘娘多說幾句話。想不到大公子也在宮中，若不是有人壞事，說不定剛才和大公子獨處的人就是自己……趙燕娘心裡暗恨，又瞪雉娘一眼。

她想和胥良川說話，可那邊胥家馬車已經駛離，害得她乾巴巴地站在路中間，滿臉恨意地回瞪著雉娘，雉娘理都懶得理她。

趙鳳娘嚴厲地看她一眼。「妳瞪雉娘做什麼，誰讓妳在皇后娘娘面前提那些事的？還說不認生母，她就算再毒，也抹不去妳是她生養的事實；妳不認她，只會讓別人寒心。」

「哼，她是妳的生母，可不是我的。」趙燕娘丟下一句話，率先爬上馬車。

趙鳳娘搖搖頭，對雉娘道：「她也不知是怎麼了，妳莫與她計較。」

「我不會的。」雉娘應承著，心裡卻萬分不解。

馬車先將她送到趙宅。下車時，燕娘也跳下來，在她耳邊小聲道：「妳別得意，裝得可憐兮兮地勾引男人，要是被大公子知道妳的真面目，一定會討厭妳的。」

雉娘反手拉著她，抬起頭。「妳說得沒錯，我是表裡不一，不如妳表裡如一。」

燕娘高傲地昂著頭，心裡得意，又聽到她輕笑一聲。「二姊，妳的心和妳的人一樣醜，果然是醜人多作怪。」

「妳……」趙燕娘平生最恨的就是別人長得比她好，她伸出手就要撓雉娘的臉。「妳說誰醜，妳這個小賤人！」

趙鳳娘從馬車中跳下，一把抓住她。「燕娘，我看劉嬤嬤最近對妳是太過放縱，簡直連半點規矩都沒了。」

趙燕娘昂著頭，哼了一聲，扭過身子爬上馬車。趙鳳娘對雉娘露出無奈的表情，也坐上馬車。

雉娘看著遠去的馬車，若有所思。

一進段家，趙鳳娘便將宮中所發生之事告訴趙氏，趙氏氣得差點暈過去。這燕娘怎麼如此會惹事？她心裡遲疑不定，摸不準燕娘是不是知道些什麼，還是董氏曾經和她說過什麼？皇后會不會因為此事而起疑，會不會以為是自己洩漏什麼出去？趙氏心急如焚，也顧不得教訓燕娘，急急地讓人更衣進宮。

她跪在德昌宮的殿門口，等到日落時分，皇后才肯見她。

琴嬤嬤出來傳喚她，她顧不得自己的腿又痛又麻，一拐一拐地走進殿中，跪伏在地上。

「娘娘，奴婢來請罪了。」

「妳何罪之有，說出來讓本宮聽聽。」

「娘娘，奴婢對天發誓，從未對人洩漏過半個字。許是董氏生前透露過什麼，燕娘才會如此口無遮攔。」

皇后神情冷漠，俯視著她。「趙燕娘？她是不是知道些什麼？本宮可是聽說，她長得極似那董氏。柳葉，妳來說說，那孩子是去哪裡了？是不是已經不在人世？」

說到最後一句話時，皇后的聲音陡然拔高，帶著森冷。

趙氏連磕三個頭。「娘娘，不會的，當時奴婢吩咐過董氏，那孩子是富貴人家的，她養得好，會得到一大筆銀錢。董氏貪財，斷然不會……娘娘，您聽奴婢一言，燕娘雖然長得不好看，可絕對不像董氏，許是董氏養大的，習性有些像，又加上同樣愛濃妝豔抹，旁人以為她們是母女，自然說她們長得像。」

「是嗎？」皇后冷冷地問著，像在問她，也像在問自己。

芳姑姑還未回來，很多詳情暫時無法得知。她既希望燕娘是那孩子，又不希望燕娘是。若燕娘是那孩子，說明還活在世上，雖然醜了些、蠢了些，總算是活著。可是燕娘如此不堪入目，縱然是親生的也無法喜愛，她又希望趙燕娘不是那孩子。

兩相矛盾，刺得她的心如針扎般地痛。

她冷冷地看著伏地的趙氏。「本宮再信妳一回。燕娘年紀也不小，雉娘都要出嫁，她作為姊姊，總不能比妹妹出嫁晚吧？聽說她與妳那繼子青梅竹馬，不如妳讓她嫁給妳那繼子。燕娘禮數有些不妥，妳又是姑姑又是婆母，要悉心教導她，以後妳們婆媳相親，也算是兩全其美。」

趙氏立刻磕頭謝恩。皇后定定地看著她，然後拂袖進到內殿，等小宮女出來，帶來皇后讓她回去的口諭，她才低著頭退出宮外。

失魂落魄地回到段府，已經華燈初上，想著皇后說過的話，趙氏的身體一遍遍地發寒。

皇后讓鴻哥兒娶燕娘，是一箭雙鵰之計。若燕娘是那孩子，那麼證明自己是忠心的，段家以後會有享不盡的榮華富貴；反之，若燕娘不是那孩子，等待段家眾人的將是滅門之災。

她一腳深一腳淺地走著，天冷得刺骨。

猶記得那年，天也是很冷，她一大早就從祝王府離開，出了城，趕到和人約定的地點。那人將手中的籃子和她互換，然後消失在風雪中。

她又走了許久，前後都無人跡，才來到一處深坑前。山林裡黑漆漆的，坑裡滿是枯黃的雜草。她扯開籃子的蓋布，裡面躺著一個剛出生的女嬰，女嬰睡得很熟，她狠下心，抖著手伸向稚嫩的脖子，一使勁……

感到女嬰沒了氣息，她除下女嬰的衣服，眼睛一閉，就將女嬰拋下。

她的心又是害怕又是快意，不敢多停留，立刻扭頭就走。

女嬰是主子的親生女，主子怕孩子長大後，被人從長相上看出端倪，索性假稱通房產下死胎，讓人送出府，派她接應，然後抱給自己的嫂子。

可是她恨，她恨主子，為什麼她這麼忠心，主子都不能完全信任她！

主子懷孕期間，高側妃也同時有孕，高側妃將自己身邊的陪嫁丫頭開臉，送到王爺的房中；主子也仿效高側妃，從外面買進一名女子，送給王爺。

她曾說過要一直陪著主子，為了主子喝下郡主的補藥，已經不能生養，主子為何捨近求遠，寧願從外面買人，也不給自己開臉，還說以後要將自己嫁人。

嫁人？她一個不能生養的奴婢，能嫁到什麼好人家？無論是府中的小廝還是管家，都不過是任人使喚的奴才，她想要永遠富貴的生活，想一輩子侍候主子和王爺，為什麼主子不能成全她？

主子早就與她商議過，這一胎必須是男胎，所以才有董氏上京一事。董氏本就懷了雙胎，主子從不曾懷疑。

讓董氏送女上京時，她特意叮囑過要長相白淨的，所以董氏才會送鳳娘進京。哪知鳳娘卻越長越像自己，讓她一直擔驚受怕，被識破後乾脆順手推舟，推到董氏頭上，又將燕娘推出來。

燕娘長得太醜，可永安公主也不好看，希望主子能相信。要不然……

趙氏望著燈火通明的府邸。要是被發現，這一切，都將毀滅。

不，不會的，她搖頭安慰自己，那孩子已死，天寒地凍又是深坑之中，四周肯定有飢餓的野獸出沒，必然屍骨無存。

不可能會有人知道真相。

段府的人和她，都將一生富貴。

第五十五章

段府的院子，被燈火映得格外溫暖。趙氏靜靜地站在院子裡，神色複雜難辨。她的身體很冷，透骨冰寒，可她知道只要一踏進屋子，周身就會暖和起來。屋子裡燒著地龍，還有燒著霜炭的銅爐子。

平日裡，前僕後婢，吃的是精緻可口的飯菜，而不是在蘆花村時那過風的破屋子，也不用啃著乾硬的餅，哆嗦地在外面撿柴火。

這樣富貴的日子，她還沒有過夠，她再也不想過苦日子。

除了沒有孩子，她什麼都有。她為了主子才失去為人母的權利，所以這些都是她應得的，她問心無愧。

是的，問心無愧，那個孩子早已不存在這世上。她什麼都不用怕。

趙氏覺得血氣慢慢回流到身體裡，一步一步地往後院走去。

後院的拱門處，趙鳳娘正焦急地徘徊著。黃嬤嬤提著燈籠，主僕倆站在門外。

「鳳娘，天這麼冷，妳出來做什麼？」

趙鳳娘聽到她的聲音，迎上來。「姑姑，妳可回來了，我不放心妳。」

趙氏感動。她無兒無女，鳳娘是她自小親自養大的，又長得像她，無異於親生。她不止一次地想，要是鳳娘長得不像她該有多好，所有的一切就完美無瑕，主子也不可能生疑。

「傻孩子，不過是進宮，能出什麼事？妳趕緊回房去。」

趙鳳娘乖巧地點頭。趙氏目送著她，然後走進自己的屋子。

段大人還未入睡，似乎在等著她。「妳最近是怎麼了，我看妳心神不寧的，這麼晚妳又進宮去做什麼？」

「老爺，我是因為鴻哥兒和燕娘的事情，才急著進宮的。」

「他們？」段大人放下手中的書。「鴻哥兒和燕娘能有什麼事？」

趙氏側坐在榻邊，細聲道：「老爺，你聽我說，皇后不知是聽何人提起，說鴻哥兒和燕娘在渡古時……還讓妾身趕緊給他們辦喜事，好讓雉娘在年底之前嫁進胥家。」

「什麼？燕娘？」段大人急得坐起來。趙燕娘哪裡配得上自己的兒子，可是皇后開了口，此事哪還有轉圜的餘地。

他的胸口急促起伏著，最後嘆出長長一口氣，頹然地靠在榻上。

「罷了，讓他們盡快成親吧。」

「謝老爺。妾身明日去和大哥商議，年前要連嫁三女，也不知大哥能不能應付得來。」

第二天，常遠侯府的人來送聘禮，滿滿當當的幾十個大箱子，齊齊擺在段府的院子裡。領頭的是侯府的管家，首先說是和趙家通過氣，趙家宅子窄小，放不下這些聘禮；趙鳳娘自小長在段府，從段府出嫁，一來面子上好看，二來也不用搬來搬去。

趙氏著婆子們將聘禮登記造冊，一邊派人去通知趙家，順便提了趙燕娘和段鴻漸的親事。接到消息的趙書才倒是沒什麼好驚訝的，反而鬆了一口氣，覺得妹妹真貼心，他正愁著燕娘難嫁人，妹妹就讓燕娘嫁給她繼子。

可與他的開心不同，趙燕娘和段鴻漸都十分抗拒。

趙燕娘急匆匆地去找趙氏。她出門急，連妝都未化，黑皮大臉，細眼塌鼻，趙氏皺了皺眉，這麼一看，和董氏還真像。

「燕娘，妳看妳成什麼樣子，以後可不能這般素著臉出門。」

趙燕娘這才反應過來，看著平家送來的聘禮，又氣又恨。

「姑姑，既然妳也嫌我醜，那幹麼還要讓我嫁給表哥？」

趙氏頭有些疼。要不是趙燕娘還有用，皇后要鴻哥兒娶她，她哪會同意讓這蠢貨進段家的門？

「燕娘，我是妳姑姑，無論說什麼做什麼，都是為妳好。妳以後記得要謹言慎行，不該說的話，千萬不要說，否則惹下禍事，趙家和段府都要陪妳一起倒楣。」

「哼，怎麼會倒楣？要說倒楣，也是我倒楣，姑姑也不看看鳳娘嫁的可是侯府公子，雉娘嫁的是胥家大公子。就只有我，姑姑，說句難聽的，表哥現在還是個吃白飯的，段姑父也不是什麼了不得的大官。」

趙氏死死地按著自己想掐死她的手。「妳說的是什麼渾話？鴻哥兒哪裡配不上妳？妳姑父可是四品大員，到妳口中就是不知名的小官，口氣怎麼這般大？也不想想妳父親是幾品，趙家在京中是什麼樣的人家？」

趙燕娘被她說得心頭火起，一個小小四品官的公子，就想娶她這個金枝玉葉？姑姑還以為她什麼都不知道呢，她可是仔細地探過劉嬤嬤的話，劉嬤嬤都聽出不對勁，也認定自己是貴人，現在對自己千依百順。趙鳳娘還以為劉嬤嬤是監視她的，恐怕也想不到劉嬤嬤會叛變吧？

自古以來，人往高處走，劉嬤嬤和黃嬤嬤同是皇后賜給鳳娘的人，鳳娘只偏信黃嬤嬤，視黃嬤嬤為心腹，劉嬤嬤早就存了攀比之心，現在是自己的心腹。

「姑姑，妳說的比唱的還好聽，屋裡只有我們姑姪二人，咱們不妨說個明白話。鳳娘為什麼得皇后娘娘另眼相看？這原因妳知我知，可鳳娘長得和妳相似，被皇后發現，訓斥了吧？」

趙氏大驚失色，惶恐地望著門外，確定無人，趕緊將門關好，壓低聲音喝道：「妳亂說什麼！妳娘是不是和妳說過什麼？」

「我娘說過什麼？姑姑怕嗎？」

趙氏穩住心神，暗罵自己方才亂了方寸。董氏什麼都不知道，又有什麼可以告訴燕娘的？一定是燕娘自己看出端倪在詐她。

「姑姑什麼也不怕，你們的婚事是皇后賜下的，我也作不了主。」

趙燕娘叫起來。「妳撒謊！是妳想用我來謀富貴，不想我嫁給別人，所以才會求皇后娘娘將我許給表哥！」

趙氏慢悠悠地坐下，喝了一口茶水，壓壓心神。「燕娘，妳魔怔了。」

趙燕娘急得一掌拍在桌子。「我說的都是事實！姑姑心知肚明，表哥配不上我，這門親事，我不同意！」

「燕娘，真是皇后的意思，妳要相信我。皇后說妳擋了雉娘的道，妳要不趕緊出嫁，雉娘就不好先嫁出去，姑姑也是沒有辦法。」

什麼？趙燕娘氣得又拍一下桌子。那個小賤人才是擋她道的人，要不是她占了大公子，自己又怎麼會和大公子錯過？這筆帳她一定要算清楚！

她氣呼呼地開門，正巧碰到舉手敲門的段鴻漸。

趙氏叫住她。「正好，鴻哥兒也來了。你們是未婚夫妻，關於婚事，我再與你們好好說說。」

「母親，孩兒也不同意這門親事。」段鴻漸立刻開口，他轉頭和趙燕娘對個正著，眼底閃過毫不掩飾的厭惡。

「你們同意也得同意，不同意也得同意。這門親事，可是皇后開口，推不掉的。」趙氏臉有倦色，昨日失了覺，一夜未眠。

「什麼？皇后怎麼會突然指婚？」

指婚？趙氏無力地扯了一下嘴角。皇后並沒有指婚，而是命令他們。

趙氏懶得和他們多說，讓他們出去。段鴻漸還想再辯，趙燕娘對他使個眼色，他便告辭退出來。

兩人出門後，段鴻漸看也不看趙燕娘一眼，轉身欲走，趙燕娘在後面叫住他。

「表哥，不如我們商量一個對策吧。」

段鴻漸停住腳，默許地轉身。兩人走到園子裡，趙燕娘道：「表哥，我知道你喜歡雉娘，可是雉娘就要嫁進胥家，表哥難道就甘心眼睜睜地看著她嫁給別人嗎？」

「那妳有什麼辦法？」段鴻漸當然不甘心。在他心中，他原是一直想讓雉娘當妾室的。進京後，雉娘又變成皇后的親外甥女，他都悔得腸子發青。如果在渡古時，他求娶雉娘，那麼現在他就是皇后的外甥女婿。

趙燕娘看著他的表情，譏笑一聲。「表哥，你想想看，如果她婚前失貞，那麼哪有資格進胥家的門？到時候你再求娶，她肯定會同意的。」

「這不妥。」段鴻漸斷然否定。

「這有什麼不妥的？我來安排，到時候你只管享受美人恩就行。」

「妳的事情我管不了，隨妳便吧。」

段鴻漸拂袖離去。趙燕娘看著他一本正經的背影，露出更加諷刺的笑。

德昌宮內，皇后聽到常遠侯府已將聘禮送到段府，嗯了一聲，琴嬤嬤又道：「娘娘，段夫人為自己的繼子求娶趙二小姐，應該是要趕在趙三小姐前面出嫁。」

皇后又嗯了一聲，放下手中的杯子。「趙家家底薄，憐秀又沒有什麼體己，雉娘的嫁妝本宮來出。妳去庫房挑選，就按嫁縣主的品級來置辦。」

「是。」

琴嬤嬤下去安排，在門口正好碰見西閣的宮人。

宮人進到殿內後，將信鴿腿上取下的紙條交給皇后。皇后伸手接過，轉到內殿。算日子，芳姑姑應該已經啟程回京，不知如今走到哪裡。

她打開紙條，只見紙條上寫著——

董家已除。縣衙後遇故人，趙家三小姐身世恐有隱情，奴將日夜兼程，馬不停蹄，不日歸京。

皇后死死地盯著上面的字。趙三小姐？雉娘？

她的身世有隱情，那她是不是……

握著字條的手有些顫抖，皇后又仔細地看了一遍，才將紙條燒成灰燼。雉娘長得像自己，若她的身世有隱情，那她就不是憐秀的孩子；不是憐秀的孩子，只能是那個孩子。

她的心一會兒上一會兒下，如起伏的波濤，一遍遍回想著自己初見雉娘時的模樣。雉娘像憐秀，可是更像自己。

皇后在殿內走來走去，思慮半晌，將琴嬤嬤叫進來。「妳去召趙夫人進京，本宮要和她商議雉娘的嫁妝。」

琴嬤嬤讓人去趙家通傳。

趙宅裡，趙書才和鞏氏正商量著女兒們的嫁妝。連嫁三女，長女不用操心，但燕娘和雉娘擠在一塊兒辦親事，銀子就有些不夠。

宮中的太監來傳旨，鞏氏收起憂心進宮。

皇后瞧著她走進殿內，看著她與自己相似的臉，一陣恍惚。

「臣婦拜見皇后娘娘，娘娘千歲千千歲。」

皇后走下寶座，將她扶起。「憐秀，妳與本宮何必如此生分？以後進宮就如同回娘家一般，本宮是妳嫡親的姊姊，母親不在，長姊為母，妳千萬不要與本宮客套。」

鞏氏眼有濕意。「謝娘娘。」

「本宮召妳進宮，是為了雉娘的婚事。趙家的情況，本宮心知肚明，雉娘要嫁的可是當朝閣老家的大公子，胥家雖清貴，若是嫁妝太過寒酸，也不好看。本宮是她的姨母，她的嫁妝就由本宮來準備，你們不用操心。」

鞏氏大為感動，又要跪下謝恩，皇后哪裡肯依，將她按著坐在凳子上。

皇后拉著鞏氏的手。「本宮只有永安一個女兒，太子和舜兒雖好，卻是皇子，哪有女兒來得貼心？可永安脾氣大，本宮看著雉娘，就很羨慕妳，能有這麼一個乖巧懂事的好女兒。」

「娘娘，永安公主是皇長女，皇家明珠，脾氣大些也是應該的。」

「妳還叫本宮娘娘，叫長姊吧。」

鞏氏被皇后看得低下頭去，囁嚅出聲。「是，長姊。」

皇后欣慰一笑。「這就對了，嫡親姊妹，何必如此生分？本宮常在想，以前那些艱難的日子，妳和雉娘是怎麼過來的？」

「長姊……」翚氏的眼眶裡淚水已經在打轉。「憐秀不敢回想，若不是有雉娘，也許憐秀就活不到能見長姊。」

皇后站起來，一把抱著翚氏。翚氏坐著，將頭埋進她懷中，嚎啕大哭起來，哭得悲切。

「一切都過去了……」皇后拍著她的背。「別怕，以後有長姊為妳作主，誰也不能欺妳。」

翚氏好半天才止住哭聲，哽咽道：「長姊，憐秀以前不敢哭，連累雉娘也養成膽小的性子，幸好現在有所好轉，性子也變強不少。」

皇后用帕子替她擦拭淚水，然後重新坐在她旁邊。

「雉娘確實懂事，性子正好，剛柔並濟。妳有這麼個女兒，是妳的福氣。」

翚氏接過她的帕子，不好意思地抹著眼角。「長姊說得是，她簡直就是老天賞賜給憐秀的，從小到大都十分孝順，若不是她，我都不知道能不能熬過來。」

「本宮看她也是個極孝順的孩子，將來必然會孝順妳的。她是妳生的，是妳的骨血，不孝順妳孝順誰？」

皇后含笑看著翚氏，翚氏臉色略一僵，低下頭去。

皇后袖子裡的手緊緊捏著，似疑惑地問道：「憐秀，可是本宮說得不對，妳怎麼臉色不太好？」

「長姊……」翚氏抬起頭，又淚流滿面。「實不相瞞，雉娘不是憐秀親生的，她是在山中撿到的。這麼多年來，憐秀有時候都以為自己是在作夢，是不是自己記錯了，她明明長得這般像我，怎麼可能不是親生的？」

皇后嘩啦一聲地站起來，抓著她的肩膀。「妳說什麼？她不是妳親生，那她是誰？妳在哪裡撿到她的？」

鞏氏臉帶悲傷，看著急切的長姊，心裡隱有預感。世上哪有無緣無故相似之人？以前她總想著或許是誰養的就像誰，所以雉娘才像自己，可自從和長姊相認後，她就猜想，或許事情沒有那麼簡單。

當年，她十月懷胎，九死一生地產下女兒，不料女兒十分體弱，大夫說孩子或許難以養大，她不相信，抱著女兒日夜啼哭。

那時候，董氏已經去了京城，老爺正忙著讀書備考，無暇顧及，許是她生的是個女兒，老爺也不甚在意，只不過是略安慰她幾句，說他們以後還會有其他孩子。

孩子是她身上掉下的肉，她怎麼忍心？於是她不顧月子體虛，抱著孩子偷偷去找另外的大夫。那大夫告訴她，孩子活不了幾天，而且她自己因為孕期服過虎狼之藥，這個孩子能生下來已是萬幸，將來也不可能再有孩子。

大夫的一席話，如同晴天霹靂。

她被人下過藥，還是在懷孩子的時候，究竟是何時，她一點也想不起來。怪不得她總覺得體力不支，還以為是懷孩子辛苦，也沒有太過在意，原來竟是藥物所致。

而除了董氏，誰會給她下藥？自她進趙家門，董氏就視她為眼中釘，要不是老爺還算寵她，可能早就被悄悄處置。若是孩子夭折，她以後不能再生養，等年老色衰，老爺情淡，董氏必然會尋法子將她賣出去。

她和蘭婆子抱著奄奄一息的孩子，欲哭無淚，猛然聽到有人提起說七峰山的香火靈驗，有個長年大病不起的人，喝過七峰山中寺廟的香灰水，竟然從床上爬起來，現在已經生龍活虎，如常人一般。

這番話如同救命稻草，主僕二人連夜趕到七峰山，哪知才到山腳下，孩子就嚥了氣。抱著已經死去的女兒，她哭乾了眼淚。望著高高的七峰山，還有懷中漸漸冰冷的孩子，她突然覺得活得真累，與其以後不知被賣到何處，淪為玩物，還不如一死了之。

她和蘭婆子在林子裡挖了一個坑，將女兒埋葬。小小的土包隱在山林中，沒有墓銘，她只能在心裡祈禱，希望女兒能投個好胎。

她覺得生存無望，正欲支開蘭婆子，尋個地方自行了斷時，突然聽到嬰孩的哭聲。那哭聲細如貓崽，斷斷續續，她大驚，四下張望，循著哭聲在草叢中找到一個襁褓，打開一看，是個女嬰，長得十分弱小，和自己的孩子竟有些相似。

蘭婆子立即將孩子抱起來，湊到她的眼前，小聲地道：「小姐，妳看，和小小姐還有些像，這是老天開眼哪！」

她看著襁褓中的小女嬰，望著那個剛才埋女兒的土包，伸手將女嬰抱過來，緊緊地貼在懷中，淚流不止。

這個孩子就是雉娘，從此以後就是她的女兒。沒有人發現異樣，雉娘和自己的女兒很相似，不僅月分像，瘦弱的樣子也像，加上長得也有些像，老爺都沒有察覺不同。

董氏從京中回來，看到雉娘，似是有些驚訝，她猜董氏可能想不到她的孩子還能活著。許是她們前世真是母女，雉娘越長越像自己。她一直以為是老天的恩賜，如果沒有來京城，也許她還會一直這般以為。

可是望著眼前明顯焦急的長姊，她暗自猜測，或許雉娘的身分不一般。

她哽咽道：「長姊，當年我確實生下一個女兒，可是因為董氏給我下過藥，所以孩子出生沒多久就夭折。我將她葬在七峰山腳下，雉娘就是在那裡撿到的，不知是誰丟在山裡。」

皇后的身子晃了一下，努力穩住心神。

「孩子的身上可有什麼標記？」

鞏氏搖搖頭。「襁褓很普通，並無任何標記。」

若雉娘是那孩子，又怎麼會出現在渡古的山中？是誰帶她去的？

「妳撿到孩子時，董氏回渡古了嗎？」

「沒有，雉娘被我當成自己的孩子，撿到約一個多月後，董氏才帶著鳳娘和燕娘歸家。」

皇后緊捏的手指甲已經深深陷進肉中，努力壓抑滿腔的憤怒。是誰將雉娘帶走的？她明明安排好柳葉將孩子抱給董氏，又怎麼會出現在七峰山？

只有一個可能，柳葉和董氏，其中有一人扔了那孩子！

第五十六章

鞏氏離宮後，皇后一人獨自坐在殿中。空蕩蕩的宮殿中冷冷清清的，四周的雕粱畫棟，盤龍飛鳳，龍身上金鱗生輝，鳳嘴中明珠璀璨，金碧輝映，富麗堂皇。

雖然還未弄清事情的來龍去脈，她已經十分肯定雉娘就是當年的孩子。

董氏，柳葉，她們之中，究竟是誰扔了雉娘？芳姑姑所說的故人又是誰，又為何在縣衙附近？是不是因為雉娘，她又知道怎樣的內情？

董氏已死，董家已滅門，可她內心依舊恨意難消。董氏迫害憐秀，又害她親女，此仇不報，抱恨終身！

她冷著臉召來一個暗衛，讓他即刻去渡古，將董氏的屍骨挖出來鞭屍，然後挫骨揚灰。

暗衛消失在黑夜中，她讓琴嬤嬤進來。「本宮思量著，雉娘的嫁妝還是不能太輕，妳再加三成，將本宮私庫中最裡面的幾個箱子挑出一半，充當她的嫁妝。」

琴嬤嬤面色不變，恭敬地退下。皇后私庫中的那幾個箱子，裡面裝的都是價值連城的珍寶。當初永安公主出嫁時帶走一半，現在趙三小姐出嫁，娘娘也要送出餘下的一半，可想而知，娘娘對趙三小姐這個外甥女是何等重視。

她心裡為胥家高興。當年胥老夫人對她有恩，她一直銘記在心，如遇機會，總要為胥家做些事情。

鞏氏歸家後，和趙書才說起皇后將替雉娘備嫁妝。趙書才很高興，因為妻子是皇后嫡妹的緣故，他最近收到不少邀請，雖然是年後上任，可同僚和上峰都對他十分恭敬。

皇后娘娘和憐秀是同母姊妹，血親比常遠侯府的人更濃一分，娘娘也對雉娘另眼相看，還要親備嫁妝，足以說明她是何其看重憐秀這個妹妹。

他覺得很有面子，三個女兒都嫁得十分體面，長女嫁常遠侯嫡孫，次女是四品大臣的獨子媳婦，小女兒又許配給閣老家的大公子。

鞏氏的眼睛還有些腫，低著頭就要去內室，趙書才這才注意到她。「妳怎麼了，眼睛怎麼腫成這般？」

「沒什麼，太過高興，喜極而泣。」

「是應該高興。」趙書才不疑有他，順著她的話。

鞏氏依舊沒有抬頭。「老爺，我去看看雉娘。」

「妳去吧。」趙書才猶自在興奮中，撫著短鬚，慢慢地踱到書房。

雉娘正托著腮，坐在自己的房間，腦海不停想著事情。燕娘一直強調自己不像董氏，是怕皇后挖出董氏當年苛待她們母女的事情而報復在她頭上，還是另有原因？

可第一次進宮時，皇后並不清楚娘親的身分，燕娘又為何主動提起自己和董氏長得不像？是不是有什麼她不知道的內情？如果另有原因，那原因是什麼？大公子為何特意提醒自己要強調燕娘的長相？

雉娘覺得一定有她不知道的東西。她手指漫不經心地劃著桌面，慢慢地疏理思緒。

首先從趙鳳娘身上開始。鳳娘因為姑姑的原因而當上縣主，姑姑是皇后的丫頭，再好的主僕感情也不可能封丫頭的姪女為縣主吧？就算鳳娘救過皇后，奴才的姪女救主子，是天經地義的事。

以這幾次進宮來看，除了第一次，皇后表面對鳳娘親熱，其他時候都很平淡。初見時，皇后對鳳娘的慈愛之情不像是裝的，那為什麼會突然平淡下來？好像就在燕娘說鳳娘長得像姑姑之後……

鳳娘和太子有情，皇后若真的喜愛鳳娘，為何不順水推舟，偏要將鳳娘嫁給平家？她隱約想起，太子似乎和鳳娘是同天生辰。

那麼……她腦中靈光一現，飛快地閃過一個荒誕的念頭。

她回到房間裡，叫來青杏。「妳聯絡一下大公子，我要見他。」

「妳要見誰？」鞏氏站在門口，含笑地看著她。她立即起身，臉上泛起紅暈。青杏見狀，悄悄地退出去。

「娘怎麼來了？我聽蘭嬤嬤說妳進宮去了，怎麼……可是有不好的事，您的眼睛都腫了？」

「傻孩子，娘是為妳感到高興，所以喜極而泣。娘娘跟我說，妳的嫁妝不用操心，她會親自置辦。」

「娘娘大恩，雉娘感念在心。」雉娘扶鞏氏坐好。

鞏氏看著她如花的嬌嫩面龐，猜想她究竟是誰？看長姊的反應，應該知道雉娘的真正身分。雉娘會不會是長姊的孩子？不然怎麼會長得這麼像長姊？

雉娘被她盯得有些發慌。「娘，您這麼看我做什麼，可是我臉上有什麼不妥之處？」

「哪有不妥之處，人比花嬌，娘是在想著，大公子今後有福了。」

雉娘不知想到何處，臉一紅，羞怯地低頭。

隔天，她和胥良川約在外面的茶樓。他依舊早到，依舊是青衣墨髮，清冷如常，不同的是，他的眼底有一絲情愫。

只不過雉娘一心想解開心中的疑惑，並沒有注意到。

他掀起袍子坐在桌邊。「妳找我？」

「是的，大公子，雉娘有一事深覺困惑。記得頭一次進宮時，我二姊就說她自己不像生母。昨日進宮後，二姊寧願不認董氏，也要說自己不像董氏。我思來想去，總覺得有些奇怪。」

胥良川眼底讚許。這小姑娘心思如此多，怎麼可能看不出端倪？

「那依妳之見，趙燕娘這般做的原因是什麼？」

雉娘也不瞞他，如實道來。「我初時猜是皇后的緣故。皇后是我娘的嫡姊，董氏生前苛待我們母女，但董氏已死，我二姊是怕被皇后遷怒，所以才和董氏劃清界線。可我記得，頭一回進宮時，她並不知道我娘和皇后的關係，為何那時就開始說自己不像董氏？」

胥良川坐下來，低頭含笑，示意她也坐下。兩人對面而坐，桌上擺著精緻的點心，他自然地替她倒一杯熱茶，熱茶的香氣瀰漫在空中。

「那妳現在是如何想的？」

雉娘伸手接過杯子，道聲謝，抿口茶水。「大公子，不知是不是我想太多，總覺得此事沒那麼簡單，不知大公子可否為我解惑？」

「我原本以為此事待我們成親後，我再細細告知，看來妳心中已經有所懷疑。自古以來，後宅陰私，總有人為達目的不擇手段。當年董氏是在京中產下雙胎女，雙胎女和太子同天生辰。可和太子同天生辰的還有另一女嬰，是祝王府的通房所出，不過一生下來就夭折。而皇后也是因為育有長子，才會在陛下登基時被冊封為皇后。」

雉娘露出恍然的表情，將事情串連在一起，若有所思地點頭。難怪，如此一說，也就解釋得通。

「可是我有些不明白，鳳娘像姑姑，燕娘像董氏，這兩人和皇后……都不像，事情怕是沒那麼簡單吧？」

胥良川皺眉。他也有同感，或許皇后生的那個女兒已經不在人世。

他看著對面的少女，如果她不是長得像趙夫人，那就是妥妥的皇后親女。可她像皇后，也像親娘，他派人查過，董氏抱著雙生女回石頭鎮時，鞏氏的孩子都已經兩個月。兩個月的孩子能辨出長相，不可能被換而無人發現。

那麼，如果董氏確實產下雙女，皇后的孩子凶多吉少。

董氏似乎並不知情，如果知情，不可能到死都沒有露出端倪。

那麼唯一知情之人就是趙氏。皇后昨日又見過趙氏，不知和趙氏說過什麼，趙氏就同意讓燕娘嫁給繼子。

說實話，若不是雉娘是趙家人，他只想遠離趙家和段家，管他們是死是活。

今生，很多事情都改變了，許是在前世的歲月裡，他對太子的印象都在年少時的相處，根本不清楚太子的真正性情，可這些日子的相處，讓他覺得自己或許錯了。

太子並不像他記憶中的清正賢德，反而有些小人之心。

雉娘似乎也更喜歡二皇子一些。

她的親娘是皇后的嫡親妹妹，若是太子和二皇子真有相爭的一天，他的決定肯定會和前世不一樣。

雉娘見他默不作聲，輕聲問道：「大公子，可是我想得不對，為何你不說話？」

胥良川回過神來。「不，妳說得很對，或許當年那個孩子已經夭折，真的不在人世。」

雉娘點頭。這和她猜想的差不多，如果姑姑存了讓自己的姪女頂替的心思，那麼勢必要永絕後患，將皇后的女兒弄死。

「大公子，此事能查出真相嗎？」

他搖搖頭。「難，此事進行得十分隱蔽，又過去十幾年，毫無蛛絲馬跡，無從下手，除非段夫人親自開口。」

雉娘的腦海中閃過很多對策。

皇后和趙氏，都有可恨之處，她們都是為了富貴，只不過比起皇后，她更不齒趙氏，為了私利加害幼兒，何其殘忍。

「你說，權勢真的就這麼重要，可以讓人拋棄親女，加害無辜稚兒。」

她的語氣有些落寞，帶著傷感，他不自覺地伸出手，撫著她的頭，她的髮如絲般柔滑。

「為利之人，何其之多，以他人為鑑，才正己身。無論今後如何，我絕不會因為世俗中的權勢利慾而傷害妳。」

如果真有那麼一天，讓他在權勢和她之間選擇，他就帶她回閬山，過著閒看雲起、淡看風雲的日子。

她動容地望著他。他的眼神是那麼真摰，帶著看淡一切的超然，彷彿在他眼裡，她才是世上最珍貴的寶貝，其他的都不過是輕如雲煙。

從初見到現在，這個男人一直給她的都是幫助，在這異世中，若不是他，可能在和董氏的鬥爭中，她就活不下來。

是他，給了她全新的人生。

她喃喃道：「大公子，你真好。」然後站起來，給他行了一個大禮。

「不，此生有妳，才是最好。」

如果沒有她，他又會是怎樣的呢？縱然是能避開趙家，保住胥家，可前世他已經淡看人生，再次進入朝堂，每天殫精竭慮，不斷謀劃又有何意義？

是她，讓他有了和前世不一樣的感覺。

他直起身，繞過桌子，站在她面前。她仰著臉，對上的就是他幽暗如潭的眸子，和慢慢傾下來的頎長身體。

她被男子緊緊地抱在懷中，臉貼在他的胸膛處，聽到裡面如鼓般的心跳聲，呼吸著他身上獨有的書卷和青竹氣息，腦子裡一片空白，一陣陣暈眩。

她嘗試著推開，卻發現他的身子並不像想像中那般清瘦，雙臂如鐵箍一般，推都推不開。

「大公子……」她細聲呼喚，男子並沒有放開她，反而低下頭，似蜻蜓點水地輕啄一下她的額頭，然後才鬆開她。

前世今生，她還是頭一回和異性如此親密地接觸，有些發懵。

胥良川低頭看著她，她如玉般的臉頰泛著紅，雙眼迷濛如霧，不禁又將她摟在懷中，良久才放開。

直到回到趙家，雉娘的心都在怦怦跳動著。大公子抱了她，還親了她，這代表什麼？她倒在榻上，用錦被捂著臉，似是有些不敢相信。莫非大公子已經喜歡上她？

不對，大公子不是喜歡鳳娘嗎？娶自己是為了當擋箭牌，又為何突然親自己？還有他說的話，他說永遠不會傷害自己，又是什麼意思？

她揉著自己的髮，又摸了下自己還發燙的臉。會不會自己弄錯什麼？她輾轉反側，難以入眠，一會兒想著大公子心有所屬，一會兒又想著他是中意自己的，腦子裡彷彿有兩個小人在左右撕扯，搞得她心裡甜酸交加。

胥良川也沒有比她好到哪裡去。作為一個重活一世的男人，他對女子完全是陌生的，嬌豔的小姑娘被他摟在懷中，那一刻，他心中湧起的陌生情愫差點要將自己淹沒。

他算著成婚的日子，雖然不到一個月的時日，卻覺得如此漫長，比前世在閬山中的幾十年還要漫長。

府中已經開始收拾新房，一應佈置都是早就備好的，娘和祖母都盼著這一天，等了多年，該準備的都已準備齊全。

日子很快就進入臘月，初六這一天，天才剛亮，城門口就有一行千里奔波而來的人，為首的正是芳嬤嬤。

她一刻未歇，入城後立即從皇宮的角門進宮。

她一現身，早已守候的小太監立即報給皇后。皇后按捺住心中的焦急，在殿中等著。

芳嬤嬤快速地梳洗後，將帶回來的婦人妝扮成宮人的模樣，帶進德昌宮。皇后瞇著眼，並未瞧清婦人的樣子。

婦人跪在地上，也不抬頭。

「妳是何人？」

「回娘娘的話，民婦姓杜，原是京城外的村民，十七年前，民婦就在城外種菜，祝王府的管事見小婦人種的菜水靈，讓民婦每隔一天給王府送菜。」

原來是府外的人，怪不得不認識。

芳嬤嬤道：「娘娘，奴婢在渡古辦事時偶遇到她，認出她的身分。她這些年在縣衙的後面賣湯麵，見到奴婢就躲，奴婢心裡覺得奇怪，將她抓起來審問，竟然問出一些事情。事關重大，奴婢不敢擅自作主，將人帶回來，請娘娘定奪。」

「究竟是什麼事？」

杜氏將頭磕得更響。「民婦求娘娘恕罪，當年民婦一念起，恐壞了事，求娘娘饒命！」

皇后只想知道雉娘的身世，急切地擺手。「妳莫要害怕，將妳知道的一一道來，若沒有犯錯，本宮定然寬恕妳。」

「謝娘娘，請娘娘聽民婦道來。當年民婦常給王府送菜，也認得府中不少人。有一次，民婦趕早送完菜，正要出城時……看到前面的柳葉姑娘，民婦本想叫住她，和她打個招呼，可柳葉姑娘走得急，似乎是要辦什麼事情，民婦只好作罷。」

杜氏臉上直冒冷汗，雖然芳嬤嬤說過皇后不會怪罪她，可她還是有些心慌。

「民婦走著，忽然發現柳葉姑娘也在前面，而且一直朝林子裡走去，民婦心中納悶，也不知是如何想的，竟然悄悄地跟上去。」

皇后的呼吸有些急促。當年的事情就要水落石出，她的心都提到嗓子眼，一眼不眨地盯著杜氏。

杜氏的頭垂得更低。「柳葉姑娘到了林子裡，不一會兒，芳姑娘也到了。」

她看芳嬤嬤一眼，芳嬤嬤示意她講下去，她心一橫，又道：「民婦看見芳姑娘和柳葉姑娘交換手中的籃子，然後芳姑娘離開。柳葉姑娘卻並未走，反而是繞了幾個彎，往荒山走去。」

皇后的手緊緊地抓著寶座。杜氏說的這些都能對上，當時芳姑姑是王府裡的老人，管著王府中的雜事，被她收為心腹。府中的通房產下死胎，自然是交給芳姑姑去掩埋。她早就安排好，孩子只是吃了藥熟睡著，等芳姑姑去城外時，讓柳葉和她碰頭，將孩子帶走，交給董氏，瞞天過海。

「民婦跟著柳葉姑娘，看著她的手伸進籃子裡，不知在做什麼，好似在掐著什麼東西一般。然後就見她從裡面提出一個襁褓，將襁褓全部扒下來，露出赤身的嬰兒，她手一丟，就將孩子丟進坑中，然後離開。」

杜氏的聲音又輕又抖，殿內外早已清空，並無一人，靜得嚇人。皇后的呼吸急促起來，手死死地抓著座邊，目光淬火。

「民婦心中大驚，等柳葉姑娘離開，也顧不上什麼，爬到坑下面，將孩子抱出來。孩子似乎沒有氣息一般，脖子青紫，指印可見，民婦想著或許還有救，便脫下衣服將孩子包起來，拍打幾下。也是那孩子命大，居然細聲地哭了幾下。民婦不敢多待，將孩子抱回家，可心中難安，怕惹上禍事，又連夜出京。到渡古縣七峰山時，巧遇趙家的姨娘，趙家姨娘剛剛喪女，民婦將孩子放在離她不遠處，見她將孩子抱回，這才放心。此後十幾年中，一直守在趙家的周圍，不曾離開。」

杜氏當年給王府送菜，對王府的事情也知道一些。王府中同時有孕的就有兩位側妃和一位通房，她也聽到平側妃產子，通房難產、死胎而亡的事情，估計這孩子就是通房生下的孩子。

將孩子抱回家後，她忐忑難安。柳葉姑娘是平側妃的人，平側妃最受寵，若是讓她知道自己救下通房的孩子，定然不會罷休。
她是個寡婦，又無子女，多年來就盼望有個孩子傍身，可惜直到丈夫去世，都沒能盼來一兒半女，便起了惻隱之心，思來想去，連夜抱著孩子逃離家鄉。
一個婦人帶著孩子上路，孩子又才剛出生，身子又弱，可想而知是多麼艱難。等她一路南下到達渡古縣內時，身上的銀錢已經所剩無幾。而孩子身子太弱，她生怕養不活，恰巧聽到附近有座七峰山，山上有座寺廟，興許能收下這個孩子。
也是命中注定，她抱著孩子，看著前面也有主僕倆抱著孩子，那孩子也用襁褓包著，看起來和她懷中的孩子差不多大。主僕倆臉色悲傷，並未上山，而是尋了一處地方挖坑埋子，她心念一動，將孩子放在她們不遠處，然後躲在一邊。
果然，那女子的孩子剛剛去世，正在悲痛之中，聽到孩子的哭聲，循聲而來，將孩子抱回家。她一路跟著，看著她們進屋，然後打聽她們的家境，也算是小富之家，於是就留在渡古，守在趙家人的周圍。
誰知，世間的事情竟如此巧，趙家竟然就是柳葉姑娘的娘家。她一直擔心著，就怕柳葉發現，好在柳葉從未回過渡古。
前段日子，趙家人進京，她本打算變賣鋪子，也跟著上京，正收拾東西準備離開，就碰到芳姑娘一行人，被芳姑娘給認出來，一路帶到京中。
聽完她的敘述，皇后又恨又悔。
她可憐的孩子，究竟遭了多大的罪才能活到現在？

第五十七章

皇后坐在寶座上，冷若冰霜，胸中怒火滔天，恨不得將柳葉從段府中拖出來碎屍萬段。她一心將柳葉當成心腹，還許給朝廷命官為妻，哪知對方竟一直存著蛇蠍之心，在多年前就已經背叛自己！

若不是雉娘命大，如何能活到現在？

幸好……也是冥冥之中有天定，竟然讓憐秀給養大。

她看著跪在地上的杜氏，幸虧這女子存了良善之心，要不然自己的孩子就會死在荒郊野外，無人知曉，而她自己也會一直將趙鳳娘或趙燕娘當成親生，為趙家女鋪平富貴之路。

柳葉其心可誅，將她玩弄於股掌之中——

「妳下去吧。」皇后無力地揮手，遞給芳嬤嬤一個眼神。

杜氏跪在地上，大氣不敢出，也不敢抬頭看，聽到這句話，心裡七上八下。

芳嬤嬤有眼色地將她引下去，她心裡不安。「芳姑娘，妳說皇后娘娘會不會怪罪民婦？」

「不會，只要妳嘴巴嚴，不再對任何人提及此事，遠離京城，皇后娘娘會保妳富貴終身的。」

杜氏大喜，連連表態。「民婦定當從命，只不過民婦敢問芳姑娘，那趙三小姐會不會有事？她可是什麼都不知道，求芳姑娘替她向娘娘求個情。」

芳嬤嬤深深地看了她一眼，笑了一下，原本嚴肅的臉蒙上一層暖色。「妳放心，我會向娘娘求情的。這世上好人才有好報，妳做了好事，娘娘自然會報答妳的。」

杜氏放下心來。離開皇宮時，芳嬤嬤遞給她兩張銀票，她在無人時打開一看，嚇得心肝亂跳，竟是整整二千兩。

她不敢在京中待著，次日一早就出了京。

德昌宮內，皇后滿臉陰霾。

昨夜一宿未睡，怒火燒得她恨不得親自去段府，將柳葉拖出來質問。但她死死地忍住，小不忍則亂大謀。

琴嬤嬤侍候她梳洗淨面，見她臉色不好，小聲詢問：「娘娘，可是要用些雪玉膏？」

「也好。」

等她打扮妥當，太子和二皇子來請安，請過安後，她將太子留下。

望著太子，她輕嘆一口氣，滿臉憂心。「堯兒，母后見你最近有些鬱鬱寡歡，可是有什麼心事，何不對母后講講？」

「母后，兒臣最近跟太傅們學習，看書晚了些。」

「學業為重，但也要多注意身子，最近晁哥兒要成親，你是不是……」

太子神情一愣。「母后，兒臣無事。」

皇后又嘆口氣。「知兒莫若母，你有沒有事，母后還看不出來嗎？也是母后早先沒有往那方面想，你又是沈穩的性子，面上又看不出來。晁哥兒和母后說中意鳳娘，母后一時高興，就給他們指了婚，哪裡知道你……都是母后的錯。」

「母后，兒臣對鳳娘並無想法，鳳娘和平晁就要成親，兒臣打從心裡恭喜他們。」

「好，這才是我們的太子，心胸寬廣。你放心，湘兒也是不錯的姑娘，等她進門後，母后立刻給你選側妃，一定會稱你的心意，挑個知書達禮的端莊姑娘。」

太子站起來。「兒臣謝過母后。」

皇后欣慰地笑著，看著時辰差不多，放他去太傅那裡。等他一走，皇后的臉色冷下來，冷冷地盯著手中的杯子，對身後的琴嬤嬤道：「妳讓人去段府和趙家知會一聲，讓趙鳳娘和趙燕娘兩姊妹同日出嫁，也是一段佳話。」

「是。」

「另外，庫房裡的那幾個箱子不用挑選，全部當作雉娘的嫁妝。」

琴嬤嬤心裡震驚。皇后疼愛外甥女，堪比親女。

她侍候完皇后，便讓太監去段府和趙家傳話。

段府裡，趙氏正忙著給鳳娘備嫁，離婚期還有三日，她將嫁妝單子仔細地對一遍。太監的話傳到段府，趙氏大驚失色，皇后怎麼會起意讓鳳娘和燕娘同天出嫁？

趙家人也有些摸不著頭腦，不過鞏氏很快反應過來，段家的聘禮已經送過，說實話，真是不怎麼樣，東西不多，也沒有什麼出色的珍品，好似敷衍一般。趙書才沒有說什麼，鞏氏也懶得計較，燕娘遲早要嫁進段家，左右不過是提前幾天，倒也沒什麼差別。

燕娘的嫁妝緊著家裡的銀錢來，家中就一千兩銀子，就算全部花出去，所置辦的東西也是不夠看的。

趙書才想著燕娘是嫁進妹妹家裡，妹妹是自己人，知根知底，又是親姑姑，定然不會挑剔。

可趙氏不會挑剔，趙燕娘卻不幹。本來她還有自己的計劃，誰知婚期提前，打亂她的謀算。她氣沖沖地趕到趙家，看到的就是寒酸的嫁妝，才將將二十四抬，而且全都是些便宜貨，首飾頭面大多都是銀的，金的就一套，成色也不太好，樣式也不起眼。

她知道鳳娘的嫁妝是七十二抬，是她數倍之多，而且珍寶玉器、瑪瑙金珠，晃得人眼花。一家姊妹又是雙胎，差距如此大，她當下就黑著臉，質問鞏氏。

鞏氏輕聲道：「家中就只能拿出這些東西，全都緊著妳一個人來，連雉娘都沒分兒，妳若還不滿，那母親可就沒有法子，妳去找妳父親吧。」

「妳不要騙我，我知道，上回進宮，皇后娘娘可是賞賜了不少東西，為何沒有放在我的嫁妝裡？」

鞏氏看她一眼，坐直身子。「那是皇后賞給雉娘的。」

「分明是賞給趙家的，哪裡就是雉娘一人的？妳偏心自己的孩子，將好東西都留給雉娘，說什麼家裡就這些東西，擺明就是存私！」

蘭婆子站在鞏氏的身後，不服氣地道：「二小姐，皇后是看在夫人的分上，將東西賞給親外甥女的，哪裡就是趙家的？就憑趙家，皇后哪會看在眼裡？」

「妳這個奴才好沒有禮數，竟然敢對著主子大呼小叫！」趙燕娘氣得跳腳。

「燕娘，那妳的禮數呢？我是妳母親，妳對我又是如何？我說過，家中只有這些東西，妳若是不服，可以去找妳父親，我無能為力。」

鞏氏也來了氣。燕娘不知好歹，再怎麼一碗水端平，她也不會領情，索性丟給老爺，老爺是她親父，讓她自己去鬧。

趙燕娘丟下一個狠戾的眼神，便去趙書才的書房。

趙書才的書房就在西廂，趙家宅子小，不過兩進，抬腳就能到。

趙書才已經聽到正屋裡傳來的動靜，看著二女兒，頭疼不已。

「爹，你可要替我作主。」

「作什麼主？妳母親說得沒錯，家中的銀子都緊著妳，連妳大哥都放在一邊，鳳娘和雉娘都不和妳爭，妳還有什麼好不滿的？」

趙燕娘恨極。她不滿的地方太多了，憑什麼她們都嫁高門大戶，就她嫁給段家表哥？她們的嫁妝都豐厚精緻，她的卻少得可憐？

「爹，我不管！鳳娘可是七十二抬的嫁妝，我才二十四抬。我們是親姊妹，你們不能厚此薄彼，要不然你讓鳳娘分給我一半。」

趙書才氣得將手中的筆甩出去。「妳簡直癡心妄想！鳳娘是什麼身分，那是有封號的縣主，妳拿什麼和她比？再說鳳娘的嫁妝可是她自己備的，她有食邑，還有往年的宮中賞賜，我們趙家可是一分都沒有出，憑什麼讓她分妳一半？」

筆上的墨汁濺到燕娘的臉上，燕娘只覺得氣血往頭上衝。「她是什麼身分？不過踩在我的頭上，搶了我的富貴，若不是她，這些東西都是我的！」

她一說完，便跑了出去。

趙書才被她說得有些發愣。這燕娘，越來越不知所謂，鳳娘哪裡搶了她的富貴？

趙燕娘氣沖沖地跑出趙家，腦子裡嗡嗡地響，不管不顧地去了皇宮。門口的太監被她的模樣駭到。

「你去，通傳皇后娘娘，就說趙家燕娘來拜見。」

守門的侍衛本來要趕她走的，聽到趙家，心下狐疑。趙家夫人可是皇后的嫡妹，他不敢作主，讓小太監去德昌宮請示。

皇后正憋著火，聽到趙燕娘求見，嘴角勾起一個笑，命人將她領進來。

趙燕娘一進入殿中，就跪在地上痛哭。

「何事如此委屈？說來聽聽，本宮為妳作主。」

「娘娘，燕娘命苦，爹不疼娘不愛，就是嫁人，也要低姊妹們一頭，家中給燕娘的嫁妝少得可憐。燕娘問父親，父親卻說燕娘不能和鳳娘比，燕娘不解，為何鳳娘就要比燕娘尊貴？我們分明是同胎的姊妹。」

皇后臉上露出為難之色。「原來是這事？可鳳娘是縣主，按規矩來，確實要比妳高出不少。本宮初見妳，也覺得十分歡喜，若是當初柳葉帶進宮的是妳……罷了……」

後面的一句話似自言自語，卻清晰地傳到趙燕娘的耳中。她心裡更加不忿，若姑姑接進京的是自己，那趙鳳娘所有的一切都是自己的。

「娘娘，燕娘命苦啊，您可要為燕娘作主……」

「妳回去吧，本宮會和妳姑姑說的，將妳的嫁妝再加一些。」

「多謝娘娘，娘娘仁慈，燕娘十分感動，若是娘娘不嫌棄，以後燕娘可不可以常進宮來陪娘娘？」

皇后目露冷光，垂下眼皮，蓋住恨意。「妳以後嫁作人婦，要侍候公婆，哪有空閒能常來陪本宮，莫要用這話來哄本宮。」

「不會的，燕娘一定做到，公婆哪有娘娘重要。」

「好，那本宮就等著妳。」

趙燕娘歡天喜地出了宮，得意地回到段府。趙氏聽到她又進宮，還向皇后哭訴，氣得指著她的鼻子。「妳……下次不許再擅自進宮！」

「哼，皇后娘娘可是發了話，讓我以後常進宮去陪她。」

「什麼？」趙氏心裡轉了幾下，語氣緩下來。「既然是皇后這般吩咐的，那妳照做就是。」

她這整日提著的心，似乎安穩不少，想來皇后是相信燕娘才是當年那個孩子，要不然不會讓燕娘常進宮去陪她。

隨後便有宮人來透露燕娘在宮中報怨嫁妝少的事情，趙氏雖然氣，卻還是送了二十四抬嫁妝去趙宅，說是姑姑給姪女的添妝。
這下，趙燕娘的嫁妝就成了四十八抬。
她雖然不是很滿意，卻也知道四十八抬已經很不錯，想著以後能常進宮，皇后必然會賞賜，還能和皇后更親近，以後無人敢小瞧自己。若是能謀劃成功，說不定……她想得入神，不由得笑出了聲。

二十四抬嫁妝抬到趙家，趙書才連誇妹妹懂事。鞏氏和雉娘眼神對視一下，都明白必然是燕娘做出來的，要不然姑姑哪裡會出嫁妝？
趙書才滿臉紅光，興沖沖地去母親的屋子。
雉娘無奈一笑。她發現如今這個家裡，也就只有便宜父親還在雲裡霧裡，其他的人都是各懷心思。
不一會兒，宮中有人來傳旨，說是皇后讓她們母女進宮。
鞏氏猜又是為了雉娘的嫁妝，在馬車上就叮囑女兒，等會兒進了宮要記得謝恩。
雉娘明白，見到皇后，行過禮後，就是謝恩。
皇后動容地從寶座上下來，一把扶起她，彷彿第一次見到她一般，細細地打量著，不停地道：「好、好，好孩子，姨母為妳備嫁妝，是心甘情願的。」
眼前的少女和自己長得如此相像，透過她嬌嫩的容顏，就像看到當年的自己一般。
她不由自主地去摸雉娘的臉，目光慈愛，良久才讓她們坐下，宮人們有眼色地將點心茶水呈上。

「憐秀，一連要嫁三女，這些日子辛苦了。」

「託長姊的福，倒是沒有怎麼操心。鳳娘有她姑姑幫忙，雉娘又有您把關，也就是燕娘，費了些心思，談不上辛苦。」

皇后點點頭，將琴嬤嬤遞過來的嫁妝單子交給鞏氏。

鞏氏接過來，細細掃過去，驚得從凳子上站起來。「長姊，這也太貴重了，雉娘哪裡擔得起？」

「哪裡擔不起？雉娘是本宮的親外甥女，有什麼擔不起的，妳太過小心了。」

「可是……長姊，這紫檀托映珊瑚樹，還有這九魚戲水碧玉盤，憐秀以前聽方先生提過一句，說是九魚戲水碧玉盤是上古奇玉雕刻而成，若遇溫水，盤底就會顯出九尾紅魚，相互嬉鬧。如此價值連城的珍品，您怎麼就給雉娘做嫁妝，這可如何使得？」

皇后淡淡一笑，慈愛地看向雉娘。「有什麼使不得的，雉娘是妳的獨女，也是本宮唯一的親外甥女。本宮只有永安一女，永安出嫁時，帶走不少好東西，這剩下的，在庫房裡放著也是長灰，現在雉娘出嫁，正好派上用場。」

當年她出嫁時，因為是庶女又是側妃，梅郡主準備的嫁妝只能說是看得過去，好東西是沒有的，這些東西也是她冊封為皇后之後，陛下私下貼補她的。

永安成親時，自然是十里紅妝，轟動京城。可那時她並沒有多大的感慨，許是永安長得像陛下，性子又烈的緣故。而雉娘不一樣，雉娘像她，也像憐秀，她不知不覺就會將雉娘當成她們姊妹倆的延續。

她不允許雉娘的親事，和她們一樣寒酸。

「長姊……」鞏氏還要推拒。

皇后回過神來，堅定地道：「若是妳們怕受不住，不如本宮給雉娘封個品階。鳳娘是縣主，雉娘可是本宮的親外甥女，不能太低。」她轉向雉娘。「雉娘，妳和姨母說說，想當郡主嗎？」

雉娘一愣，搖搖頭。「娘娘，您的好意我們心領。可月滿則虧，您對臣女的厚愛已經足夠，若是再多，怕會招來非議。」

「好孩子，不貪不念，有進有退，妳比姨母強，也比妳娘強。」皇后十分高興。上次封鳳娘為縣主時，也有朝臣表示不滿，都被陛下壓住。還是自己的女兒貼心，一眼就能看出癥結所在。雉娘現在不能成為郡主，也只是暫時的，以後她自有法子讓雉娘身分高於京中貴女。

她讓鞏氏不要再推拒。「不過是些嫁妝，又是本宮的私庫，哪怕是御史，也不敢說本宮什麼，妳們就收下吧。」

鞏氏這才千恩萬謝地收下單子。

第五十八章

鞏氏和雉娘出宮，坐在馬車裡，她不停用手撫著袖子裡的嫁妝單子，如火燙一般。這些東西比起鳳娘的嫁妝都要豐厚不少。

由於東西太多，先放在宮中，等出嫁時再送出來。

雉娘蹙眉。看皇后的樣子，不像是知道鳳娘、燕娘都不是親生女兒，可是為何表現得如此平靜？深宮女人的城府果然不能小覷。

若皇后以為燕娘是親女，為何並未賞賜任何東西，反倒是她這個外甥女，得了好處。

「雉娘在想什麼？」

「沒什麼。」雉娘醒過神來。「娘，我只是覺得皇后娘娘的賞賜太多，有些受寵若驚。」

鞏氏笑了笑。「她是妳親姨母，就算她不說，我也能猜到她以前在侯府生活得並不如意，那梅郡主豈是好相與的？妳姨母疼妳，妳受著就是。」

雉娘點點頭，還是覺得哪裡不對，可又想不出是什麼。鞏氏又笑一下，不敢細想，心中隱有感覺雉娘就是長姊的孩子，要不然長姊怎麼會賞賜如此貴重的東西，至於事情真相，她不想探知。

母女二人回到趙宅，趙書才疑惑地接過鞏氏遞來的嫁妝單子，抖個不停，眼睛睜得老大。「這……這都是娘娘賞給雉娘的嫁妝？」
「沒錯，娘娘心疼妾身，憐愛外甥女。」
趙書才歡喜得臉都變了形。「好，微臣謝娘娘隆恩。」
他將單子還給鞏氏，叮囑她要妥善保管。
雉娘百思不得其解，想讓青杏約大公子出來，又想著男女婚前不見面的習俗，搖擺不定。

胥家東院內，胥良川也在細思著近日的事情。據他的人來報，皇后身邊的芳嬤嬤一行人從渡古悄悄歸京，同行中另有一婦人，婦人原是渡古縣衙後面賣湯麵的婆子。
這婆子被偷偷變裝帶進宮，次日便消失在京城，遍尋不見。
此後，皇后的舉動有些耐人尋味，讓趙鳳娘和趙燕娘同天出嫁，用意何在？又賞賜雉娘堪比永安的嫁妝，意欲何為？是否……
也許是某個沒有弄清楚的地方，雉娘才是皇后親女，所以皇后才會有此舉動。
胥良川皺著眉，喚來許敢，披上大氅。
「大公子，我們去何處？」許敢小心地問著。
胥良川看他一眼。「趙家。」
「不妥，大公子。」許敢不敢直視他清冷的眼神，硬著頭皮道：「老夫人交代過，婚前男女不見面，這是規矩。」

胥良川一愣。還有這個規矩？他慢慢地解下大氅。也罷，日後成親，有的是機會說。他淡淡地瞅許敢一眼，許敢覺得腿肚子都在發軟。

「正好，近日無事，你將書房裡不用的那些書整理造冊，歸類放好吧。」

許敢垮下肩來。他就知道提醒大公子不要見趙三小姐是個苦差事，可偏偏又不敢違抗老夫人的命令。

他認命地走到後面的書架，頭疼地看著擠得嚴實的書卷，認真地整理起來。

臘月九日，段府中喜氣洋洋，四處貼著紅聯，開始掛燈籠。

趙家人也上門來，因為燕娘死活不願在趙家出嫁，趙氏被她吵得頭痛，就依了她。反正嫁一個也是嫁，嫁兩個也是嫁，到時候燕娘的嫁妝抬出去，在府外繞一圈再回來，也就禮成。

出嫁前一日，鞏氏和雉娘自然要住進段府。鞏氏身為鳳娘和燕娘的母親，出嫁前一夜還有許多事情要交代。

段鴻漸是新郎，趙守和陪著他。雉娘遠遠地看到他們，想要避開。

段鴻漸的眼神直愣愣地盯著她。一段時日不見，雉表妹比以前更嬌豔，他的心裡越發不甘心，如此美貌的女子，本就應該是他的。

雉娘見他們要上前，落後一步，站在鞏氏的後面。

趙守和上前跟鞏氏見禮，口中稱著母親，叫得十分順口。因為母親的緣故，他在京中都結識了不少好友，別人都知道他的母親是常遠侯府嫡女，又是皇后娘娘的親妹，言語間都十分討好。

「原來是守哥兒和鴻哥兒。」鞏氏對也跟著行禮的段鴻漸道：「鴻哥兒明日就要大婚，守哥兒就多陪陪他，有什麼事也可以幫襯一二。」

「兒子省得，母親放心。」

段鴻漸的眼神越過鞏氏，望向雉娘。雉娘低著頭，沒有抬起，他略有些失望，可瞄見她垂頭露出的白嫩頸子，眼裡一片火熱。

雉娘輕聲地提醒鞏氏。「娘，我們快些去姊姊們那裡吧。」

趙守和連忙拉著段鴻漸告退。

雉娘和鞏氏走進燕娘的房間，方才院子裡的情形被趙燕娘看在眼裡，她嘲弄一笑。「雉娘，妳看，表哥看妳看得都快入迷了，想起你們在渡古時……唉，造化弄人哪。」

鞏氏怒喝。「燕娘，妳怎麼說話的？都要嫁為人婦，還這般不知輕重，嘴裡沒個把門，若是傳揚出去，妳妹妹如何做人，鴻哥兒又要如何做人？妳和鴻哥兒眼看就要成為夫妻，夫妻一體，妳怎能如此抹黑他？」

趙燕娘撇了下嘴，不屑地一笑。夫妻一體？她和表哥才不會是夫妻。

雉娘心裡咯噔一下，厲聲道：「二姊，妳如果再說這樣的話，我就不客氣了。妳和表哥郎有情妾有意，終成眷屬，為何非要將髒水往我身上潑？」

「雉娘，二姊是為你們惋惜。」

雉娘也不管鞏氏是否看著，上前一步，欺身靠近趙燕娘。「趙燕娘，妳若還將我當成在渡古時任妳作踐的庶女，可就大錯特錯了。妳若敢再亂說一個字，信不信我豁出去，將妳的醜事嚷得天下皆知。妳真以為我怕妳？不過是不想和蠢貨計較罷了。」

「妳……妳嚷啊……看誰沒臉。」

趙燕娘退後一步，氣勢明顯弱下去。雉娘冷笑一下。

「只會是妳沒臉，我行得正坐得端，倒是妳，可別忘了還有董家表哥那一段呢。妳說我若是將妳和董慶山私訂終身、交換情物的事透露出去，段家表哥會做何感想呢？」

也許段鴻漸已經知道，董家人鬧事時，段鴻漸可是在閬山書院讀書，雉娘壞心地想著，這對夫妻以後的日子有得瞧。

趙燕娘被她嚇到，心裡驚疑。雉娘這小賤人，時不時地就發瘋，也太邪門。「母親，妳看雉娘，哪有一個大家小姐的樣子，竟敢口出污言，誣衊自己的嫡姊。」

鞏氏裝作沒聽到的樣子，坐在椅子上，看著屋內的擺設。「燕娘，妳都要嫁人了，有些規矩不要忘記。雉娘說得對，妳以前的那些事可要瞞好，真讓鴻哥兒知曉，夫妻生了嫌隙，不能和睦，反倒不美。」

趙燕娘狠狠地瞪母女倆一眼。全是表裡不一的女人，外面裝得柔弱，也就是男人被她們的美色所迷，看不清她們的真面目。

雉娘朝她勾了下嘴角。要不是礙於身分，誰願意來看這蠢貨？眼下看也看了，鬼才願意留在這裡。

雉娘拉著鞏氏。「娘，二姊我們已經看過，現在去看大姊吧。」

趙燕娘急著出聲。「雉娘留下來陪我！」

雉娘冷笑。「妳確定要我留下來陪妳？我這人就愛念舊，說不得又要和妳好好說說我們在渡古的事情，董家表哥啊……」

趙燕娘咬牙。「行啊，我也想和妳說董家表哥呢，妳和董表哥可是……」

「好，那我們就好好說說吧！」

雉娘讓鞏氏先去鳳娘那裡，鞏氏有些不放心，雉娘拍拍她的手，讓她安心。

趙燕娘寧願和她談論董慶山，也要將她留下來，肯定是有陰謀。從趙燕娘執意在段府出嫁，她就猜出，以趙燕娘的性子，定然要出什麼么蛾子。她也一直想找機會好好教訓一下趙燕娘，人都送上門來，正合她意。

她如今可不再是任人宰割的庶女，娘也不是孤苦的妾室，現在身有倚仗，又豈會再忍氣吞聲？

她讓青杏留下，主僕倆就坐在趙燕娘的對面。

「妳讓妳的丫頭出去。我早將我的丫頭婆子們遣得遠遠的，我和妳說的話都是外人不能聽的。」

「我沒有什麼外人不能聽的話，青杏是我的丫頭，當然要一直在我身邊。」

趙燕娘笑起來。「也好，主僕倆一起，也是佳話。」

雉娘了然，看趙燕娘的打算是要故技重施，除了想毀她清白，不作他想。今日她就要前仇新恨一起算，出了心裡這口惡氣。

「二姊，妳要說什麼就盡快說吧，明天可是妳大喜的日子，是該好好緬懷一下董家表哥。當初妳可是連貼身肚兜都送給了他，郎情妾意，要不是他突然早逝，妳可就是董家的娘子，哪有段家表哥什麼事。」

雉娘就那樣坐著，如話家常一般，趙燕娘心驚，雉娘又開始邪門了。

「小賤人，現在不裝了，這才是妳的真面目吧，要是胥家大公子知道妳如此的嘴臉，還會不會娶妳進門？」

雉娘笑起來，直直地看著她，臉上全是嘲弄。「這就不勞二姊操心，我和大公子是天定的姻緣。倒是二姊，要是段家表哥知道妳曾和董家表哥互許終身，願不願意妳進段家門呢？」

趙燕娘霍地站起來，想打她，青杏一把抓住伸過來的手，再折回去，痛得燕娘嗷嗷亂叫。

雉娘對青杏遞一個讚許的眼神。自從上次發過火後，青杏和烏朵都變得小心翼翼，青杏更是連表忠心，說大公子就是讓她來保護自己的，還展露出自己的身手。青杏的身手不凡，一下子撂倒七、八個壯漢不成問題，所以今日她才會一直將青杏帶在身邊。

她對青杏使個眼色，青杏會意，將趙燕娘往地上一推，一下子將人敲暈。然後飛快地在屋內搜尋，一把扯開屏風後面的簾子，就見那裡露出一道門，她將門打開，門後的段鴻漸就一頭栽進來。

雉娘站起來，居高臨下地望著他。「表哥怎麼如此心急？明日晚上才是洞房花燭，怎麼今日表哥就躲在二姊的屋外。看來我來得不是時候，打攪你們。二姊就是多情，當年和董家表哥就是這般，和表哥你也是這樣。」

她說著，一腳踢在燕娘身上，青杏已經關上後門，將段鴻漸提起來，丟在地上。

段鴻漸想掙脫，怎奈青杏長年習武，力大驚人，他掙了半天都紋絲不動。

「雉表妹，妳快讓妳的丫頭放開我！」

「放開你？你和趙燕娘究竟存著怎樣齷齪的心思，我都不想說出來髒了自己的嘴。既然你如此迫不及待，那我就成全你和二姊。」

段鴻漸疾言厲色，一臉惋惜。「我真是錯看了妳，妳怎會是這般的女子？」

「我是哪般的女子，總好過你這種斯文敗類。」

他正要嚷出聲，雉娘對青杏一揮手，青杏就將他一掌拍暈。

「三小姐，現在要怎麼做？」

「趙燕娘的大禮，我不能辜負。」

雉娘坐在椅子上，看著桌上的茶水，端起來，放在鼻子下面一聞，眼神更黯。

這茶水有異味，想來裡面有什麼雜料。趙燕娘想毀她，還真是無所不用其極。在渡古時，董氏就是這般，想要置她們母女於死地，趙燕娘不愧是董氏一手帶大的，手段雷同。

只不過，她比董氏要蠢，這個計謀並不高明，漏洞百出，還在她自己的房間裡。到時候要怎麼摘脫？可能燕娘恨她入骨，連怎樣圓話都沒有多加思索，只想著讓她失貞，一旦坐實此事，自己名節盡毀，其他又有什麼關係。

雉娘的目光發冷。青杏看著她，等待她的下一步指示。

她指指床榻，青杏手腳麻利地將兩人搬到榻上。

後面傳來雉娘無起伏的聲音。「將他們的衣服脫了。」

青杏略一詫異，然後便把心一橫，閉著眼，嫌棄地將他們的衣物剝除，然後蓋上被子。

趙燕娘在裡面，段鴻漸在外邊。

雉娘晃著手中的杯子，走過去遞給青杏，青杏會意地扳開他們的嘴，分別灌進去。

處理完這一切，主僕倆打開後門，悄悄地離開。

趙燕娘的婆子丫頭還在前門不遠處守著。雉娘和青杏從後門的小路一直往邊上走，繞過她們，來到鳳娘的屋子，鞏氏正滿臉通紅地坐在鳳娘的對面。

身為母親，就算不是親生的，這婚前教導必不可少。可鞏氏本就是羞怯的性子，讓她教閨房之事，又不是親女，她哪裡開得了口，躊躇半天，都說不出口。

見女兒進來，鬆了一口氣，將袖中的冊子塞到鳳娘手中。鳳娘了然，用袖子蓋住冊子。

鞏氏看著走進來的女兒，輕聲問道：「妳不是陪妳二姊，怎麼這麼快就出來了？」

雉娘臉色不豫，有些不滿地嘀咕。「二姊才不要我陪，一看到表哥去了，就嫌我礙事，將我趕出來。」

趙鳳娘的眉頭皺了一下。孤男寡女，夜裡獨處一室，有些不妥。轉念一想，他們明日就要成為夫妻，睜一隻眼閉一隻眼，就當沒看見吧。

雉娘對鳳娘說著恭喜的話，鳳娘也和她說些趣事，還提點她一些要注意的事。鳳娘之前並沒有將這個庶妹放在眼裡，誰知事情出人意料，庶妹變嫡妹，還和皇后扯上關係，若能交好，以後在京中也是助力。

兩人一個有心修復關係，一個有意拖延時辰，相談甚歡。

說了半天話，鞏氏想起還有燕娘那裡沒有交代，開口道：「鳳娘早些歇息吧，我還要去燕娘那裡交代一下。」

鳳娘點頭。這樣也好，母親過去，表哥就會識趣地離開。

雉娘好似有些為難，遲疑半晌，似是不解地道：「娘，我看二姊神神秘秘的，還將丫頭婆子都遣開，將表哥留在屋裡，表哥好像不願意的樣子，我總覺哪裡有些不妥。」

鳳娘心裡一沈。表哥不喜燕娘，根本就不想娶燕娘，她和姑姑都知道，要不是姑姑說是皇后的意思，恐怕表哥怎樣也不會答應。

燕娘不會因為表哥不願意而做出什麼出格的事吧？她當下也有些坐不住，便要和鞏氏一起去燕娘的房間。

一到燕娘的屋外，果然曲婆子和木香就在不遠處探頭探腦，又不敢進屋子。她喝道：「妳們不在裡面侍候主子，在外面做什麼？」

曲婆子正欲回話，看到鳳娘身後的雉娘，愣了一下，將口中原本想好的說辭嚥下去，低聲回道：「是二小姐吩咐奴婢們的，讓我們不能隨意靠近。」

鳳娘冷著臉，讓身邊下人去敲門。下人走近門前，嚇得面無血色，連退幾步。

翟氏也瞧出不好來，趕緊上前，聽到裡面傳出男女的喘息聲，暗道不好。

雉娘對青杏使個眼色，青杏衝過去，一腳將門踢開。

一行人闖進去，一瞧清裡面的情形，翟氏連忙捂住雉娘的眼睛。

眼睛被翟氏捂著，雉娘只聽見一陣男女靡靡之聲，心知事情已成，裝作不知所措地愣在當場，然後被青杏給拉出去。

第五十九章

雉娘被青杏拉著，滿臉通紅地退出屋子。青杏本就是將他們敲暈，她估算著應該很快就能醒來。就算沒有醒來也無礙，男女不著衣裳睡在一起，怎麼解釋也解釋不通。

顯然事情按最好的方向進行，兩人已醒，醒來後藥效發作，青年男女，自然會失去理智滾成一團。

屋內兩人正在動情中，就算被人大力踢開門，都絲毫沒能驚醒他們。他們疊在一起，男子白花花的，女子反而黑糙糙的，不堪入目。

鞏氏嚇得不知如何是好，而鳳娘雖然性子沈穩，可畢竟是未出閣的女子，當下就跑到門外，喝令曲婆子進去。

本來榻上的人還未入巷，一番磨蹭，傳來燕娘尖利的呼痛聲，段鴻漸已經得手，榻上響起不堪入目之聲。

鞏氏也退出屋子。榻上之人正忘我，曲婆子膽戰心驚地進去，腦子裡只有一個念頭，她怕是完了。

兩人緊緊貼著，她無從下手，愣是等兩人完事分開，才敢將他們拉開。榻上已經一片狼藉，趙燕娘也漸漸清醒過來，茫然地看著眾人。

兩人都光著身子，曲婆子用被子將趙燕娘包起來。一旁的段鴻漸不好處理，只能去叫下人，難免驚動趙氏。趙氏聞訊趕來，看到這情形，差點暈過去。兩人明顯是服用某些助興藥，才會喪失理智，做出如此羞事。

她忙讓下人們將段鴻漸穿好衣服扶出去，盯著榻上的燕娘。燕娘臉色潮紅，腦子裡還是暈暈的，還未明白發生何事。

鞏氏一臉自責，拉著趙氏，說自己沒有看好燕娘。鳳娘也責怪自己，沒有管好燕娘。雉娘嚇得哭起來。「姑姑，都是雉娘的錯，二姊請來表哥，表哥一副很不情願的樣子，二姊卻十分高興。她將雉娘趕出去，雉娘心裡奇怪，卻沒有及時告訴娘，等我們趕來時……都是雉娘不夠機靈。」

趙氏恨急。這燕娘就會壞事，肯定是她見鴻哥兒對親事不情願，怕臨時生變，想來個生米煮成熟飯，哪知弄巧成拙，弄得人盡皆知，搞成這般模樣。

她急急跟去繼子的屋內，段鴻漸也清醒過來，正想著如何解釋，趙氏就流淚自責。「鴻哥兒，都是母親沒有管好燕娘，讓燕娘如此算計你，還弄出這般醜事。」

段鴻漸心裡疑惑。分明是雉娘主僕敲暈他，怎麼不見母親提起，卻一直在說燕娘做的手腳？他心中不解，卻默不作聲。

「母親已經知道，你不喜這親事，燕娘才會下藥算計你。事到如今，這門親事不結也得結，母親知道你委屈，可是皇后娘娘的意思……你放心，你舅母和表妹都不會說出去，不會有人知道。等以後，母親再為你納幾個美妾，你想納幾個都行，你說好不好？」

段鴻漸還是不說話。如此也好，自己能摘得清，管她是燕娘還是雉娘，他可是受害者，如此一想，一臉悲憤沈痛。

趙氏安撫好他，這才顧得上去找燕娘。

燕娘已經明白過來，叫嚷著是雉娘陷害她。雉娘嚇得哭起來，鞏氏指著燕娘，抖不成聲。「燕娘，母親是哪裡對不起妳？傾盡全家的銀錢給妳置辦嫁妝，妳嫌趙家小，要在段府出嫁，母親也依妳。妳妹妹心地善良，得知妳要出嫁，要陪妳說話，妳卻將她趕出來。現在出了醜事，又要賴在她頭上。究竟我們母女欠妳什麼，讓妳如此糟賤？妳若不想見到我們，那我們走。」

鞏氏拉著哭得上氣不接下氣的雉娘，頭也不回地連夜出了段府。

趙書才聽到動靜大驚，追出來。「發生何事？怎麼要連夜回去？」

鞏氏沒好氣地道：「老爺，妾身說不出口，您還是親自問小姑子吧！」

等趙氏趕到時，就聽到燕娘將鞏氏母女氣走的消息，她氣得真想拍死這個不知死活的東西，一巴掌舉在空中，停了一會兒才放下。「妳怎麼會做出這樣的事，太讓姑姑失望。」

趙燕娘已經收拾好，靠坐在榻上，滿臉恨意。「不是我做的，我都說了是雉娘害的，都是她陷害我和表哥的。」

「雉娘害妳？她為什麼要害妳，她有什麼好處？分明是妳見鴻哥兒不願意，才想出下作的手段。」

「我都說了，不是我做的，是雉娘害的。」

趙鳳娘扶住要倒下的趙氏。「燕娘，妳說雉娘害妳，可妳的下人躲得遠遠的，也是雉娘安排的？妳將表哥叫來，也是雉娘安排的？還有妳給表哥下藥，難道也是雉娘安排的？」

燕娘啞口無言。

趙氏不想再聽到燕娘的狡辯，無力地道：「妳莫再遮掩，我是妳姑姑，不會害妳。妳放心，明日妳和鴻哥兒的親事會照舊，不過是提前一天洞房，這事就此揭過，不許再提。」

趙燕娘一聽，還要再嚷，趙鳳娘瞪她一眼。「妳如果再嚷，弄得人盡皆知，那樣對妳有什麼好處？」

她這才閉了嘴。

趙書才趕到女兒住的地方，見院子裡跪著燕娘的丫頭婆子，心知又是二女兒惹事，明日就要成親，今晚還不消停。

他質問曲婆子，曲婆子不敢隱瞞，將燕娘和段鴻漸的事道出。他一聽，怒氣沖沖地進屋，也不管趙氏和趙鳳娘在場，一巴掌就招呼在趙燕娘的臉上。

趙氏趕緊拉住他。「大哥，消消氣，明日就要成親，可不能將燕娘打出個好歹來。再說她和鴻哥兒本就是要做夫妻的，提前一天也沒什麼大礙。我是她的婆婆，我不計較，就當什麼事都沒發生。」

趙書才喘著粗氣，趙燕娘不服氣地瞪著他。「妳還敢瞪？妳這心腸，就和妳生母一樣，不知廉恥又惡毒！」

「她不是我生母，我哪點像她？我都說了，都是雉娘陷害我的，你們為什麼不信?!」趙燕娘叫起來，趙書才氣不過，又一巴掌拍下去，臉腫得老高，看著駭人。

「還敢誣陷雉娘？今日我就打死妳算了，讓妳和妳的生母去地下作伴！」

趙書才說著就要捋袖子，趙氏連忙拖著他，讓鳳娘也幫忙，兩人合力加上下人們幫忙，才將他拉出房間。

趙氏狠狠地回頭盯著趙燕娘，又看著下人們。「今日之事，若是洩漏出去半個字，我就將你們打殺了。」

下人們跪成一片，齊聲保證。

趙書才被冷風一吹，氣也消了大半，總不能真的將燕娘打死。他一臉羞愧，都不敢看自己的妹妹。

趙氏將他送到前院，此事就此作罷。

鞏氏和雉娘坐在馬車裡，她拉著女兒的手，心有餘悸。「今日之事究竟是怎麼回事？妳莫要瞞娘。」

「娘，我沒事，趙燕娘想算計我，被我將計就計。」

「妳這傻孩子，以後可不能以身犯險。」鞏氏哭起來，輕輕地打她一下，又捨不得打重，看著就像拍的一樣。

「娘，我有分寸。青杏是會武的，且還不低，女兒有全身而退的把握，才敢和趙燕娘對上的。」

鞏氏後怕地流下眼淚。「妳答應娘，以後就算有把握，也不要以身試險。要是妳有個萬一，娘就不活了。」

雉娘連忙安慰她。「好，娘，我答應妳。」

母女倆回到趙宅。趙書才不在家裡，索性兩人同睡一屋，蘭婆子將鞏氏的東西搬到雉娘的房間，母女倆洗漱後便躺下。

昏黃的燭火忽明忽暗，雉娘輕聲開口。「娘，明日咱們就不用去段府吧，省得還要去受閒氣。」

「好，今日之事，將我氣得夠嗆，人也提不起精神，就說我氣病了，妳要留下侍疾。」

雉娘小聲笑著，緊緊地摟著鞏氏。

翌日，趙書才一早就來接母女二人，鞏氏有氣無力地躺在榻上，雉娘坐在榻邊抹眼淚。

趙書才老臉拉不下來，咳了一聲。「憐秀，妳這是怎麼了？」

鞏氏閉著眼睛，看也不看他一眼，雉娘抽泣著。「父親，娘昨天回來就氣得爬不起來，今日恐怕是無法起身。」

「可有請過大夫？」

「請過，大夫說怒氣攻心，要靜養調息。父親，要不今日雉娘和娘就留在家裡……」

趙書才坐在榻邊，安慰了鞏氏幾句，再叮囑雉娘好好照顧母親，便獨自趕去段府。段府裡一片歡慶，鳳娘和燕娘兩人都已梳妝妥當，就等著常遠侯府來接親。

趙燕娘一直眼紅趙鳳娘，又在同一天出嫁，自然是不願意服輸。鳳娘是有品階的縣主，彩冠是三鳳七尾，她不能比，但蓋頭卻是比照鳳娘繡的，加上喜服，也是比照樣子。

姑姑很不滿，但燕娘才不管，她身邊有劉嬤嬤，劉嬤嬤可是宮裡出來的人，幫她出謀劃策，很快就讓人趕出這身喜服。

也是劉嬤嬤跟她說，趙宅太小，在那裡出嫁太委屈，不如在段府，又體面又好看，以後說起來也好聽。

劉嬤嬤已被她收服，她自然是信得過的。

段鴻漸也穿好新郎服，陰著臉在外面做著樣子，等候新娘子出來。

趙燕娘身邊的劉嬤嬤和趙鳳娘身邊的黃嬤嬤，在無人時交換一個眼神便又錯開，各自去侍候自己的主子。

常遠侯府迎親的隊伍到達門口，為首的是平晁，高頭大馬，錦服高靴，身上披著紅綢，段府的人沒有多加為難，便將人放進來。

趙氏在鳳娘的房間裡，拉著鳳娘的手，淚水漣漣。鳳娘就好比她的親生女兒，這養大成人要嫁出去，哪能不傷感？

她有些不滿鞏氏母女未能來送嫁，卻又沒有理由抱怨，只放在心裡將燕娘狠狠罵了一頓。

燕娘坐在房間裡，臉上布滿陰雲。千算萬算還是落空，便宜了那個小賤人。

曲婆子和木香被姑姑關起來，換了兩個眼生的丫頭，一時半會兒也沒能找到適合的婆子，就由劉嬤嬤暫時頂替，等日後尋到人，再調回鳳娘那邊。

劉嬤嬤將蓋頭給她蓋上。「二小姐，吉時快到。」

趙燕娘狠狠地瞪兩個丫頭一眼。這兩人分明是姑姑派來監視她的人，以後她一舉一動都在姑姑的掌控中，幸好還有劉嬤嬤。

吉時一到，外面響起嗩吶鑼鼓聲，劉嬤嬤和黃嬤嬤分別扶著鳳娘和燕娘出門，娘家人送到門前。

等出門口後，趁著人擠，劉嬤嬤和黃嬤嬤交換了位置。

兩位新娘分別上了轎子，常遠侯府的人往東去，段家的人繞著圈子，好半天才轉回段府，拜過天地拜父母。趙氏和段大人都面無喜色，也沒開口說話，遞了紅封就讓人將新人扶下去，禮成入了洞房。

進入洞房後，劉嬤嬤揮下手，讓丫頭們都退下去。她取出準備好的小點心，從蓋頭下遞給新娘子，新娘子正感到腹內飢餓，接過點心小口地嚥下。

過了一會兒，新娘子感到屋內沒有雜人，便開口問道：「黃嬤嬤，方才侯爺和郡主的臉色如何？怎麼無人說話？可是有什麼不妥？」

劉嬤嬤大驚失色，一把將新娘的蓋頭取下，驚呼出聲。「縣主，怎麼是您？」

鳳娘也張口結舌地看著她，還有屋內的佈置，分明是段府，這是怎麼回事？

她心道要糟，站起來，疾聲呼道：「快，快去叫姑姑來！另派人去截住常遠侯府的人！」

劉嬤嬤急急地出門，正好和要進洞房的新郎撞到一塊兒。她被撞得倒在地上，段鴻漸正要開口罵人，見到扯下蓋頭的鳳娘，快速地將門關上。

鳳娘厲呼。「表哥，你快讓劉嬤嬤去找姑姑！我和燕娘弄錯了，常遠侯府離得遠，燕娘還沒進門，換回來還來得及！」

劉嬤嬤掙扎著從地上爬起來，就要出門時，段鴻漸一把將她扯過來。「不許去，人怕是已經到了侯府。我們已經拜了天地，妳已是我的妻子，怎麼還能另嫁他人？」

鳳娘頭一陣陣地發暈，看著他的眼神，想到昨日見過的情形，覺得無比噁心，她撫著胸口。「表哥，我和平公子可是皇后賜婚，怎能嫁給你？你快讓開，否則後果不堪設想。」

段鴻漸哪裡肯依？又不是他設計的，是造化弄人，他對趙燕娘已經厭惡至極，老天開眼，正好錯換新娘，哪裡願意換回來。

「就算換回來，妳可是和我拜過堂的，常遠侯府還願意認妳嗎？」

「表哥，你莫要再說，趕緊去叫姑姑吧！遲了就真的全完了，段府也會受牽連，陛下會降罪的！」

鳳娘感到有些頭暈，卻強撐著精神，哀求段鴻漸。段鴻漸眼光微閃，看著劉嬤嬤，敷衍她。「好吧，我這就讓人去準備追侯府的人，若是侯府不願意認這門親，表哥會認的。」

他讓開路，給劉嬤嬤使個眼色，劉嬤嬤立刻奪門而出。

她出門後，急急地往趙氏的院子走去，突然腳下一滑，倒在地上，半天爬不起來。

房間內，趙鳳娘心一鬆，徹底暈過去。段鴻漸慢慢走過去，將她抱起來往榻上走，然後自己也脫衣上榻。

常遠侯府內，平晁正和新娘子各執紅綢拜天地，常遠侯沈聲地說了幾句勉勵新人的話，蓋頭下的趙燕娘聽出不對勁，又聽到梅郡主的聲音，心中狂喜。

她不知道是哪裡出了錯，只知道自己現在是嫁進平家，這個機會真是千載難逢，她一定要好好把握。

等入了洞房後，她揮手將下人們都趕出去。平晁正要進新房，旁邊走出一個丫頭，手中端著湯藥，恭敬地道：「公子，郡主讓小的給公子送來醒酒湯。」

平晁想，方才被人纏著喝過幾杯酒，春宵值千金，莫讓鳳娘不喜。他接過湯碗，爽快地一飲而盡，這才踏入新房。

外面還有吵著要鬧洞房的，趙燕娘心裡暗罵，這些人怎麼如此不識趣？好在平晁似乎看出她的不喜，將人打發走。

他還有些納悶，怎麼房內連喜婆都沒有？轉念一想，如此也好，自己挑了蓋頭，和鳳娘喝過交杯酒，接下來便可以如願以償。

趙燕娘等他進門後，快速將燈吹滅，然後一把抱住他。平晁本就愛慕鳳娘，見她如此主動，雖然覺得有些奇怪，卻也很受用，腹內燃起火熱，他再也顧不上其他，一把將人拉過來，兩人雙雙倒在榻內。

外面的人見房內滅了燈，有人哄笑起來，說平公子真心急，還不等散席就提前洞房。平晁心中羞惱，很快又被燕娘給拉住。

兩人一番撕扯。黑暗中，平晁覺得有些不對勁，鳳娘的皮膚怎麼這般粗糙？而且今日的鳳娘有些奇怪，身子摟起來也有些豐腴。他尚有一絲清明，想仔細看清新娘的臉，可是房間裡沒有燈火，燕娘很快纏上來，僅剩的理智轉眼就被慾念衝毀，幔帳中響起靡靡之聲……

——未完，待續，請看文創風638《閣老的糟糠妻》3

2018年5月出版

巧女出頭天

文創風 634～635

她意外救了個將軍的弟弟，
卻是將軍親自來報恩，還想要以身相許？
不不不，給她點銀兩了事吧～～

佳餚佐溫情，最是動人心／織夢者

明玉秀一穿越就險些凍死，
原身的奇葩祖母，要逼她嫁給臭名昭彰的地主兒子，
竟然在大風雪夜裡將她捆在山上「教訓」。
多虧家裡的小狗機靈，不但帶著她脫離險境，
還救了個一樣受困的小倒楣蛋。
好不容易回到家，祖母的么蛾子卻層出不窮，
無奈爹娘受孝字束縛，而她自己又身為人孫，
為了安穩度日，她只得自立自強，畫了大餅暫時安撫祖母，
這才騰出精力，擬定長遠的擺脫大計。
只是規劃簡單，但沒錢可真是萬萬不能，
幸而老天開眼，赫赫有名的慕汀嵐將軍特地來訪，
領著他那小倒楣蛋弟弟，說要答謝她的救弟之恩。
不過，事情怎麼就發展成這樣的？
她瞧著被硬塞入懷中的銀釵發愣，這大將軍該不會是想追她吧？

文創風
637

閣老的糟糠妻 2

國家圖書館出版品預行編目資料

閣老的糟糠妻 / 香拂月著. --
初版. -- 臺北市 : 狗屋, 2018.05
冊 ; 公分. --（文創風）
ISBN 978-986-328-866-4（第2冊 : 平裝）. --

857.7　　107004038

著作者	香拂月
編輯	張蕙芸
校對	黃薇霓　周貝桂
發行所	狗屋出版社有限公司
地址	台北市104中山區龍江路71巷15號1樓
電話	02-2776-5889～0
發行字號	局版台業字845號
法律顧問	蕭雄淋律師
總經銷	知遠文化事業有限公司
電話	02-2664-8800
初版	2018年5月
國際書碼	ISBN-13　978-986-328-866-4

本著作物由北京磨鐵數盟信息技术有限公司授權出版

定價250元
狗屋劃撥帳號：19001626
網址：love.doghouse.com.tw　E-mail：love@doghouse.com.tw